U0034049

黃金時代

電影原創劇本

THE GOLDEN ERA

許鞍華 導演
ANN HUI
李 檣 編劇
LI QIANG

1911-
1942

1947-

兩兩相隔三十年的三個女人

體內卻住著同樣的靈魂

是一種對藝術傾盡全力的追求

讓她們打造了自己的黃金時代

1979-

傳主／蕭紅（1911-1942）

她單純、淳厚、倔強、有才能，我愛她。

——蕭軍

導演／許鞍華（1947-）

導演就是蕭紅，

在這個五個月當中，她一直活在蕭紅當中。

她是我們眼前的蕭紅。

她一樣可以爲作品付出自己的所有。

她是蕭紅坐在監視器裡，看自己的自傳。

——沙溢

演員／湯唯（1979-）飾蕭紅

她更多的是把自己揉碎了，

放到那個角色裡。

她讓我看到了更多眞實的東西，

能夠打動我的東西。

——朱亞文

DIRECTOR / 許鞍華

SCREENWRITER / 李　檣

THE ROLES

湯　唯 / 蕭　紅

馮紹峰 / 蕭　軍

王千源 / 聶紺弩

袁文康 / 汪恩甲

朱亞文 / 端木蕻良

黃　軒 / 駱賓基

王志文/魯迅

郝蕾/丁玲

田原/白朗

丁嘉麗/許廣平

袁泉/梅志

祖峰/羅烽

沙溢/舒群

王紫逸/張梅林

THE GOLDEN ERA

CHARACTER RELATIONSHIPS

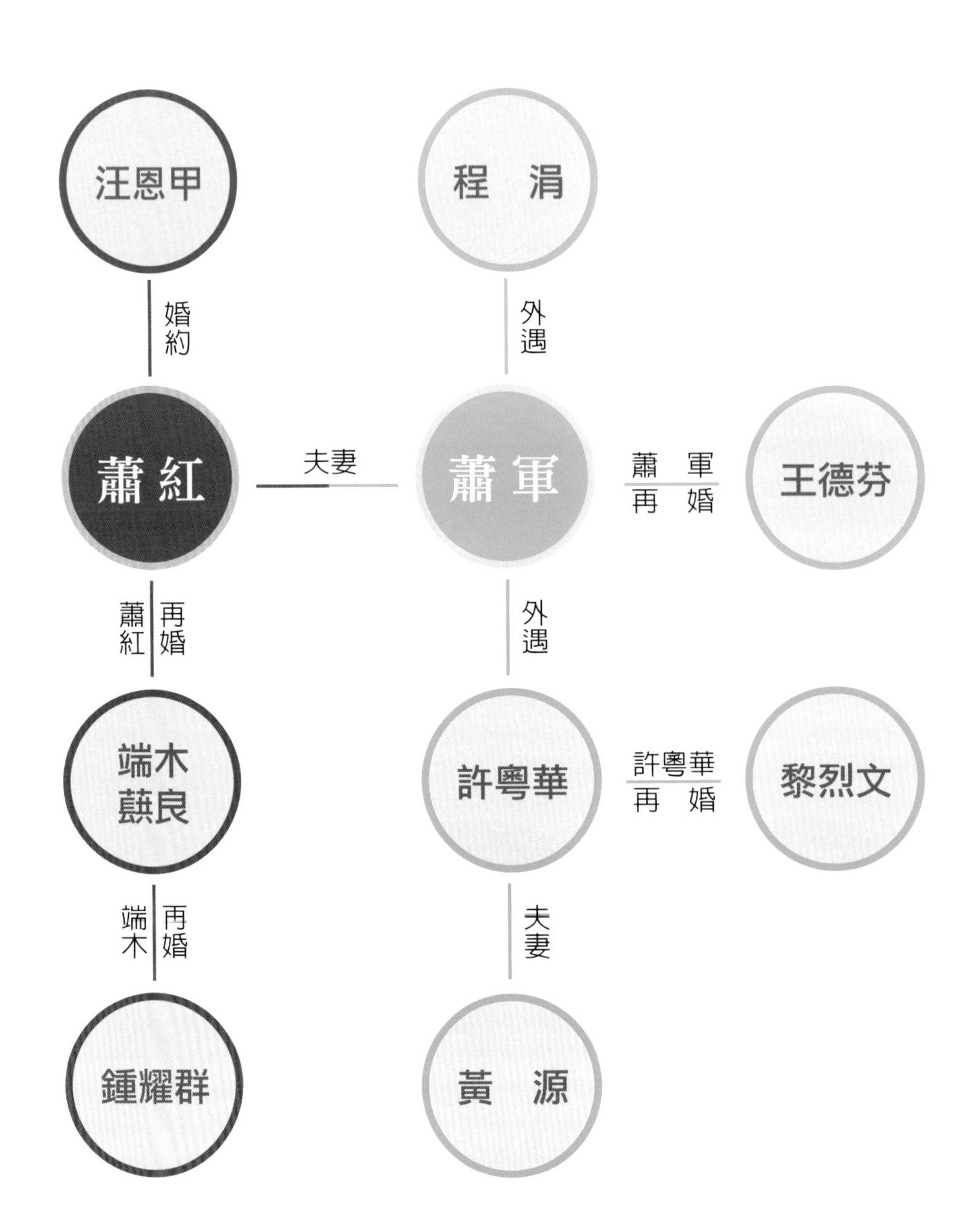

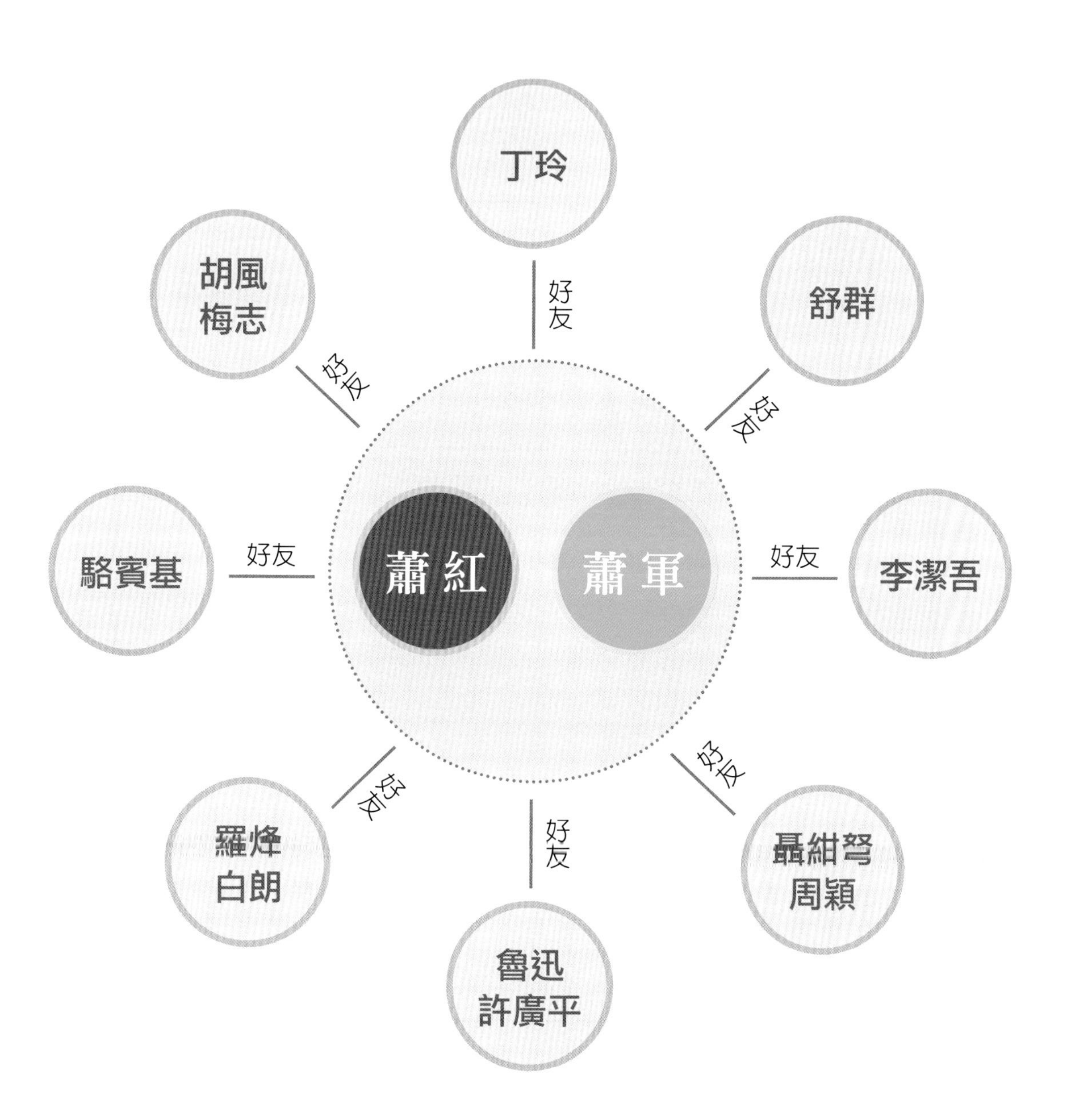
丁玲
胡風
梅志
舒群
駱賓基
蕭紅
蕭軍
李潔吾
羅烽
白朗
聶紺弩
周穎
魯迅
許廣平
好友

001
蕭紅的特寫

△起初銀幕是黑暗的，慢慢地亮起來，逐漸顯現出蕭紅的模樣。是黑白的，肖像般的。

△這是她1936年的形象，二十五歲。和她在日本拍的那張照片中的樣子一樣：整齊的瀏海兒，紮著一條白絲巾。

△她沉鬱地凝望著鏡頭，滿臉寂寞。

△靜穆了片刻，她輕聲開口：

> 我叫蕭紅，原名張迺瑩。1911年6月1日，農曆端午節出生於黑龍江呼蘭縣的一個地主家庭……1942年1月22日中午11時，病逝於香港紅十字會設於聖士提反女校的臨時醫院。享年三十一歲。
>
> 我生前在一篇文章裡寫過——我懂得的盡是些偏僻的人生。
>
> 我是從祖父那裡知道，人生除掉了冰冷和憎惡之外，還有愛和溫暖。所以我就向這「溫暖」和「愛」的方面，懷著永久的憧憬和追求……

△畫面黑掉。

△往下的影片，都成為彩色。只有這場是黑白的。

002
蕭紅故居

時｜日
景｜外
季節｜夏
年｜1919年

△蕭紅家的後花園，花木茂盛。

蕭紅（O.S.）：我家後花園五月裡就開花的，六月裡就結果子，黃瓜、茄子、玉蜀黍、大芸豆、西瓜、番茄，還有爬著蔓子的倭瓜。但我家的院子是很荒涼的……

△園子裡的一棵樹上，八歲的小蕭紅爬在樹上用木棍捅一個鳥窩。她衣服已經被樹枝剮了一個破洞，臉上也蹭了灰，一副頑劣男童的樣子。

△那鳥窩給她一捅，掉下樹去。鳥窩裡的雛鳥激烈地鳴叫著。

△小蕭紅往樹下張望，無意間看到鏡頭，與攝影機對視著。

003

東興順旅館的倉庫

時｜黃昏
景｜內
季節｜夏
年｜1932年

△一間做過儲藏室的房間，光線昏暗，難辨時日。到處堆滿破爛物，空氣污濁。屋內有一桌一床一椅。床上除了床板空無一物。

△床上坐著一個身孕在身的女人，對面一個男子坐在椅子上，影影綽綽的看不大清倆人眉目。他們似乎不太熟識，姿態客氣。是蕭紅和蕭軍。

蕭軍（清清嗓子）：你母親死的時候你幾歲？

蕭紅（沉吟了一下）：八歲！

蕭軍：我媽死的時候我才七個月大！她是被我父親打了一頓後，呑鴉片死的，聽說她死的時候只有十九歲或二十一歲。我不知道她長啥樣，因為並沒有照片留下來……

004

蕭紅故居

時｜日
景｜內外
季節｜夏
年｜1919年

△蕭紅母親的房間。富裕的小地主家境。

△蕭母幾近枯萎地躺在炕上，閉著眼睛。

蕭紅（O.S.）：我母親並不十分愛我，但也總算是母親……

△蕭父三十多歲的書生樣，瘦而陰戾。

△蕭祖父七十多歲，極面善。

△兩人立在炕旁觀望。

△一個高個子中醫手裡拿根銀針，俯下身撩起蕭母的褲腿，將針扎進她腿裡，然後拔出來。

蕭紅（O.S.）：她病了三天了，是七月的末梢，許多醫生來過了，他們騎著白馬，坐著三輪車，但那最高的一個，他用銀針在我母親的腿上刺了一下，他說……

高個中醫：血流則生，不流則亡。

△蕭母的腿沒有出血，只有一個黑點。

蕭紅（O.S.）：我確實看到那針孔是沒有流血……

△八歲的小蕭紅躲在一個角落，望著那個黑點。

△高個中醫和蕭父、蕭祖父退出房去。

△小蕭紅向前幾步，看著母親的腿。

蕭紅（O.S.）：我背向了母親，我不再看她腿上的黑點……

△小蕭紅背過身子。

蕭紅（O.S.）：母親就要沒了嗎？我想……

△蕭母忽然睜開眼，看到小蕭紅。

△蕭母哀傷地望著她。

蕭母：你哭了嗎？

△小蕭紅嚇了一跳，沒動，垂下頭扯住自己的衣襟，揉搓著。

△蕭母哭起來。

△小蕭紅突然頭也不回地拔腿跑出去。

005
東興順旅館的倉庫（同3場）

時｜黃昏將夜
景｜內
季節｜夏
年｜1932年

蕭紅：母親死後不到三個半月，父親娶了我後媽。

蕭軍：我有過兩個後媽，我媽死後我爸又結過兩次婚。我從小就像皮球一樣被踢來踢去跟著祖父祖母叔叔姑姑生活。

△蕭紅點燃一支蠟燭，她和蕭軍的面目清晰起來。她不過二十歲出頭，就花白頭髮了。臉上滿是妊娠斑，衣衫不整，那種「被侮辱與損害」的女性。

△蕭軍二十四歲，雖也落魄，但氣宇軒昂。

蕭紅：真沒想到你當過騎兵！

蕭軍（自負地）：你沒看出我很矯健嗎？我正經是東北講武堂畢業的！

△蕭軍話還沒落就起身在狹小的屋子裡炫耀地比劃了幾招兒。

蕭軍：我從小習武，刀槍棍棒我樣樣拿手！

△蕭軍收招坐下來，自顧自又說起來。

蕭軍：我一直很蔑視我父親。他性情暴躁易怒，不善於控制自己的感情。我很厭惡我身體裡有他的基因！雖然他也熱心腸講義氣……

006
蕭紅故居

時｜日
景｜內
季節｜雪
年｜1920年

△蕭紅祖父的房間。

△小蕭紅跪在炕上，扒著窗戶看外面紛揚的大雪。

△一隻老人的手，將一只橘子放在小蕭紅的頭頂上。

蕭紅（O.S.）：我或許永遠不會明白我父親那樣的人。他對僕人，對自己的兒女，以及對待我的祖父都是同樣的吝嗇而疏遠……他在縣教育局當局長……

△小蕭紅伸手將祖父放在她頭上的橘子取下來，仍舊向外望著。

△爐子上的水壺開了。

△蕭紅祖父坐在被窩裡，擦拭著一些錫製器皿。他放下手裡的活兒，抬頭看小蕭紅，然後雙手放在小蕭紅的肩上，爾後又放到她頭上。

蕭紅祖父（憐愛地）：快快長吧！長大就好了！

△小蕭紅沒動。

△蕭紅祖父又埋頭擦拭錫器。

蕭紅（O.S.）：二十歲那年，我就逃出了父親的家庭。直到現在還是過著流浪的生活……「長大」是「長大」了，但沒有好……

007
張秀珂的講述

△蕭紅的弟弟十五六歲，還是少年模樣，光潔單純的一張臉。二三十年代的學生裝束。

△出字幕：張秀珂

△他面對著鏡頭有些不好意思，也懷有些戒備，眼睛閃閃爍爍地躲避著，不知放哪兒好。

張秀珂：我姐中學就要畢業那年，我父親給她訂了一門婚，命令她畢業後成婚，我姐堅決不從！她另有所愛，是我們表哥陸哲舜，可是他已結婚了……

008
照相館裡

時｜日
景｜內
季節｜夏
年｜1930年

△蕭紅站在照相館的背景布前，已剪了男了一樣的短髮，一身男子西服，將雙手瀟灑地插到褲袋裡。

△蕭紅擺好姿式。

009
鐵路橋上

時｜夜
景｜外
季節｜夏

△蕭紅的那幾個女同學互相攙著站在鐵路橋上，眺望著夜色中星火點點的遠方。

△一輛火車轟鳴著，從她們腳下飛駛而過，白色的蒸汽漫捲而來，淹沒了她們。

010
北平筒子河邊

時｜日
景｜外
季節｜秋
年｜1930年

△在汽笛聲裡，陸哲舜和蕭紅各自拎著一口柳條箱，神彩飛揚地走過來，一陣風鼓蕩起他們的衣衫。

△當他們走近時，看到了鏡頭，倆人朝鏡頭燦爛一笑，驚鴻一瞥似地一閃而過。陸哲舜是那種陽光青年，未經風霜，驕傲自信。

011 蕭紅租住的四合院

時｜夜
景｜內外
季節｜深秋
年｜1930年

△蕭紅的小房間裡。

△陸哲舜、李潔吾以及幾個男女同學聚在狹小的房間裡擁爐而坐。屋裡愁雲密佈，沒人講話。他們都比蕭紅大，都是二十三四歲。

△四合院裡，薄薄落了一層雪，月夜下閃著清輝。

△蕭紅站在屋頂，用竹竿「嘩啦嘩啦」敲院子裡一棵棗樹上殘留的冬棗。

△蕭紅端著一碗棗進到小屋來。

蕭紅：來，大家吃棗！

△沒人動。

陸哲舜：到底怎麼回事？

李潔吾：我聽北大的一個同學講，昨晚有人被捕，消息洩露了！

陸哲舜：那我們雙十節遊行示威的計畫就撤銷了？

李潔吾：不知道……

蕭紅：我看你們幹不了革命，哪有你們這樣瞻前顧後幹革命的！

△陸哲舜伸手往蕭紅手中的碗裡抓了一把棗，忿忿地扔進嘴裡嚼。

△屋裡人都看他一個人吃棗。

012

胡同裡

時｜夜
景｜外
季節｜深秋
年｜1930年

△李潔吾和剛才屋裡那幾個同學悶頭走在胡同裡。

△李潔吾個子高大，運動員一樣。

△陸哲舜在後面追過來。

陸哲舜：潔吾！

△李潔吾他們停下扭頭看。

△陸哲舜停下沒再往前走。

陸哲舜：你過來一下潔吾！

△李潔吾回身來到陸跟前。

陸哲舜（壓低聲音）：借我點錢！我和廼瑩都沒秋褲。

李潔吾（也小聲）：明天我想辦法！

陸哲舜：家裡跟我斷絕一切關係了！

李潔吾：離婚的事你說了？

△陸哲舜點頭。

李潔吾（誠懇地）：挺住！不要妥協！經濟問題大家想辦法！

△等候在前面的同學，似乎心有靈犀，在李陸二人談話間，

幾個人各自湊了一些零錢。

其中一個女生走過來把大家臨時湊的錢塞到陸哲舜手中，二話沒説掉頭回去。忽然，一個同學喊：「有警察！」

△一群人等像受驚的馬群掉頭奔跑逃散。

013

胡同裡

時｜日
景｜外
季節｜冬雪
年｜1930年

△蕭紅夾著幾本書，縮手縮腳在密急的雪花中走著，她咳嗽不止。

△陸哲舜抱著一床棉被與蕭紅迎面撞上。

蕭紅：你幹嘛!?

陸哲舜步履匆匆地丟下一句：「當了，一塊煤都沒有了！」

△陸哲舜遠去。

014

蕭紅租住的四合院

時｜早晨
景｜外
季節｜冬
年｜1930年

△蕭紅的小房間。

△蕭紅穿著衣褲蓋著薄薄的褥子，蜷縮在光光的木板床上。

忽然傳來急促的拍門聲，一個女人喊：「姑娘姑娘，快起來，陸先生出事了！」

△蕭紅驚得一躍而起。

△院子裡。

△四十多歲的房東耿媽將陸哲舜連拖帶拉地放在雪地上。

△蕭紅從屋裡衝出來。

耿媽：快去找醫生，陸先生中煤氣了！

△蕭紅跌跌撞撞往外跑。

015

蕭紅租住的四合院

時｜中午
景｜內
季節｜冬
年｜1930年

△陸哲舜的小房間裡。

△陸哲舜穿著衣褲，也是蓋著褥子睡在光光的木板床上。

△他側臥著面朝牆壁，他床頭的椅子上放了一碗中藥。

△中午的一束陽光靜謐地打在他背上。他一動不動。

△陸哲舜閉著眼睛，眼淚流了一臉，好像病中的孩子。

△少頃，陸哲舜下意識睜開眼睛，看到了鏡頭。

△有人敲門。

△一個三十歲左右戴近視眼鏡的男子走進屋內，他直接靠在門框上，審視床上的陸哲舜。

△他叫汪恩甲，膚色蒼白，又高又瘦，內向而神經質。

汪恩甲（面無表情）：我叫汪恩甲，我來找蕭紅。

△陸哲舜起身警覺地審視汪恩甲。

陸哲舜：她住隔壁，她出去了。

△汪恩甲垂下頭，從衣袋裡掏出一摞銀元，「嘩啦嘩啦」漫不經心地擺弄著。

汪恩甲：等她回來告訴她我來過。

△汪恩甲講完，揣起銀元扭身出門。

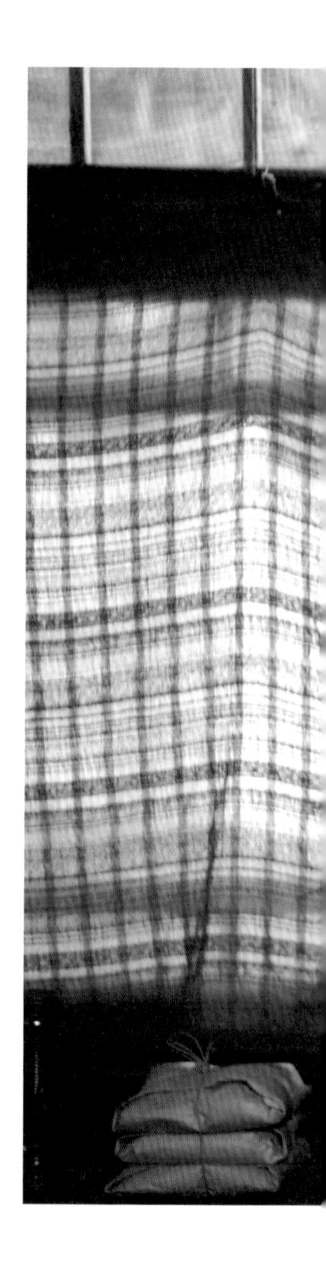

016
蕭紅租住的四合院

時｜中午
景｜外
季節｜冬
年｜1930年

△院子裡的積雪都化乾淨了，只邊邊角角還有殘雪。

△空中有零星的鞭炮聲和二踢腳的響聲。

△過了一會兒，蕭紅推門進來。

△她一手拎著一隻母雞，一手拎著一掛鞭炮。

蕭紅喊：陸哲舜！

△耿媽從陸哲舜房裡出來，神情惶惑。

蕭紅（敏感地）：怎麼了？

耿媽（羞愧似地）：姑娘，陸先生回哈爾濱了！上午先來了個男的姓汪，後來又來了個女的，說是陸先生的太太。她把你和陸先生欠我的房錢給結了，她說陸先生讓轉告你，他們回哈爾濱了……

△蕭紅撇嘴笑了一下，鬆開手裡的母雞，那雞嘎嘎地又蹦又跳繞院子跑。

017
雪野

時｜半夜
景｜外
季節｜冬
年｜1931年

△兩輛馬車推滿家什，在雪野上奔馳。蕭紅一家人全都縮頭縮腳地坐在車上。

△蕭紅茫然地盯著夜空。

蕭紅（O.S.）：我的私奔事件，成為呼蘭縣城聳人聽聞的惡行，我們家聲名狼藉。我從北平落魄而回的當天半夜，我父親就下令舉家離開呼蘭河，悄然遷往他的老家阿城鄉下……

018
舒群的講述

△出字幕：舒群

△他是那種憨厚寡言的人。二十四五歲，衣著樸素。他講述時神態嚴肅，由於不善言辭，有時乾脆不看鏡頭，低著頭自說自話似的。

舒群：蕭紅在鄉下被監禁了十個月後，逃到了哈爾濱。後來蕭軍曾幾次問她是如何逃出來的，她都守口如瓶。有一種說法是，蕭紅同情農民，勸父親不要增加地租，剋扣長工工錢。父親毒打了她。她的姑姑不忍，將她藏到一個農民家，然後第二天躲在一輛往城裡送白菜的馬車上逃走了……

019

上海北四川路二蕭住所

時｜日
景｜內
季節｜夏
年｜1936年

△二十五歲的蕭紅，坐在房間的書桌前寫著文章。

△她停下筆，點上一支煙，思索著什麼，很愴然的表情。

舒群（O.S.）：蕭紅逃到哈爾濱後的情況，因為資料匱乏，很難說清。只能從她後來散文的描述中看出，她過著居無定所眾叛親離的生活……

020

哈爾濱的街頭

時｜早晨
景｜外
季節｜冬
年｜1931年

△蕭紅神色悽惶地走在街頭，因為衣衫落拓，像喪家犬一般。

蕭紅（O.S.）：初冬，我走在清涼的街道上，遇見了我的弟弟。

「姐——！」背後有人喊。

△張秀珂懷裡抱著一個籃球，夾著書包出現在蕭紅身後。他怯弱地看著蕭紅。

△蕭紅漠然地笑了笑。

張秀珂：你要到哪裡去？

蕭紅：隨便走走……

張秀珂：我們去喝一杯咖啡，好不好？

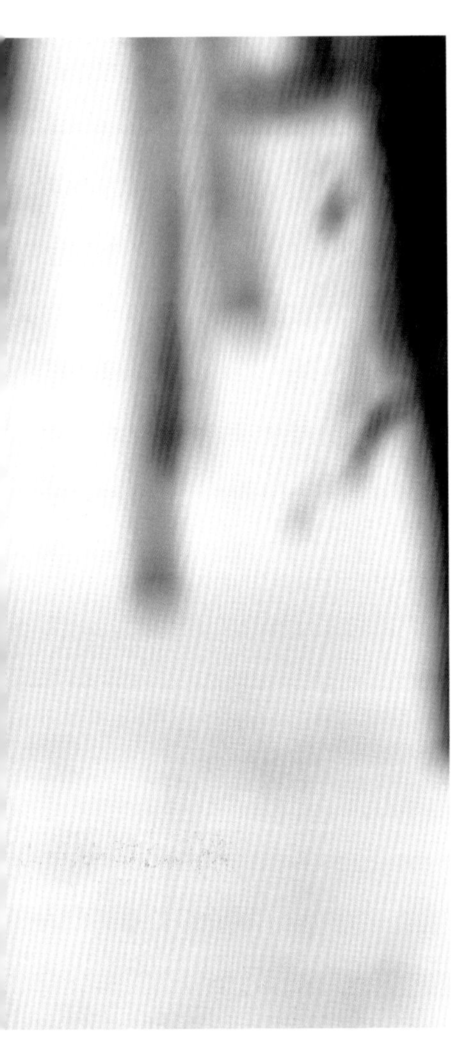

021

上海北四川路二蕭住所（同19場）

時｜夜
景｜內
季節｜秋
年｜1936年021

△蕭紅在書桌前繼續伏案寫作。

蕭紅（O.S.）：咖啡店的窗子在簾幕下掛著蒼白的霜層。我把領口脫著毛的外衣搭在衣架上……

022

咖啡店

時｜早晨
景｜內
季節｜冬
年｜1931年

△蕭紅和張秀珂對坐著攪動著咖啡，杯子鈴啷地響著。

△咖啡館裡只有他們兩個。

張秀珂：你還是回家的好……天太冷了……

蕭紅（搖頭）：你們學校的籃球隊近來怎麼樣？還活躍嗎？你還很熱心嗎？

張秀珂：我擲筐擲得更進步，可惜你總也沒到我們球場上來了。

△蕭紅捧起咖啡杯，一口氣喝完了。

張秀珂：姐，還是回家好，心情這樣不暢快，長久了是無益的……

蕭紅：為什麼要説我的心情不好呢？

△張秀珂默默看著蕭紅。暖氣管輕微的嘶鳴聲聽得很清楚。

△兩個白俄女子走了進來，坐在蕭紅他們旁邊，用俄語向俄國女侍者要咖啡和蛋糕。

△蕭紅向窗戶外望去。張秀珂也去望窗外。

△車影，人影。暗啞的腳步聲傳過來。

△俄國女侍者端來蛋糕和咖啡。

張秀珂（輕聲地）：你的頭髮這麼長了，怎麼不去理髮店呢？

△蕭紅一直看著窗外。

張秀珂：你就這麼漂流下去嗎？天越來越冷了……

023
咖啡館外

時｜早晨
景｜外
季節｜冬
年｜1931年

△蕭紅和弟弟走了幾步，張秀珂停下。

蕭紅（O.S.）：……早晨的紅日撲著我們的頭髮，這樣的紅光使我感到欣快和寂寞……

張秀珂：你要錢用嗎？

△蕭紅搖頭。

張秀珂：那我去學校上課了！

△張秀珂扭身走了，蕭紅朝相反的方向離去。

△張秀珂又跑回來。追上蕭紅。

張秀珂：姐，還是回家的好！你快要生病了，你的衣服太薄了。

蕭紅：那樣的家我是不能回去的，我不願意讓和我站在兩極的父親來豢養……

△張秀珂遲疑了一會兒，掉頭走了。

蕭紅（O.S.）：……弟弟的眼睛是深黑色的……

△張秀珂走了幾步回過頭。

△蕭紅已落寞離去。

△張秀珂再扭回頭，眼淚湧在眼裡。他看了鏡頭一眼，朝鏡頭走過來，然後站住，在鏡頭前傷心地哭了。

張秀珂：我姐逃走後，我們家身敗名裂，省教育廳以教子無方的名義撤銷了父親的職務。我因為受不了同學的嘲笑換了兩次學校，最後來到哈爾濱二中。我和我姐的這次偶遇，後來被她寫成文章，叫〈初冬〉。以後我姐和父親再也沒見過，直到我姐去世……我們這次遇見沒多久，她去投靠了她背叛過的未婚夫……

024

俄式西餐廳

時｜日
景｜內
季節｜冬
年｜1931年

△蕭紅破衣爛衫地在大吃大喝。

△汪恩甲平靜地坐在對面看著她吃喝。

張秀珂（O.S.）：……他叫汪恩甲，是哈爾濱一所小學的教師……

△突然從門外衝進一個三十歲左右的男子，衣冠楚楚上流人模樣，是汪恩甲的哥哥。他也戴眼鏡，也瘦也斯文。

△他逕直衝到汪恩甲旁邊，一把拎起他，給了幾個大嘴巴。

△蕭紅嚇得站起來，撞到椅子。

△汪恩甲依然平靜，也不反抗。

汪恩甲（輕聲）：哥！

△汪哥憤怒叫罵，根本沒看蕭紅一眼。

汪哥：你要點臉好嗎？你不要臉家裡人還要呢！好馬不吃回頭草，她這種賤人毀了家裡聲譽，你還恬不知恥地陪吃陪喝，你還有點骨氣嗎？

△汪哥越說越氣，又一通拳打腳踢。因為他比汪恩甲還瘦弱，打得力不從心。

△汪恩甲始終不反抗。

△蕭紅眼淚滔滔而下，看著這一幕。

025

街上

時｜日
景｜外
季節｜冬
年｜1931年

△汪恩甲鼻青臉腫走著，蕭紅跟在他後面。

△汪恩甲朝馬路對面張望了一下，立馬橫穿過去。

△蕭紅不明所以，尾隨著他。

△汪恩甲鑽進一個小巷子的鋪子裡。

△蕭紅跟過來，抬頭看到鴉片館的招牌。

026

鴉片館

時｜日
景｜內外
季節｜冬
年｜1931年

△汪恩甲躺在煙榻上吞雲吐霧。

△蕭紅站在鴉片館外愣著神兒，不知她想著什麼。

027

東興順旅館 302房

時｜日
景｜內外
季節｜冬
年｜1932年

△房門被打開。

△蕭紅和汪恩甲進來，蕭紅手裡拎著兩雙冰鞋，將鞋丟到地上。

△蕭紅穿了一件貉絨領，藍綠華達呢面，狸子皮的大衣。儼然貴婦裝扮。

△她脫去大衣，疲倦地坐到床上。

△汪恩甲邊脫大衣逕直走到窗前，撩起窗簾往下看。

△幾輛日本軍車正緩緩駛過，日本兵站在車上，揮舞著日本國旗。

△蕭紅起身來到桌邊，桌子上有個瓷盆，盆裡養了一隻小烏龜。

△蕭紅對它吹了聲口哨，用一根手指戳了戳烏龜的頭，愛撫著。

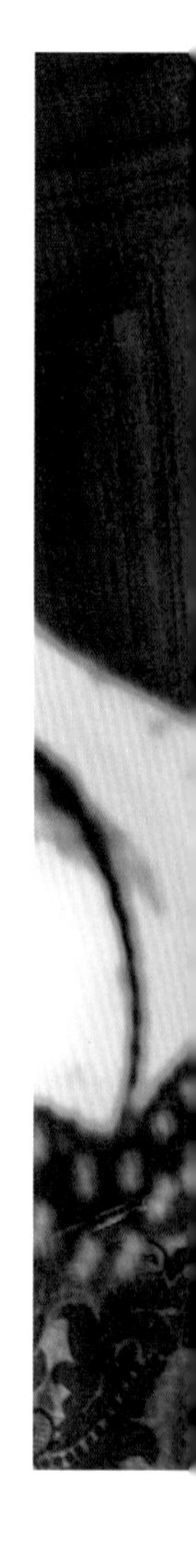

028

東興順旅館 302房

時｜半夜
景｜內
季節｜夏
年｜1932年

△屋裡有個破電扇，「嗡嗡」地乏味地搖著頭。

△地上一盤蚊香，嫋嫋冒著煙。

△蕭紅已有了身孕，挺著肚子在酣睡著。

△汪恩甲裸著上身睡在她旁邊。

△過了片刻，汪恩甲睜開眼，翻身側臥，一隻手托著腮，認真打量起蕭紅，爾後用一根手指在蕭紅隆起的肚子上輕輕撫摸。

029

東興順旅館大堂

時｜半夜
景｜內
季節｜夏
年｜1932年

△汪恩甲從樓梯下來，目不轉睛地走出大門。他穿著拖鞋，短褲，只比剛才多穿了一件背心，好像只是到樓下買盒煙似的。

△櫃檯值班的夥計聽到點動靜，困乏地睜開眼，瞟到汪恩甲的背影消失在夜幕中。

030
白朗羅烽夫婦的講述

△出字幕：白朗　羅烽

△他們夫婦都是二十多歲，跟二蕭同齡。妻子白朗個子很高比丈夫羅烽高出一頭。倆人都穿破舊的西服。

△他倆並排坐著面對鏡頭。

白朗：這個夏夜汪恩甲離開旅館後就杳無音訊，從此下落不明。他們1931年11月住進哈爾濱的東興順旅館，住了七個月。兩人坐吃山空，共欠了旅館四百多元……

羅烽（更正）：是六百多元！這在當時可以說是筆鉅資了！

白朗：蕭紅並且有了身孕……

031
東興順旅館倉庫

時｜日
景｜內
季節｜夏
年｜1932年

△這是間骯髒陰暗的儲藏室。

△窗外下著雷陣雨，時時有雷聲滾過。

△蕭紅大腹便便地坐在桌前寫著什麼。

△她的頭髮已經長出白髮。衣服淩亂，殘花敗柳之相。

△桌上有一張《國際協報》。

白朗（O.S.）：……蕭紅被關到旅館一間破爛的倉庫裡，但她對汪恩甲的歸來仍舊抱有幻想，曾經寫下這樣的詩……

蕭紅（O.S.）：去年的五月

正是我在北平吃青杏的時節

今年的五月

我生活的痛苦真是有如青杏般的滋味……

羅烽（O.S.）：……但汪恩甲永遠銷聲匿跡了。不僅如此，整個汪氏家族也蹤跡全無。這成為蕭紅生平中又一個不解之謎……

032

東興順旅館走廊

時｜日
景｜內
季節｜夏
年｜1932年

△倉庫外狹長的走廊。昏暗的點了一只燈泡。

△舒群、老斐走過長長的走廊到盡頭，叩響了一扇門。老斐四十多歲，瘦小身量的江南人。

△門被打開。

△更加臃腫邋遢的蕭紅出現在門裡。

△舒群和老斐站在門外。

老斐：請問你是張迺瑩嗎？

△蕭紅不安而戒備地點點頭。她臉上的妊娠斑很醒目。

老斐（親切地）：我是《國際協報》的編輯老斐。（指舒群）他是我們的作者。你寫給報館的信我們收到了！

△蕭紅放心地笑笑。

033

金劍嘯畫室

時｜夜
景｜內
季節｜夏
年｜1932年

△老斐、舒群、白朗、羅烽，蕭軍以及金劍嘯六個人邊喝酒邊聊著，金劍嘯長頭髮，戴眼鏡，很文藝青年的模樣。

老斐：她信裡說，如果還不上錢，旅館老闆準備把她賣到道外圈樓當妓女抵債的情況是真實的！

白朗：這個女子倒是臨危不亂呀，知道給報社寫信！這事我們一定要管，要管到底，媽的！我也是女同胞！

羅烽：錢呢？從哪兒弄那麼多錢呢!?咱們幾個加一塊兒也值不了六百塊錢！

金劍嘯：把她的信登到報上，向社會呼籲！

舒群：你認為會有人掏一分錢嗎？

△大家一時無話，發現蕭軍沒動靜，不由自主地都看他。

老斐：三郎你今晚怎麼話不多呀？

△蕭軍從自己頭上揪下幾根頭髮。

蕭軍（嘲諷地）：我一無所有，只有頭上幾個月沒剪的頭髮是富裕的。如果能換錢，我願意連根拔下！

白朗：三郎醉了。

老斐：那你多寫幾篇文章賣吧！

蕭軍：天哪！在哈爾濱寫文章賣給鬼嗎？何況我又不會寫賣錢的文章。

△大家一籌莫展，沉默起來。

034
東興順旅館的走廊

時｜黃昏
景｜內
季節｜夏
年｜1932年

△昏暗狹長的走廊。

△蕭軍拿著兩本書，跟著旅館夥計朝盡頭關押蕭紅的房間走來。

△蕭軍穿了褪色的粗布藍學生裝，打補丁的灰色褲子，一雙開了口的破皮鞋，沒穿襪子，一頭蓬亂短髮。

△夥計走到走廊中間，停下來，指指盡頭的房間。

夥計：她就住盡頭那間房，你自己去敲門吧！

△說完就走了。

△蕭軍來到房前，叩響了房門。

035
羅烽白朗夫婦的講述（同30場）

羅烽：這是1932年7月13日的黃昏，蕭軍與蕭紅命中相遇。在蕭軍一生著作中，這次相遇曾經被他寫過兩次。

036
東壩河村民房內

時｜日
景｜內
季節｜夏
年｜1978年

△霜染白髮的蕭軍戴著老花眼鏡，坐在窗前的書桌旁寫文章。他衣服汗濕了。

△他後來的老伴兒在他身後澆花。

老年蕭軍（O.S.）：……她一張近於圓形的蒼白色的臉幅嵌在頭髮的中間，有一雙特大的閃亮的眼睛直直地盯視著我，聲音顯得受了驚愕似的微微有些顫抖地問著……

037
東興順旅館的走廊（同34場）

時｜黃昏
景｜內
季節｜夏
年｜1932年

蕭紅（詫異地）：你找誰？

蕭軍：張迺瑩。

蕭紅：唔……

△蕭軍不等邀請就進了房間。

038
東興順旅館的倉庫（同3場）

時｜黃昏
景｜內
季節｜夏
年｜1932年

△蕭紅拉開了燈，燈光昏黃，但是屋裡還有夕陽打在牆上。

△蕭軍在靠窗的一隻椅子上坐下，把帶來的兩本書放在桌上，同時把一封信遞給蕭紅。

△蕭紅走到燈泡下就那麼站著拆開信看。

△蕭軍冷眼審視蕭紅。

△蕭紅舉著信紙的雙手有明顯的顫動。她整身只穿了一件原來是藍色如今褪了色的單長衫，「開氣」有一邊已裂開到膝蓋以上了，小腿和腳是光赤著的，拖了一雙變了型的女鞋；她的散髮中間已經有了明顯的白髮，在燈光下閃閃發亮，她懷有身孕的體形，看來不久就到臨產期了。

△蕭紅收起信，有些欣喜。

蕭紅：原來您就是報館的三郎先生，我剛剛看過你這篇文章，可惜沒能讀完全。

△她到床邊，扯過一張舊報紙翻看指點著。

蕭紅：就是這篇〈孤雛〉，很合我的口味！

△蕭軍站起來，指指桌上的書。

蕭軍：這是你管老斐要的書，他讓我給你送來，那我走了！

蕭軍：這是老斐先生托我給你帶來的，我要走了！

△蕭軍往外走 。

蕭紅：我們談一談……好嗎？

△蕭軍遲疑了一下，終於又到椅子上坐下來。

蕭軍：請你談吧！

△蕭紅在床邊坐下來，倆人局促地對坐著。

△蕭軍順手從桌上拿過幾張紙看。

△一張紙上畫著一些圖案式的花紋。

△一張紙上用紫色鉛筆寫仿照魏碑《鄭文公》字體勾下的幾個「雙鉤」的大字。

△一張紙上寫著一首詩。

蕭軍：這是誰畫的圖案？

蕭紅：是我無聊時幹的……

蕭軍：這些「雙鉤」的字呢？

蕭紅：也是我……

蕭軍：你寫過《鄭文公》嗎？

蕭紅：還是在學校學畫時學的……

蕭軍：這詩呢？

蕭紅（羞澀地）：也是……

△蕭紅手足無措。

039

北京東壩河村民房蕭軍寓所內

（同36場）

時｜日
景｜外
季節｜夏
年｜1978年

△老年蕭軍獨自抽著煙，冥想著。

老年蕭軍（O.S.）：……這時候，我似乎感到世界在變了，季節在變了，人在變了，當時我認為我的思想和感情也在變了……

040
銀幕上只是蕭紅滄桑的臉

△她深情地望著我們。花白的頭髮，臉上的妊娠斑，讓她有種受難般的美。

老年蕭軍（O.S.）：……出現在我面前的是我認識過的女性中最美麗的人，我必須不惜一切犧牲和代價拯救她！這是我的義務……我暗暗向自己宣了誓……

041
商市街二蕭住處

時｜夜
景｜內
季節｜春雨
年｜1933年

△蕭軍在桌前蠟燭下寫著文章，外面下著春雨。

△蕭紅在他身後的小破床上躺著。

蕭軍（O.S.）：……然後我們談到讀書，談到魯迅，談到你過去的人生歷程以及目前的處境……你微笑地問著我……

042
東興順旅館的倉庫（同3場）

時｜夜
景｜內
季節｜夏
年｜1932年

蕭紅：你對於愛的哲學是怎麼解釋呢？

蕭軍：什麼哲學，愛就愛，不愛就丟開！

蕭紅：如果丟不開呢？

蕭軍：丟不開……便任它丟不開吧！我最近喜歡住在我樓下的一位姑娘……她拋給我一個笑時，便什麼威脅全忘了……

△倆人相視一笑。

蕭軍：你為什麼還要在這世界上留戀著？拿你現在的自殺條件，遠遠充足……

蕭紅（沉靜地）：因為這世界上，還有一點能讓我死不瞑目的東西存在，僅僅是這一點，它還能繫戀著我。

蕭軍：是，我也一樣！

蕭軍（O.S.）：……我們的話似乎說得太多了……

043
商市街二蕭住處（同41場）

時｜夜
景｜內
季節｜春雨
年｜1933年

△蕭軍繼續寫著。

△床上的蕭紅扭頭看了蕭軍一眼，又回頭躺著。

蕭軍（O.S.）：……我幾次立起身要走，而終未走成；但我幾次要將你來擁抱，卻也未擁抱得成……

△蕭軍放下筆，活動一下雙手。

044
東興順旅館的倉庫（同3場）

時｜夜
景｜內
季節｜夏
年｜1932年

△蕭軍站起來從衣袋裡掏出五角錢放到桌上。

蕭軍：留著買點什麼吃吧！

△蕭軍匆匆走出房間。

△蕭紅望著桌上那五角錢。

白朗（O.S.）：……那是蕭軍僅有的五角錢……

045
白朗羅烽夫婦的講述（同30場）

白朗：是他的車錢，那晚他只有步行十里路回去了……第二天晚上，蕭軍再次來到東興順旅館……

046
東興順旅館的倉庫

時｜夜
景｜內
季節｜夏
年｜1932年

△蕭軍和懷孕的蕭紅糾結在一起，他們更多的像是在扭打，而不是纏綿，「咻咻」的像兩頭獸。蕭紅似乎始終在抽泣著。

△蕭紅緊緊擁抱著蕭軍，彷彿倆人的親熱不是甜蜜，是痛苦似的。

蕭紅：我沒有一點力量了，連眼睛都張不開，這是為什麼？

蕭軍：愛慣就好了！

047

東興順旅館
303房間

時｜日
景｜內
季節｜夏
年｜1932年

△屋子裡已「水漫金山」，漂浮著各等雜物。床淹在水裡，只差床面還沒濕。外面喧囂一片。

△臃腫不堪的蕭紅站在桌子上面，趴在窗口往外看。

△窗外汪洋一片，有人在船上，有用箱子當船的，也有用床板當船的，末日的景象，人人都在逃生。

△蕭紅看到一隻小豬孤獨地站一塊小木板上漂流著。

048

白朗羅烽夫婦的講述（同30場）

羅烽：愛情的力量再大，也大不過六百塊錢。蕭軍和我們這些朋友百無一用，想不出搭救蕭紅的辦法。

白朗：蕭軍四處奔波，正一籌莫展的時候，一場洪水淹沒了哈爾濱……

049

東興順旅館

時｜日
景｜內外
季節｜夏
年｜1932年

△舒群頭上綁著一個油布包裹，奇怪的水鳥一樣從水裡梟向通向二樓的樓梯。

△店裡夥計蹲在櫃檯上值班。

050

東興順旅館
303房間

時｜日
景｜內
季節｜夏
年｜1932年

△蕭紅摟著大肚子倚在床上打盹兒。門開著。

△水已漫到床面了，蕭紅像在漂浮物上。

△舒群渾身精濕，一手托扶著頭上的包裹，像習慣頭頂器物的熱帶婦女一樣出現在門口。

△蕭紅下意識地睜開眼。

△舒群淌著水進屋。

△蕭紅欣喜若狂。

蕭紅：三郎呢？

△舒群解下頭上的包裹，

舒群：好幾天沒看見他了，到處替你找錢呢！

△舒群打開包裹，裡面兩個饅頭和一包煙。

舒群：外面買不到東西了！

蕭紅（感動）：我知道！

舒群：旅店門口還是有看門的！

蕭紅：舒群，你想想辦法先把我弄走吧！

舒群（難堪）：有什麼辦法呢!?

△蕭紅撕開香煙遞一支煙給舒群。

△舒群搖頭。

△蕭紅自己點著抽起來。

舒群：我先回去了，聽說我爸他們逃到南崗去了，我去找他們。

△蕭紅沮喪地點頭。

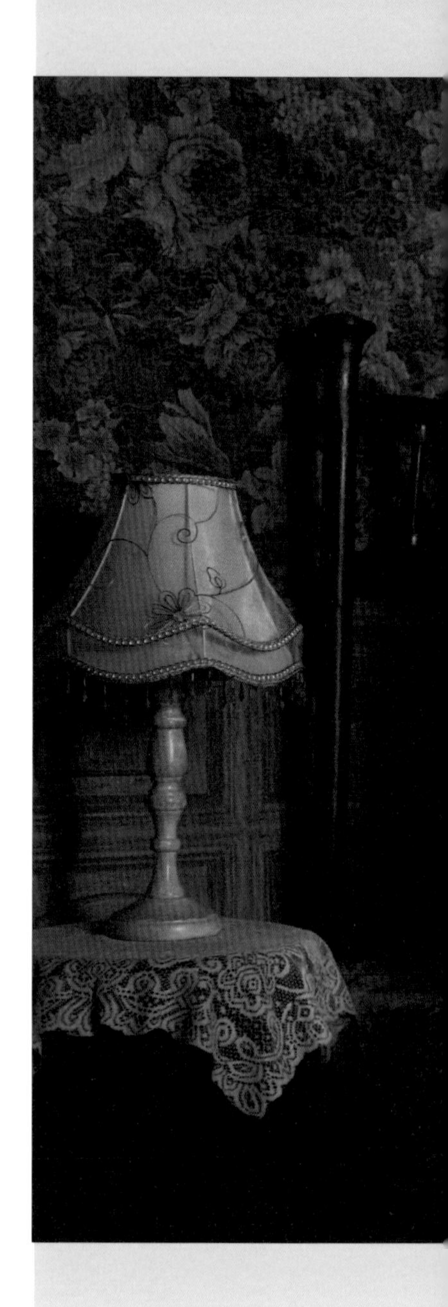

051

東興順旅館倉庫外的洪水中

時｜日
景｜內外
季節｜夏
年｜1932年

△一個老頭兒搖著一條裝滿木柴的小船，緩緩向前行駛。

忽然有個女聲喊過來：老伯！划船的老伯！

△老頭兒聽到，循聲尋去。

△東興順旅館的二樓一個窗戶裡蕭紅向老頭兒揮著手。

蕭紅（焦急地）：老伯！是我！救救我！我懷著孕快要生了！救救我！

△老頭兒把船划過去。

△蕭紅從窗戶裡爬出來，雙手扒著窗臺，把身子懸下去，往下看了看船的位置，一鬆手，跳到船上，一屁股跌倒在木柴上。

△老頭兒把船划向前方，遠去了。

052

醫院產婦室

時｜日
景｜內外
季節｜夏
年｜1932年

△產婦室並排著幾張床，躺了蕭紅和其他兩位產婦。

△蕭紅面無人色地躺在床上看著窗外。她的床最靠近窗戶。

△一個護士推著一個小車來到第一個產婦床前，從車裡抱出初生的嬰兒給她看。產婦怕羞似地笑起來，並不講話。

△第二個護士也將一個小車推到第二個產婦面前，抱出嬰兒給她看。

△第三個護士推車走向蕭紅，蕭紅好像預感到了，搖動手臂，神經質地：「不要！……」

△屋內的人都嚇了一跳，凝神屏氣都不敢出聲。

△第三個護士怔在那兒，一動不敢動。

白朗（O.S.）：……蕭紅將孩子送了人。具體什麼人沒人知道。我們在她一年後寫的小說〈棄兒〉中看到幾筆描寫……

053

街頭

時｜日
景｜外
季節｜冬
年｜1932年

△一輛馬車載著蕭軍蕭紅，車上放著一個柳條箱和一臉盆雜物。

054

歐羅巴旅館

時｜日
景｜外內
季節｜冬
年｜1932年

△蕭軍和蕭紅拎著簡陋破爛的行李一前一後走進歐羅巴旅館。

△蕭軍從蕭紅手裡拿過行李，逕直一人先上了樓梯。

△蕭紅跟在後面爬，沒爬幾步已經氣喘不已。她絕望地仰視陡峭的樓梯，咬起牙繼續往上爬。

055

歐羅巴旅館小房

時｜日
景｜內
季節｜冬
年｜1932年

△疲乏的蕭紅進屋就直接倒在床上，用袖口擦臉上的汗。

△蕭軍一旁收拾著東西。

蕭軍：你哭了嗎？

蕭紅：我為什麼哭呢？我擦的是汗呀，不是眼淚呀！

△蕭紅四下看屋子，屋子裡一切都是白的，雪洞一樣。

蕭紅：我應該喝一點水吧！

△蕭軍抓起桌上的暖壺，左顧右盼。

蕭軍：怎麼喝呢？用什麼喝？

△蕭軍看到行李中的臉盆，過去拿。

蕭軍：用臉盆來喝吧，可以吧？

△蕭軍用臉盆餵蕭紅喝水，蕭紅像貓一樣把臉埋進盆裡。

△「咚咚」有人敲門。

△進來一個高大的俄國女茶房，身後跟隨著一個中國茶房。

中國茶房：租鋪蓋嗎？

蕭軍：租的。

中國茶房：五角錢一天。

蕭軍和蕭紅接連說：「不租，不租！」

△俄國女茶房將枕頭、床單、桌布一股腦扯下來，一切都夾在腋下一陣風似的離去。

△屋子被劫了一樣，床上沒了被褥，木桌是斑駁的，一切都不對了。

△又進來一個男白俄。也胖。

白俄（中文）：六十元一個月，明天給！

蕭軍：我緩緩再給你！

白俄（擺手）：你的明天搬走，你的明天走！

蕭軍（盯著對方）：不走！

白俄：不走不行，我是經理！

△蕭軍彎腰從床下取出一個長紙捲，從裡面抽出一把寶劍。

蕭軍：這個行不行！

△白俄敏捷地跑了出去。

056

歐羅巴旅館小房

時｜傍晚
景｜內
季節｜冬
年｜1932年

△蕭紅蜷縮在床上的草褥上，穿著衣服搭了一條破爛的小棉被，枕的是幾本書。

△蕭紅起身開燈，坐在床沿上，揉揉眼睛發呆。

△蕭紅抬頭看斜坡屋頂上的小天窗，雪花落在玻璃上，就變成一條一條的水流著，像流眼淚。

△有人敲門。

△蕭紅起身去開。

△一個提籃裡裝滿各色麵包的人站在門口。

提籃者：買麵包嗎？

△蕭紅沒回答趕緊關上門，然後使勁聞了一下空氣，閉上眼嚥唾沫。

△蕭紅又坐到床上。

△走廊裡不時傳來各色人等的腳步聲。

△蕭紅警覺地豎起耳朵聽。

△門被推開，蕭軍身上濕了一片，帽子也滴著水走進來。

△蕭紅笑起來。

蕭軍：餓了吧！

蕭紅：不餓！

蕭軍：肚子疼了嗎？

蕭紅（搖頭）：外面上凍了嗎？

△蕭軍過來把凍濕的褲腿抬起來給蕭紅看。

蕭軍：又涼又硬！

△蕭軍從懷裡掏出一塊黑列巴。

△蕭軍和蕭紅坐在破木桌前吃那塊黑列巴，桌上還有一張紙，紙裡有一小撮白鹽。

△倆人撕　塊麵包，沾了一點鹽吃，輪流用一個刷牙缸喝口水。

△有手風琴聲傳過來，是俄國曲子。

△蕭軍又扯下一大半麵包往嘴裡塞，剩下極小一塊了。

△倆人都下意識地看剩下的那一小塊麵包。

蕭軍（羞愧地）：我吃得真快！怎麼吃得這麼快？真自私，男人真自私！你夠不夠？

蕭紅：夠了。你夠不夠？

蕭軍：夠了。

△隔壁的手風琴唱起來。

057

歐羅巴旅館小房

時｜日
景｜內
季節｜冬
年｜1932年

△一個瘦弱的年輕男子坐在草褥上咳嗽。他面色潮紅。

△蕭紅坐在椅子上偷眼瞧他。

瘦弱男子：門外那張廣告上寫著教武術每月五元，不能少點嗎？

蕭紅：等一等再講吧？

瘦弱男子：先生還要多久回來？

蕭紅：你等一等，就回來的！

瘦弱男子：我要走了，我有肺病，我是從大羅新藥店來的。一年了，病也不好，醫生叫我運動運動。吃藥花錢太多，也不能吃了！運動總比挺著強。昨天我看報上有廣告，才知道這裡教武術。先生回來，請向先生說說，學費少一點！

△他咳嗽著離去，但馬上又回來。

瘦弱男子：先生會不會飛簷走壁？

058
街頭

時｜夜
景｜外
季節｜冬
年｜1932年

△走廊裡闃寂無人。黎明的天光。

△走廊多數房間門上掛著「列巴圈」。門口地上放著一玻璃瓶的牛奶。

△一個茶房在氣喘著抹地板。

△蕭紅和蕭軍躺在草褥子上，合蓋著一條破被子。倆人都枕著幾本書。

△蕭紅悄悄起身，賊一樣的表情。

△她光腳下地，屏氣走到門口，趴在門上聽了一下，然後輕輕打開門，往外探頭。

△對面客房門上掛著列巴圈，地上一瓶牛奶。

△蕭紅眼裡冒出光。她回頭看了一眼蕭軍，依然酣睡。

△蕭紅剛剛要往外走。那個抹地的茶房踢噠踢噠往樓下走。

△蕭紅嚇得縮回房間，喘著氣，又慌慌張張看身後的蕭軍。

△她等腳步聲消失後，再次鼓氣打開門。她跨出門，站到走廊中間，貪婪地盯著那個麵包圈。她自己濁重的喘息聲把她自己嚇壞了，迅速掉頭回到房間。

△她關上門使勁嚥了幾口唾沫，審視了一眼蕭軍，躡手躡腳又回到床上去。

△蕭軍沒有醒。

△白天。

△蕭紅一個人無聊地閉眼靠在床裡的牆上。

△蕭紅睜眼站起來踩到桌子上，打開了斜屋頂上的天窗，把頭伸出去。

△蕭紅的頭髮被風吹動著，她極目遠眺。

△四周的建築屋頂全是積雪。遠處有工廠的煙囪，光枯的樹枝，白雲。

△傍晚。

△蕭軍懷裡摟了個包袱風風火火撞門進來。

△蕭紅在床上躺著，聽到動靜起身。

蕭紅：是什麼呀？

△蕭軍慌慌忙忙打開包袱。

蕭軍：從當鋪贖出我當過的兩件衣服。

△他興致勃勃地拎出一件夾袍，還有一件毛衣。

蕭軍：你穿我的夾袍，我穿毛衣！

△倆人各自趕快穿上。

蕭紅：哪來的錢？

蕭軍：搶的！（笑）我當家庭教師了！

059

街頭

時｜夜
景｜外
季節｜冬
年｜1932年

△蕭紅穿著大布袋似的夾袍，手腳都看不見，跌跌撞撞跟在蕭軍身後走著。蕭軍大步流星走在前面。

△蕭紅忽然停下來蹲在地上，她的鞋帶斷了。

△蕭軍回頭。

蕭紅：鞋帶斷了！

△蕭軍過來，抽出自己一隻鞋帶，在地上找到一塊玻璃，割斷，分給蕭紅一半兒鞋帶，倆人都蹲著繫鞋帶。

060

破飯館

時｜夜
景｜內外
季節｜冬
年｜1932年

△蕭軍蕭紅一前一後來到飯館門口。

△一扇破碎的玻璃門，上面封了紙片抵擋。

蕭軍（回頭）：很好的小飯館，洋車夫和一切工人全都在這裡吃飯。

△蕭紅跟蕭軍進去。

△屋裡擺了三張大桌子，認識不認識的全都擠在這三張桌上，滿滿的，很嘈雜。

△全是下層社會的男人，沒一個女的。

△蕭軍四下張望著找空位子。

蕭紅（捏了蕭軍手一下）：一張空桌也沒有，怎麼吃？

蕭軍：在這裡吃飯是隨隨便便的，有位置就坐。

△蕭軍摘下帽子掛到牆上的掛鉤上。

△蕭軍拉著蕭紅擠到一張桌前。

蕭軍：借光借光！

△吃飯的人移了移，給他倆擠出一塊空位。

△倆人剛坐下，蕭軍又起來跑到一個木砧旁，上面堆著煮熟的豬頭肉。

蕭軍：切半形錢的豬頭肉。

△賣肉的把刀在他髒兮兮的圍裙上一抹，熟練地揮刀切肉。

△蕭軍將肉放到桌上坐下。

△蕭紅正伸著脖子在看一旁火爐上煮著的大鍋。鍋裡是滾動著的肉丸子。

蕭紅（小聲）：你去看看吧！

蕭軍：那沒什麼好吃的。

△蕭軍說完嚥了一口唾液，望著鍋裡的肉丸子。

△掌櫃的連忙誘惑地對他倆笑。

掌櫃的：來一碗吧？

△倆人沒立刻回答。

掌櫃的：味道很好哩！

△蕭軍和蕭紅互相看看，求援地望著對方。

蕭紅：這麼多菜，還是不要肉丸子吧。

蕭軍：肉丸還帶湯！（鼓動）來一碗吧！（對掌櫃的）來一碗吧！

△他倆面前已經擺了五六個小碟子。

蕭軍：豬頭肉得喝酒，

蕭紅：我也幫著喝！

蕭軍（吆喝）：來壺酒！

△倆人不由分說各自捍了一塊豬肉吃。

061

街頭

時｜夜
景｜外
季節｜冬
年｜1932年

△蕭軍大踏步地走在前頭，蕭紅還是穿著夾袍跌跌撞撞地跟在後頭。

△他們經過一個賣零食的小亭子。

△蕭紅停下，掏出零錢買了兩顆糖。

△蕭軍停下來等她。

△蕭紅趕上來，將一顆糖遞給蕭軍。倆人剝了糖紙將糖塞進嘴裡，誇張地吸吮著。

062

歐羅巴旅館

時｜夜
景｜內
季節｜冬
年｜1932年

△倆人進來，在大堂的鏡子前停下來，一起照鏡子。

蕭軍：你像一個大口袋！

△說完倆人上樓。

△進到他們的小房間，拉開電燈。

△蕭軍吐出舌頭給蕭紅看，他的舌頭是紅的。

△蕭紅吐出自己的舌頭給蕭軍看，是綠的。

△黑暗中。倆人合身蓋著那一條破被子，枕著書，望著斜屋頂上的天窗。

△外面又傳來手風琴聲。

△銀幕上出豎排的字幕：電燈照耀著滿城的人家，鈔票帶在我的衣袋裡，就這樣，兩個人理直氣壯地走在街上。

△蕭紅側身將頭搭在蕭軍的胸前。

063

上海大陸新村魯迅居所的廚房裡

時｜日
景｜內
季節｜秋
年｜1936年

梅志（O.S.）：幫你剝毛豆吧，許先生！

△魯迅夫人許廣平坐在小竹凳上，腳下是裝毛豆的竹籃，腿上放著一摞翻開的手稿。她淚眼婆娑地抬起頭。

△梅志站在廚房門口驚訝地望著許廣平，又看到她腿上的手稿，一時不知如何是好。她比蕭紅小一些。

梅志：許先生!?

△許廣平不好意思地揩揩淚，朝梅志笑。

許廣平：我在看蕭紅的《商市街》。

△她闔上腿上的手稿，封面寫著「商市街」。

△梅志過來在許廣平身旁坐下。默默端起竹籃剝毛豆。

△許廣平睇視門外。

△門外的院子裡，晴朗的天氣。

△小海嬰正在拆卸著一輛玩具汽車。

△蕭紅落落寡合地坐在海嬰旁邊抽煙。

許廣平（O.S.）：她那麼會寫饑寒和貧窮，饑寒貧窮誰會不曉得呢!?

△許廣平和梅志一起剝毛豆。

許廣平：可沒人像她這麼觸目驚心！

△梅志會心地點點頭。倆人一起抬頭去看院子裡的蕭紅。

△院中的蕭紅無意識地扭頭朝廚房看了她倆人一眼。

064
歐羅巴旅館小房

時｜日
景｜內
季節｜冬
年｜1932年

△破桌子上放著一雙蕭軍的破皮鞋和一個乾硬的燒餅。

△蕭紅用粉筆在畫它們的靜物畫。

065
商市街二蕭住處

時｜日
景｜內
季節｜冬
年｜1932年

△雪後放晴的氣候。

△蕭軍帶著一個九歲的男孩王玉祥在院子裡舞劍。

△旁邊一間小破房裡濃煙滾滾飄出。

△蕭紅蹲在屋裡的鐵爐前笨手笨腳地生火，鐵爐上蒸著米飯，她給嗆得直咳嗽。

△這是一間監獄似的小房間。

△蕭紅站起來到門口望了望院外的蕭軍，又走回鐵爐旁掀開鍋蓋，抓起一口米吃，又將鍋裡的米用手抹平消除痕跡。

△她冷得直跺腳，拉過一把椅子把雙腳架在爐子上。

△這時蕭軍進來，看了她一眼。

蕭軍：你在烤火腿呢？

066
女子中學

時｜黃昏
景｜內
季節｜冬
年｜1932年

△下課的鐘聲響起。

△一群女學生嘰嘰喳喳雀躍著湧下樓梯。

△蕭紅獨自站在樓下的走廊裡，女學生們從她身邊席捲而過，有些人還狐疑地看她一眼。

△樓梯上下來一個五十多歲的老校役。

老校役：張廼瑩，高老師在畫室呢，讓你上去找他！

△張廼瑩對校役點頭致謝，走上樓梯。

067
女子中學門外

時｜黃昏
景｜外
季節｜冬
年｜1932年

△她走了一半，忽然扭身衝下樓梯。

△蕭紅從學校走出來。

△蕭軍從一邊的雪地裡閃出來。

蕭軍：在這兒！

蕭紅（窘迫地）：回去吧！走吧！

△倆人在雪地上往回走，夕陽當頭。

△走了一會兒，蕭紅才又開口。

蕭紅：不坐電車了，沒借到錢，高老師一直開教務會，見不到他！

△蕭紅剛說完，在雪地上摔了一跤。

△蕭軍連忙扶起蕭紅。

△蕭紅忽然一把抱住蕭軍，將頭埋進他的懷中。

△蕭軍解開衣襟，把蕭紅的頭裹進懷裡

068

牽牛房

時｜夜
景｜內
季節｜冬
年｜1932年

△蕭軍蕭紅敲門。

△房主是個中年男人，姓黃，打開門，朝他倆親切地一笑，將他們讓進屋。

蕭軍：老黃，這是張迺瑩。

老黃：歡迎歡迎！

△屋裡的客廳。

△羅烽、白朗、金劍嘯、舒群正在排演女作家白薇的《娘姨》。

△金劍嘯和羅烽都用毛巾包著頭表示扮成女人的意思，很滑稽。

△白朗和舒群都紮著圍裙作老人狀。他們的臺詞都很文明戲的腔調。

△房主黃太太捧著一本劇本倚在沙發上聽，見二蕭進來，朝他倆笑臉致意。

△蕭軍和蕭紅一旁坐下來。

△蕭紅扭頭看到桌上有茶點，不客氣地抓了一把塞給蕭軍。自己也抓了一把。兩人邊吃邊看朋友們排戲。

白朗【母親一角，陰陽怪氣地】：主！我總是這樣地誠心禱告，不論是日，不論是夜。我並且用信仰主的心，勸兒女們也這樣禱告，對姨娘也這樣禱告。姨娘，她現在病床上，也求我主賜恩給她，饒恕她的罪惡！給她快點好！Saline違背我主去相信社會主義，我替我主去征服她！但求主賜給我力量！阿門！

舒群【老外祖父一角，扮作老人聲音】：Saline，你……你真好啊！

金劍嘯【反串姨娘一角】：這家裡二小姐和大少爺都好，反而是姐姐生的Pauline和Fields倒有些討厭呢！

羅烽【反串Saline，學女聲，他誇張地一把抓住金劍嘯】：姨娘……

△還沒等羅烽說完，白朗忍不住哈哈笑場。

△眾人也憋不住地樂。

羅烽（惱怒地）：我警告你白朗，你再笑場我揍你啊！

△白朗忍住笑。

△羅烽又捏著嗓子重新開始。

羅烽：姨娘，你的熱還很大……

△還沒等他念完，大家又哈哈笑場。

羅烽（惱怒地）：我不演了！你們太不嚴肅了！

金劍嘯：大家嚴肅點啊，不要吊兒郎當的，來吧羅烽。

△羅烽調整了一下情緒，繼續反串Saline，學女聲，他再次一把抓住金劍嘯。

羅烽：姨娘，你的熱還很大，這副藥敷上去又要痛一個鐘頭，但過了一點鐘後，是不會痛苦的，請你忍耐些……

△羅烽突然自己蹲在地上捂著肚子哈哈大笑起來。

△大家跟著他哄笑起來。

△這時候，外面忽然有人學豬叫。

△屋裡馬上靜下來。

△女主人立即站起來，朝後門指指。

△大家頃刻間從後門魚貫而出。

069

哈爾濱大街

時｜夜
景｜外
季節｜冬雪
年｜1932年

△下大雪，人跡寥寥。

△二蕭、白朗、羅烽、金劍嘯、舒群六個人晃蕩在雪中。

△遠遠的，他們身後跟著一輛摩托，上面兩個日本憲兵，車上插著日本國旗。

△在他們六人前方，又遠遠地走來一群俄國人。他們喝多了烈酒，一起唱著歡快的俄國歌曲。

△這時，夜空中傳來教堂新年的鐘聲。

蕭軍扯起嗓子用俄文吼了一句：「新年快樂！」

對面的俄國人都跳了起來，用俄文不斷叫嚷著：「新年快樂！」……

蕭紅他們幾個又用中文嚷：「新年快樂！」……

△那群俄國人跳著舞步唱著歌喝著酒抽著煙過來了。

△兩群人交匯而過。

△那輛日本摩托掉頭，加油門開走了。

---

070 西安碑林

時｜日
景｜外
季節｜春
年｜1938年

△蕭紅和端木蕻良並肩走著散步聊著天。

△蕭紅的裝束儼然已是成熟的知識女性，手裡拿個手電筒。

△端木手拿拐棍，腳蹬馬靴，很時髦。倆人都戴著貝雷帽。

蕭紅：新年過後，像往常一樣，許多報紙都要搞新年徵文，蕭軍和他的朋友都鼓勵我投稿。我不願意寫，不自信。其實只要我寫了，就一定能在報上登。因為編輯是蕭軍的朋友……但我想去電影院畫廣告賺錢……

071

哈爾濱中央大街

時｜日
景｜外
季節｜春
年｜1933年

△蕭軍和蕭紅一前一後在街上閒蕩著。

△蕭軍一臉的憤憤不平。

蕭軍：你說我們不是自私的爬蟲是什麼？只怕自己餓死去畫廣告。什麼情史啦豔史啦甜蜜啦，真是無恥和肉麻！讓大家都羨慕富貴，人人都往上爬……就是這樣，只怕自己餓死，毒害多少人不管……人是自私的東西，要是每月給兩百塊，不是什麼都幹了嗎？我們就是不能夠推動歷史，也不能站在相反的方面敗壞歷史！

△金劍嘯斜刺裡閃出來，拍蕭軍肩膀。金的身上有顏料。

金劍嘯：正準備去找你們的！

蕭紅：怎麼顏料都跑身上了金劍嘯？

蕭軍（譏諷地）：哼，他生怕別人看不出來他能畫畫。

金劍嘯：我來不及換衣服，公司四點下班，五點鐘就要去畫廣告，你們能不能幫我一點忙？月薪四十，咱們各拿二十塊！

△蕭軍和蕭紅都沒回答，也沒交流。

金劍嘯：下午五點我在電影院等你們，你們一進門就能看見我。

072

商市街二蕭住處

時｜傍晚
景｜內
季節｜春
年｜1933年

△蕭軍和蕭紅站在火爐旁急急忙忙吸吸溜溜地吃著烤餅。

△火光映紅著他們的臉。

073
哈爾濱某電影院

時｜傍晚
景｜外
季節｜春
年｜1933年

△電影院前掛著巨大的豔俗的好萊塢電影海報。

△蕭軍匆匆走在前面，蕭紅跟在後面朝電影院走。

蕭軍：做飯也不知道快做！磨蹭，你看晚了吧，女人就能耽誤事！

074
西安碑林

（同70場）

時｜日
景｜外
季節｜春
年｜1938年

△蕭紅笑著對端木蕻良繼續講述。

蕭紅：畫廣告不是幹不得嗎？他搶著跑進電影院去。我看他矛盾的樣子，幾乎笑出來……

△端木也笑笑。

蕭紅：售票處賣票的是個俄國人，問他金劍嘯他說不認識。等了半個鐘頭也不見金劍嘯的人，我們等錯地方了，蕭軍一怒之下走了。我找到金劍嘯，和他一起畫到了晚上十點。蕭軍又回來找過我們兩次，沒找到地方，回到家裡在屋裡生氣……

075
商市街二蕭住處

時｜夜
景｜內
季節｜春
年｜1933年

△蕭軍咬開一瓶白酒的蓋子，仰脖喝起來。蕭紅搶過酒瓶也灌下去。蕭軍又搶過去喝。

△兩人都哭了。

△蕭軍躺在地板上嚷嚷。

蕭軍：一看到職業什麼也不管就跑了，有職業，愛人也不要了！

076

商市街二蕭住處

（同41場）

時｜夜
景｜內
季節｜春
年｜1933年

△蕭軍在蠟燭下伏案寫作，背對著蕭紅。

△蕭紅躺在床上空洞的睜著眼。

△屋裡很靜，只聽見瀟瀟雨聲。

△半晌，蕭紅扭頭看了蕭軍一眼，又回頭躺著。

蕭紅：三郎，你說的是真的嗎？你去旅館第一次見我，如果沒看到我寫寫畫畫，我們是不是就不會有今天的關係？

△蕭軍沉吟了一下轉身看蕭紅。

蕭軍：你什麼意思？

蕭紅：是不是?

蕭軍：我說過了！因為你的才華！

△蕭軍繼續寫作。

蕭紅：如果我沒你認為的才華呢？

△蕭軍不吭聲。

△蕭紅平靜地起身下床，點上一支蠟燭焊在碗裡，又將碗放在床上。她拉過一把小凳子，拿起紙和筆，坐到床邊，將紙鋪開。在紙上寫上「棄兒」的題目。

△蕭紅潸然淚下。

077
鐵路軌道上

時｜日
景｜外
季節｜秋
年｜1933年

△舒群五十多歲的父親正在檢修鐵軌。他典型底層勞動者的臉。

△舒群拎著一瓶燒酒向父親走來。

舒群：爸！

△舒父抬頭看兒子，沒什麼表情。

舒群（難以啟齒地）：我給家裡那三十塊錢想拿出來用……

舒父：噢！

舒群：朋友出書沒錢……我以後再掙錢給家裡……

舒父（依然沒表情）：噢！在裡屋房樑上藏著……

舒群：這酒給你的，中秋節了！

舒父：噢！

078
當鋪

時｜日
景｜外內
季節｜秋
年｜1933年

△已入秋。

△金劍嘯、白朗、羅烽三個人在當鋪外的一個角落裡，一人手裡一件衣服。他們三個比劃著「石頭，剪刀，布」。

△金劍嘯輸了。白朗、羅烽將各自手上的衣服交給金劍嘯。

△金劍嘯抱著三件衣服走向當鋪大門。

△白朗和羅烽等候在外面，不約而同朝鏡頭審視了一眼。

白朗：1933年中秋節，蕭軍和蕭紅自費出版了文集《跋涉》，出版費是我們大家湊的。我當了《國際協報》的編輯，蕭紅在上面發表了很多文章。

079
哈爾濱中央大街

時｜日
景｜外
季節｜秋
年｜1933年

△蕭軍拿著個三弦琴，邊走邊彈，蕭紅跟著他邊走邊唱。倆人很high的樣子。蕭軍脖子上繫了個黑蝴蝶結。蕭紅穿著花短褂，下著一條女中學生通常穿的黑裙子，腳上卻穿了雙蕭軍的尖頭皮鞋。他們邊走邊唱，像流浪藝人一樣。

△街上的行人紛紛側目。

羅烽（O.S.）：蕭紅以「悄吟」的筆名登上東北文壇，從此一發不可收。每個人一生都充滿了偶然，蕭紅也是如此。蕭軍的出現，成為改變她命運的人……

白朗（O.S.）：蕭紅的文學天賦是無可置疑的，但蕭軍對她的救命之恩與知遇之情，成為後來任何版本的蕭紅傳中都無法跳脫的章節……

080
西安碑林
（同70場）

時｜日
景｜外
季節｜春
年｜1938年

△蕭紅和端木蕻良在碑林裡瀏覽，一邊聊著。

蕭紅：……我們生活有了很大改善。還請了一個俄國姑娘學俄文。蕭軍還去學開汽車。有一天他學開車回來說，新認識了一個朋友，從上海來，是中學生……

081
松花江上

時｜日
景｜外
季節｜冬
年｜1934年

△蕭紅穿著冰鞋坐在一旁看冰場上蕭軍在拉著程涓學滑冰，程涓快樂的樣子。

△程涓很漂亮，很素淨，臉上不塗粉，頭髮沒有捲起來，只是紮了一條綢帶，這更顯得特別風味，又美麗又乾淨。

蕭紅（O.S.）：……程女士就常常到我們家來，蕭軍特意借了冰鞋，有時我們就一起去，新朋友當然一天比一天熟起來。她漸漸對蕭軍比對我更熟……

082
商市街二蕭住處

時｜日
景｜內外
季節｜初春
年｜1934年

△蕭紅在門外曬被子。

△蕭軍在屋裡看一封信。

蕭紅（O.S.）：……她給蕭軍寫信了，雖然常見，但還是要寫信的……

083
商市街二蕭住處

時｜日
景｜內
季節｜春
年｜1934年

△蕭紅和白朗坐在小屋裡抽煙看著書。

蕭紅（O.S.）：……又過了些日子，程女士就不常來了，大概是怕見我。最後一次來……有人敲門。

△蕭紅起身去開。

△程涓帶著一個大她一些的男青年出現在門口。

△蕭紅面無表情地望著兩人。

蕭紅：三郎不在家……

△白朗也偷眼審視著程涓。

△程涓怯笑了一下。

程涓：我是來辭行，我要回南方去了……噢，這是我男朋友……

蕭紅（依然沒表情）：等三郎回來我告訴他，讓他去送行！

---

084 街上

時｜夜
景｜外
季節｜初春
年｜1934年

△程涓和蕭軍默默地並肩走著。

△蕭軍忽然俯身在程涓臉頰上親了一下，然後飛一樣轉身溜走了。

△程涓怔在街上。

△半晌，她才掉回頭，眼含笑意地目送蕭軍。

085

海船上

時｜日
景｜外
季節｜春
年｜1934年

△舒群站在甲板上，眺望著大海。他知道鏡頭在他旁邊，他看了一眼，又把目光投向遠方的海。

羅烽（O.S.）：這一年春天，舒群因為失去了黨組織關係，面臨著危險，匆匆離開了哈爾濱，去了青島……

086

白朗羅烽夫婦的講述（同30場）

羅烽：他走後，一系列事情發生了……

△白朗聽著。

087

民衆教育館劇場

時｜日
景｜內
季節｜春
年｜1934年

△金劍嘯、蕭紅、蕭軍、白朗、羅烽，還有幾個年輕人在舞臺上搭景片。

△從台下走上來兩個戴眼鏡的三十多歲男子，當官的模樣，倆人逕直分別走到羅烽和白朗跟前。

官甲：你是羅烽先生嗎？

官乙：你是白朗小姐嗎？

△舞臺上的人都緊張地看著。

白朗羅烽點頭。

△官甲乙又都從身上掏出名片分別遞給白朗、羅烽。

官甲：新聞檢查處勞駕二位去一趟！

△官甲乙倆人轉身先行往台下走。

088

商市街

時｜傍晚
景｜外
季節｜春
年｜1934年

△蕭軍和蕭紅神色慌亂地往家走。

△住處外的路口，有個穿高筒皮鞋的人站在那兒掃視著街上的人，一邊啃著一根玉米棒。他身旁停著一輛摩托。

△蕭紅用肩膀撞了蕭軍一下，示意蕭軍看那個人。

△那人似乎看到二蕭。

△蕭紅和蕭軍佯裝鎮定，相挽著橫穿馬路，進到路對面一家食品店裡。

△那人也啃著玉米跟過去。

089

小食品店裡

時｜傍晚
景｜內
季節｜春
年｜1934年

△倆人進來後根本顧不上看店主，眼睛瞅著外面，蕭紅嘴裡說：來塊麵包！

△店主拿了麵包，又切了一條香腸。

△外面那個高筒靴子的人，吃著玉米，轉頭慢慢走掉了。

△蕭紅和蕭軍舒了口氣，這才轉身去結帳。

店主：麵包和腸一共三角五分。

蕭紅：沒說要腸呀！

090
商市街二蕭住處

時｜傍晚
景｜外
季節｜春
年｜1934年

△二蕭倆人往家走。

蕭紅（懊悔地）：買了這些吃的怎麼辦呢？明天襪子又不能買了！

蕭軍：我也不知道，誰叫你進去買的，想怨誰？

△蕭軍的學生王玉祥本來正在院裡舞劍，一看到蕭軍，像耗子見貓一樣急奔進自家屋內。

△蕭紅和蕭軍給嚇了一跳，納悶地互相看看，開門往屋裡走。

△王玉祥的姐姐從屋裡出來奔到二蕭眼前。

王玉祥的姐姐（小聲地對蕭軍）：我家收到一封信，説你要綁我弟弟的票！

091
牽牛房

時｜夜
景｜內
季節｜春
年｜1934年

△房主老黃和太太及金劍嘯氣氛凝重地坐在那兒。

老黃：羅烽和白朗不會有大事，我託朋友打聽過了。但抓進去不少人了！有個學生只因為床上有本《戰爭與和平》。

金劍嘯：到底什麼原因抓羅烽他倆？

老黃：他們説是羅烽在《國際協報》發表的〈曬黑了你的臉〉那首詩，當局看出他諷刺那些參加偽滿國「九・一五」紀念日的人。白朗是編輯，當然牽連進去。你也要小心了！還有三郎他們倆人，過於引人注目，又是黨外人士。

金劍嘯：他倆一直不知道我們的身份。我已請示過上級組織，讓他們立即撤離！

092
牽牛房外

時｜夜
季節｜春
年｜1934年

△屋外的牽牛花在夜晚閉上了它們的花瓣。

093
金劍嘯的畫室

時｜日
景｜內
季節｜春
年｜1934年

△堆滿畫框的一間小房間。

△蕭紅、蕭軍、白朗、金劍嘯、老黃和被打得鼻青臉腫的羅烽圍坐著。

△大家為二蕭踐行，各自輪流傳遞著一瓶白酒喝一口。誰也沒講話，各懷離愁別緒。

△桌上只有一包花生米。

094
商市街二蕭住處

時｜日
景｜內
季節｜春
年｜1934年

△蕭軍的學生王玉祥抱著蕭軍的寶劍站在二蕭的房門口。

△他進屋拉亮電燈。

△屋裡已經空空蕩蕩，幾乎什麼都沒剩下；幾根木柴，曾被蕭紅畫過的蕭軍的那雙破鞋。

095
商市街

時｜日
景｜外
季節｜春
年｜1934年

△蕭軍和蕭紅拎著行李包袱走在街上。

△蕭紅依舊是跟在蕭軍後面。她拎著的那個箱子，還是當年去北平時用過的。

△蕭紅駐足，扭頭去看路上的一輛廢品車。

△那車上裝著他們賣掉的鍋碗瓢勺。

△蕭紅收回視線，邁步去追蕭軍。

△她剛走幾步，身後「咣啷啷」一聲響。

△蕭紅回身看。

△那只臉盆，她曾喝水用的，從廢品車掉在地上。

△蕭紅留戀地看著它，眼淚幾乎要湧上來。

△拉車的老人將臉盆撿回車上，拉車離去。

096
金劍嘯的畫室
（同93場）

時｜日
景｜內
季節｜春
年｜1934年

△羅烽、白朗、老黃、金劍嘯還在輪流喝那瓶白酒。蕭紅蕭軍已不在了。

△白朗喝了一口將瓶子遞給金劍嘯，然後看向鏡頭。

△其他三人跟著白朗看向鏡頭。

白朗：我們告別二蕭，他們離開哈爾濱去青島。他們走後一星期，羅烽再次被捕入獄；二年後，金劍嘯犧牲，被日本人殺死在齊齊哈爾；老黃後來失蹤，我們再也沒見到過；我四處奔波，設法營救羅烽……

097
青島觀象路一號

時｜日
景｜外內
季節｜夏
年｜1934年

△這是一座石砌二層小樓。二蕭住一層。

△一個二十多歲和二蕭同齡的青年男子拎著海鮮走過來，敲二蕭住處的門，他是張梅林。

△無人應聲。

△張梅林推門，門開了，他進去。

△他將海鮮放在地上，正好一陣海風從開著的窗戶颳進來，將桌上的一摞稿紙吹落在地。

△他趕忙去撿。他拿起一頁看，上面寫滿字，是蕭紅的手稿。

蕭紅的（O.S.）：在鄉村，人和動物一起忙著生，忙著死……

长江62032
人民

098
田野上

時｜黃昏
景｜外
季節｜夏
年｜1931年

△農民們在收割麥子。

△殘陽如血，遍地金黃。

蕭紅（O.S.）：……大片的村莊生死輪迴著和十年前一樣。屋頂的麻雀仍是那樣繁多，太陽也照樣暖和，什麼都和十年前一樣……

099

上海大陸新村 魯迅寓所

時｜深夜
景｜內
季節｜冬
年｜1934年

△魯迅在他二樓書房的書桌前，戴著老花鏡，一邊抽煙，一邊咳嗽，一邊看著蕭紅的手稿。

△書桌上攤著一張照片，是二蕭在哈爾濱的合影，蕭軍穿俄式襯衣。照片旁是《跋涉》一書。

蕭紅（O.S.）：……平兒和羅圈腿都是大人了！王婆被涼風飛著頭髮，在籬牆外遠聽從山坡傳來的童謠，雪天裡村人們永沒見過的旗子飄揚起，升上天空……

△魯迅的咳嗽聲吵醒睡在床上的許廣平，她起身看窗前魯迅的背影。

100
上海北四川路 內山書店

時｜日
景｜外
季節｜冬
年｜1934年

△魯迅大病初癒的樣子，一手夾著紫地白花日本風格的包袱，一手牽著小海嬰走進內山書店。

魯迅（O.S.）：軍先生，給我的信是收到的，你們的稿子我可以看一看的，但恐怕沒有功夫和本領來批判。稿子可以寄「上海，北四川路底，內山書店轉，周豫才收」。最好是掛號，以免遺失……

101
香港思豪酒店五樓客房

時｜夜
景｜內
季節｜冬
年｜1941年

△蕭紅身染沉疴，病在床上。

△駱賓基在一旁用酒精爐燒水。他二十五六歲，比蕭紅小。

△外面不時響著槍炮聲。

蕭紅（沉靜地）：我們誰也沒有料到魯迅先生會回信給我們，並且回得那麼快！我寫完《生死場》後很迷茫，不知道能發表到哪裡，也不知道當時文壇的情況什麼樣。……

△外面一聲巨響，整個房間顫動著，天花板落下牆皮粉塵。

△蕭紅不動聲色繼續說。

蕭紅：收到先生回信不久，舒群和他新婚妻子一起被國民黨逮捕，還有他妻子的一家人。我們倉皇離開了青島……

△有一聲巨響，這次爆炸點離得更近。

102
上海街頭某處

時｜下午
季節｜秋
年｜1934年

△蕭紅、蕭軍、張梅林各自肩挑手拿著行李，走過上海的街口，拐彎不見了。

△街口是一間咖啡館。

△鏡頭升起，躍過咖啡館二樓窗戶，進到裡面去。

△二樓的房間，煙霧繚繞，或坐或站滿了人，清一色知識份子模樣，年齡老老少少。有的在高談闊論著什麼，有的獨自在默默沉思，有的在竊竊私語……

魯迅（O.S.）：……遙想洋樓高聳，前臨闊街，門口是晶光閃爍的玻璃招牌，樓上是「我們今日文藝界的名人」，或則高談，或則沉思，面前是一大杯熱氣蒸騰的無產階級咖啡，遠處是許許多多「齷齪的農工大眾」，他們喝著，想著，談著，指導著，獲得著，那倒也實在是「理想的樂園」……

103

拉都路二蕭亭子間

時｜日
景｜內
季節｜秋
年｜1934年

△蕭紅在租來的亭子間裡安頓著家什，從房東家借來的椅子桌子擺放著。地上油鹽醬醋，木柴和碳，泥爐子林林總總。

△蕭軍在空床上看魯迅的《三閑集》。

104
霞飛路

時｜日
景｜外
季節｜秋
年｜1934年

△淅淅瀝瀝的秋雨，不大。

△蕭紅、蕭軍和張梅林三個人冒雨在馬路邊的櫥窗前逛風景。三個人手裡拿著一包花生米吃著。

△他們身邊不時經過撐傘的摩登女子男子狐疑地瞥他們一眼。

張梅林（惆悵地）：我再在同學家住下去要發狂的！

蕭紅（譏笑他）：你還說你住的是法國公園邊上的花園別墅，恐怕住的是小黑屋吧！

張梅林：像灶房，空氣是黴的，想寫作是做夢！我那個同學總是拖著我到馬路上閒逛。我又厭惡又疲倦……

蕭軍（堅決地）：你搬我們這兒來住！

張梅林：不行，三個人會整天開座談會的。

蕭軍：我們可以定下規則，軍隊一樣工作起來。

張梅林：不行，事實上一定整天開座談會的！

蕭紅：你有布爾喬亞臭習氣！

△張梅林不再說話，受傷害的模樣。

△張梅林和蕭紅、蕭軍繼續逛馬路。

蕭紅：寫的幾篇東西寄出去，連一點音訊都沒有……

張梅林：聽說上海是這樣的。我們那袋麵粉吃完了該怎麼辦呢？

蕭軍（用力摸一把臉）：有辦法的！先到第一流的大菜館去，點最好的菜，猛吃一通，然後抹抹嘴走出來！

張梅林：你自己開的大菜館？

蕭軍（眯起眼）：拳頭用來做什麼？揮了幾拳後就有機會吃不掏錢的飯的！

△蕭紅神經質地捂住雙耳，白了蕭軍一眼，不愛聽。

COSMETICS
THE SINCERE & CO.LTD

蕭軍：前途永遠是樂觀的！

△經過一個賣香水的櫥窗，蕭軍停下來，指著裡面的香水瓶逗蕭紅。

蕭軍：你買它三五瓶吧！

蕭紅：我一輩子也不會用那有臭味的水！

105
須藤醫生診所

時｜日
景｜內
季節｜冬
年｜1934年

△魯迅抱著小海嬰，須藤醫生在給孩子種牛痘。

△種完，魯迅掏出自己身上的體溫計遞給須藤。

魯迅（O.S.）：1934年11月3日，多雲。得蕭軍信，即覆。軍先生：來信當天收到。先前的信、書本、稿子，也都收到的，我看沒有人截去……見面的事，我以為可以從緩，因為佈置約會的種種事，頗為麻煩……

106
上海兆豐公園

時｜日
景｜外
季節｜冬
年｜1934年

△蕭軍和蕭紅互相倚著，雙雙在公園的長椅上盹著了。蕭軍手裡還捏著魯迅的回信。

魯迅（O.S.）：……上海實在不是好地方，固然不必把人們都看成虎狼，但也切不可一下子就推心置腹……青年兩字，是不能包括一類人的，好的有，壞的也有……我所遇見的倒十之七八是少年老成的，城府也深，我大抵不和這種人來往……

107
梁園豫菜館

時｜傍晚
景｜內
季節｜冬
年｜1934年

△二樓的一個包間內。

△魯迅、許廣平、海嬰一家三口、聶紺弩、周穎夫婦、茅盾先生眾人散坐著一起聊天喝茶，等候開宴。海嬰在地下玩著玩具。

△聶紺弩一個人坐在一旁，背對著大家。他三十多歲，形容消瘦，溫良之人。

△大家似乎當他是隱形人似的，視而不見。

出字幕：聶紺弩

聶紺弩對鏡頭講：此時的上海政治背景很黑暗，除了各國租界地，就是國民黨統治區。國民政府為了配合軍事上對共產黨根據地的圍剿，對進步的文化事業也採取高壓政策，魯迅亦遭通緝四年，過著半地下的生活。上海文學流派眾多，由於政治傾向階級立場不同，論爭與筆戰激烈無情。作為文壇領袖的魯迅處在風口浪尖，成為敵對者和不同政見者炮轟的目標……

△聶紺弩講述過程中，其他人一直相談甚歡，各行其是。

108

電車上

時｜日
季節｜冬
年｜1934年

△二蕭在擁擠的車廂裡，被一個農民的大包袱頂在頭上，不能動彈，保持著一個姿勢。

聶紺弩（O.S.）：……魯迅在回蕭軍蕭紅的第七封信中向他們發出見面的邀請……

魯迅（O.S.）：……軍先生：本月三十日午後兩點鐘，你們兩位可以到書店來一趟嗎？小說如已抄好，也就帶來……

109

上海北四川路內山書店

時｜下午
景｜內外
季節｜冬
年｜1934年

△蕭軍和蕭紅一前一後來到內山書店門前，走進書店。

魯迅（O.S.）：……坐第一路電車可到。就是坐到終點靶子場下車，往回走，三四十步就到了……

△魯迅坐在櫃檯裡面另一套間裡的一張桌子前面，在檢點著桌子上的一些信件和書物，一面和一個日本人説著日本話，內山也陪在一邊和魯迅説著什麼。他依然是老邁多病的樣子，非常枯瘦委頓。

△魯迅扭頭向外面看到了二蕭，立馬起身走出來。

△蕭軍和蕭紅拘謹地站在書店裡看著魯迅。

△魯迅逕直來到他們跟前，不看蕭紅一眼，沒有笑臉，但溫和。

魯迅：您是軍先生嗎？

△蕭軍點頭稱是，又窘迫又興奮。蕭紅也是，幾乎漲紅了臉。

魯迅：我們就走罷！

△說完，魯迅又走進內室，把桌上的信件書物利索地包進那個紫花包袱裡，挾在了腋下，就走出去，和誰也沒打招呼。

110

咖啡館

時｜日
景｜內
季節｜冬
年｜1934年

△魯迅帶二蕭來到咖啡館前，很熟悉地先推門進去了。

△一個禿頭胖胖的白人男子向魯迅熟識地打了招呼，魯迅就揀了靠近門邊一處座位坐下。

△二蕭跟著坐下。幾乎沒有其他客人，一兩個都是外國人。

△魯迅依舊沒笑容，但親和地和二蕭說話。

魯迅：這咖啡館主要是以後面的舞場為生的，白天沒有什麼人到這裡來，尤其是中國人。所以我常和人約在這地方⋯⋯

△侍者送來三杯咖啡和一些點心就離去。

蕭紅（迫切地）：許先生不來嗎？

魯迅：他們就來的。

△蕭紅睜大了眼睛定定地望向魯迅。

△正說著，小海嬰嘰哩哇啦說著上海話搶先跑了過來，毫不認生。

△許廣平微笑著跟過來。她三十六、七歲。

魯迅（簡潔地）：這是蕭軍先生，蕭紅先生。（指點他們）這是Miss許。

△許廣平一見如故地和二蕭握手，坐下，又特別對蕭紅親切地笑。

△蕭紅的眼裡又湧上淚水。

△小海嬰來揪蕭紅的辮子。

小海嬰（上海話）：儂很漂亮！

△蕭紅聽不懂上海話。

蕭紅：他說什麼？

許廣平（代答）：他說你很漂亮！

△蕭紅不好意思起來。

蕭紅：你叫什麼名字？

△小海嬰不回答，只是樂。

魯迅：叫海嬰。他嫌「嬰」字下面有個「女」字，表示不高興。他大起來，自己要改的！

△小海嬰放開蕭紅跑去找那個外國老闆玩兒了。

魯迅：孩子偶然看看是有趣的，但養起來，整天在一起，真是麻煩得很！（對許廣平）你自己解答一下蕭紅先生信裡報告的問題吧！

△許廣平笑起來，問蕭紅。

許廣平：你看我像交際花嗎？

△蕭紅尷尬地笑了。

蕭軍：我就說是謠言！

魯迅：這些誣陷的方法真是出人意外，譬如對於我的許多謠言，其實大部分是所謂「文學家」造的，有什麼仇呢，至多不過是文章上的衝突，有些一向毫無關係，他不過造著好玩……

蕭軍（衝動起來）：那我們真是高看上海的作家了！我們倆都生長在東北偏僻的地方，對革命文化中心的上海充滿憧憬。認為左翼作家都是言行一致的革命戰士！

魯迅（淡泊地）：我覺得文人的性質，頗不好的，因為他知識思想，都較為複雜，而且處在可以東倒西歪的地位，所以堅定的人是不多的。左翼興盛的時候，以為這是時髦，立刻左傾，待到壓迫來了，他受不住，又即刻變化，甚而至於賣朋友，作為倒過去的見面禮。這大約是各國都有的事，但我看中國較甚，真不是好現象！

蕭紅：丁玲被捕後怎麼樣呢？

魯迅：被政府軟禁在南京，政府在養她……

△魯迅從身上掏出一遝錢放到二蕭面前。

魯迅：這是你們需要的！

△蕭紅和蕭軍又窘又感動地看著那遝錢。

△魯迅和許廣平站起來。

△蕭軍收起那遝錢，也站起來，不知說什麼。

△魯迅又掏出一些銅幣零用錢，放在桌上。

魯迅：這些零錢坐電車用。

△蕭紅快要掉淚了。

△蕭紅捅了蕭軍衣袋一下。

△蕭軍掏出《八月的鄉村》的手稿。

許廣平：小說稿子給我！

111
街上

時｜日
景｜外
季節｜冬陰
年｜1934年

△二蕭上了電車，從車窗往後看。

△魯迅直直站在街邊向他們這邊望著。許廣平和小海嬰在一旁揮著手。

聶紺弩（O.S.）：……他們初次會面的這一天，1934年11月30日，星期五，是上海冬季常有的一個沒有太陽的陰暗的日子……這天上午魯迅還去了醫院看病，他連續發燒一個月了……

112
拉都路二蕭亭子間

時｜日
景｜內
季節｜冬
年｜1934年

△蕭軍和蕭紅趴在一起看一張上海地圖。

△蕭紅忽然拔腳跑出去。

蕭軍（不明所以地）：你幹啥？

255

內山書店
11
全國際及亞洲 各國經濟要覽
國際團體研究

113
拉都路二蕭亭子間

時｜夜
景｜內
季節｜冬
年｜1934年

△蕭軍在床上睡。

△蕭紅在電燈下縫著一件黑白格子的襯衣。縫幾針後，又用剪刀修剪一下尺寸，不停地縫著。其間偶然地抬眼看了鏡頭一下。

聶紺弩（O.S.）：……魯迅先生再次約會蕭軍蕭紅吃飯，蕭紅用了一個下午和一個通宵，不吃不喝，親手為蕭軍趕做出一件新衣服……

114
梁園豫菜館外

時｜傍晚
景｜外
季節｜冬
年｜1934年

△蕭軍穿著蕭紅做的新衣服，和蕭紅一前一後來到飯館門前。

△許廣平正在門前張望，看見他倆人，趕快揮手，上前一把摟住蕭紅，「故友」一樣。然後她又習慣性戒備地四下掃掃，看有無可疑之人。

115
梁園豫菜館

（同107場）

△聶紺弩仍舊背對著魯迅眾人講述。

聶紺弩：……今天是1934年12月19日星期三，在座的除魯迅一家外，還有茅盾先生，我和我太太周穎……

△許廣平領蕭紅蕭軍進來。

△二蕭朝大家害羞地笑笑。

△大家起身和二蕭點頭示意，到餐桌邊準備落坐。

△聶紺弩也回身起立。

△魯迅給大家指派座位。

△魯迅和許廣平坐在臨門的位置，男左女右，海嬰坐許廣平右首，再往右是二蕭，他們右手空兩個位置，再依次是聶紺弩和周穎。茅盾坐魯迅左手。

△進來一個上海人模樣的經理，他滿面和氣。

經理（上海話問魯迅）：先生，儂們客人全到齊啦？

許廣平（看下手錶，問魯迅）：現在快七點了，怎樣？還要等他們嗎？

魯迅：不必了。大概他們沒收到信，我們吃罷。（對經理）給我們開罷。

△經理愉快地一彎身退出去。

△許廣平微笑著好像替菜館抱歉似的。

許廣平：他們這裡的生意好，是希望飯客們快吃快走的，好騰空房間⋯⋯

魯迅：能喝酒的自己斟吧！

△聶紺弩不客氣地先給自己斟了一杯白酒，旁若無人地呷了一口，很過癮地哈口氣。

魯迅：給大家介紹一下吧。都是可以隨便談天的！（先指茅盾）這是我們一道開店的老闆！

△茅盾欠欠身，微笑地「嗯」了一聲。

△大家都很熟識，都會心地笑了笑。

魯迅：這位是聶先生，他夫人周女士！

△聶紺弩完全名士風度，已經自己開吃了，嘴裡嚼著也「嗯」了一聲。

魯迅（向大家介紹二蕭）：這兩位是蕭軍先生，蕭紅女士，他們新從東北來的。今天本來是為胡先生的兒子做滿月的，大概他們沒接到信，上海這地方，真麻煩！（指指那兩個空位置）

116
胡風梅志夫婦的講述

△胡風、梅志肩並肩坐著。梅志抱著他們襁褓中的孩子。胡風三十左右，持重而又陰鬱。梅志二十三四，典型江南女子。

出字幕：胡風　梅志

胡風：魯迅先生邀我們赴約的信被家裡親戚轉交晚了，第二天才拿給我們。所以沒能赴約，讓大家失望久等。過後，魯迅把蕭紅蕭軍的住址告訴了我，要我直接去認識他們。

117
梁園豫菜館
（同107場）

△大家繼續晚餐。

魯迅：蓮娣家的元帥最後有何動向，毛姑有無聽聞？

△茅盾搖頭。

魯迅：他們現在已毫不客氣把我關在門外了，對我神神秘秘的，近來我是越來越看不起人了……

△大家一時沉悶。

△蕭紅蕭軍懵懂地望著魯迅。

△一個夥計將一盤烤鴨端在桌上。

魯迅：這菜館主要是吃烤鴨，但其他菜肴也很好，大家來！

△大家吃烤鴨，紛紛讚歎的時候，聶紺弩往後側過身子，看到鏡頭，講述起來。

△其他人都視他為隱形人，視而不見。

聶紺弩：這次宴會大家認識之後，二蕭和大家保持了終身的友誼。沒過多久，我和周穎就去拉都路看望了他們……

118

拉都路二蕭亭子間

時｜日
景｜內
季節｜冬
年｜1934年

△聶紺弩夫婦及二蕭擠在狹小的房間裡。

蕭軍：那天你們講的都是「隱語」或「術語」之類的話！我和蕭紅都聽不懂，「蓮娣」是什麼？

△聶紺弩和周穎樂起來。

聶紺弩：蓮娣是指「左聯」！「元帥」是老頭子給周揚起的稱呼！

周穎：老頭子是魯迅先生！毛姑是茅盾先生！

蕭紅：比俄語還複雜！

聶紺弩：時世險惡！

△蕭紅倆人目瞪口呆地聽著。手裡的煙灰都忘撣了。

周穎：我們在八仙橋組織了一個「戲劇供應社」，你們出來活動活動吧！

聶紺弩：你們倆為什麼不寫稿子去換錢，不能總靠朋友接濟的！

蕭軍：恐怕寫了也無處發表呵！

聶紺弩：你找老頭子啊！他總有辦法！

蕭紅：我們倆已經把兩部長篇稿子給先生了，怎麼好意思再找他！

聶紺弩：你總要生活下去呀！老頭子介紹的文章如果不是太差，他們總是要登的。太差的文章老頭子也不肯介紹的！其實老頭子自己的文章也不好發表了，不是被禁就是被刪，老頭子換了一百多個筆名了！

119

理髮館

時｜日
景｜內
季節｜冬
年｜1934年

△魯迅在一個小理髮館裡剪頭髮。他開始閉著眼，過了一會兒睜開眼，平靜地凝視著鏡頭。

聶紺弩（O.S.）：……在宴會後寫給二蕭的一封信裡，他說……

魯迅（O.S.）：……敵人是不足懼的，最可怕的是自己營壘裡的蛀蟲，許多事都敗在他們手裡。因此，就有時會使我感到寂寞……我的確常常感到焦煩，但力所能做的，就做，而又常常有「獨戰」的悲哀……

△魯迅又閉上眼睛。臉上落了一層碎頭髮。

120
上海大陸新村魯迅寓所

時｜黃昏到夜
景｜內
季節｜冬
年｜1934年

△許廣平領著蕭紅蕭軍從門外進來，往家裡走。

蕭紅（O.S.）：……第一次走進魯迅家裡去，那是近黃昏的時節，而且是個冬天，所以那樓下房間稍微有一點暗……

△二樓的書房。

△魯迅伏在書桌前寫文章，他放下手裡工作，從書桌抽屜裡拿出一個白色裝煙的圓盒，關上抽屜，拿著煙盒起身下樓。

蕭紅（O.S.）：……魯迅先生備用兩種紙煙，一種價錢貴的，一種便宜的。便宜的是綠聽子的，是魯迅先生自己平時用的。另一種是白聽子的，前門煙，用來招待客人的……

△客廳裡，夕陽照進來。

△魯迅、許廣平和二蕭坐在客廳的長桌旁吃著飯，說笑著什麼。

△魯迅讓給蕭紅和蕭軍一人一支煙，點燃抽著。

△蕭紅看到客廳的花架上有一盆綠色植物。

蕭紅（O.S.）：……魯迅先生家的花瓶裡種的是幾棵萬年青，我第一次看到這花的時候，我就問過：「這叫什麼名字？屋裡不生火爐，也不凍死？」……

魯迅（O.S）：這花，叫「萬年青」，永遠這樣！

121
重慶北碚黃桷鎮 蕭紅住處

時｜日
景｜內
季節｜秋
年｜1939年

△蕭紅伏在桌上寫文章，抽著煙。臉色疲乏抑鬱。她扭頭看了一眼床上的端木，歎了一口氣，馬上低下頭繼續寫下去。

蕭紅（O.S.）：……魯迅先生的笑聲是明朗的，是從心裡的歡喜。若有人說了什麼可笑的話，魯迅先生笑得連煙捲都拿不住了，常常是笑得咳嗽起來……

122A
上海大陸新村 魯迅寓所

時｜日
景｜內
季節｜冬
年｜1935年

△魯迅先生和二蕭在長桌邊聊天。許廣平在一邊削荸薺給大家吃。

蕭紅（O.S.）：……那天，從飯後起，一直說到九點鐘十點鐘而後到十一點鐘……時時想退出來，讓魯迅先生好早點休息，因為我看出來魯迅先生身體不大好，許先生說過，魯迅先生傷風了一個多月，剛好了的……

122B

上海大陸新村
魯迅寓所

時｜日
景｜內
季節｜冬
年｜1935年

△魯迅進屋從衣櫥裡拿出一件皮袍子，又轉身下樓。

蕭紅（O.S.）：……但魯迅先生並沒有疲倦的樣子……

122C

上海大陸新村
魯迅寓所

時｜日
景｜內
季節｜冬
年｜1935年

△魯迅穿著皮袍子，和二蕭坐在長桌前繼續聊著什麼。桌上一堆荸薺的皮。

△許廣平在打毛線。

蕭紅（O.S.）：……過了十一點，天就落雨了，雨點淅瀝淅瀝打在玻璃窗上，窗子沒有窗簾，所以偶一回頭，就看到玻璃窗上有小水流往下流……

△蕭紅有些不安地看窗戶上的雨水。

123

重慶北碚黃桷鎮蕭紅住處

（同121場）

時｜日
景｜內
季節｜秋
年｜1939年

△蕭紅抽著煙依舊在寫作。

蕭紅（O.S.）：……夜已深了，並且落了雨，心裡十分著急，幾次站起來想要走，但是魯迅先生和許先生一再說再坐一下……

△蕭紅停下筆，抬眼冥想著。

魯迅（O.S.）：……十二點以前終歸有車子可搭的。

△蕭紅又低頭寫。

蕭紅（O.S.）：……所以一直坐到將近十二點才穿起雨衣來，打開客廳外邊的響著的門……

124

上海大陸新村魯迅寓所

時｜夜
景｜外
季節｜冬
年｜1935年

△二蕭披著雨衣從門裡出來往外走。

△魯迅和許廣平冒雨送到大門口。

蕭紅（O.S.）：……魯迅先生非要送到鐵門外不可。我想為什麼他一定要送呢？對於這樣年輕的客人，……雨打濕了頭髮，受了寒，傷風不又要繼續嗎？

△魯迅站在鐵門旁，伸手指了指隔壁寫著「茶」字的招牌。

魯迅：下次來記住這個「茶」字，就是這個「茶」的隔壁。（又伸手指鐵門旁的門牌）記住「茶」的旁邊九號。

△二蕭感動地朝魯迅許廣平點頭。

125
薩坡賽路二蕭住處

時｜日至夜
景｜內
季節｜春
年｜1935年

△不大的一間房。

△胡風、梅志、蕭紅、蕭軍和白朗羅烽夫婦，在一張長桌邊上一起包餃子。白朗羅烽都明顯滄桑。

△胡風在一旁自斟自飲。

胡風：蕭軍，我可告訴你，蕭紅在創作才能上可比你高，她寫的人物是從生活裡提煉出來的，活生生的，不管是悲是喜都能使我們產生共鳴，好像我們都很熟悉似的。而你可能寫得比她深刻，但常常是沒有她的動人。你是以用功和刻苦，達到藝術的高度，而她可是憑個人感受和天才在創作！

△蕭軍不好意思地笑笑。

蕭軍：我也是重視她的創作才能的，但她可少不了我的幫助！

△蕭紅在一旁委屈地撇撇嘴。

△深夜。

△悶熱的小房間裡。

△羅烽白朗擠在一張小床上。

△二蕭擠在另一張小床上。

△有蛙鳴傳過來。

△蕭軍一個人悄悄坐起來，煩躁得用手搧著風，酷熱難當。

126
霞飛路

時｜日
景｜外
季節｜春
年｜1936年

△蕭紅抽著煙踽踽獨行在街上，神色哀戚。她扔掉煙，拐進一家俄國菜館。

127

胡風梅志夫婦的講述（同116場）

胡風：有一次，我在霞飛路上，遇見了蕭紅一個人去俄國菜館，吃兩角錢一份的便宜飯，聽説她經常去吃。

梅志：我就奇怪了，她和蕭軍倆人的稿費收入已經開始不錯，很可以過上像樣的生活，請個娘姨做飯，為什麼一個人遊遊蕩蕩去吃飯？

128

上海大陸新村魯迅寓所（同63場）

時｜日
景｜內外
季節｜秋
年｜1936年

△蕭紅抽著煙獨自坐在院子裡，鬱鬱寡歡的神情。

△小海嬰在她旁邊拆著汽車玩具。

△廚房裡。

△梅志和許廣平一邊在剝著毛豆，一邊往院子裡張望。

△許廣平的腿上放著蕭紅《商市街》的手稿。

許廣平（擔心的）：蕭紅一個人在那兒，我要海嬰陪她玩，你去和她談談天吧！

△梅志點點頭，放下手裡的活兒，走到院子裡的蕭紅身旁。

△蕭紅形容憔悴，她冷淡地望了梅志一眼，心不在焉點一下頭，又獨自抽著煙發呆。

△梅志沒話找話地和海嬰搭訕。

梅志（用上海話）：海嬰，要不要拿來你的積木，和我和蕭紅阿姨一起比賽搭積木呀？

小海嬰（上海話）：等我忙完陪你玩好吧！我得把拆掉的汽車組裝好！

△梅志笑，偷眼看蕭紅。

△蕭紅沒什麼表情。

小海嬰：你近來還好吧！哪天把你家小弟弟帶過來，儂格小弟弟好白相嘞！

△梅志開心地大笑。

△蕭紅也跟著笑了一下。

△魯迅家那兩個老保姆從外面買菜回來。

129

上海大陸新村魯迅寓所

時｜日
景｜內
季節｜秋
年｜1936年

△梅志幫許廣平在廚房裡準備飯菜。

許廣平（憂愁地）：蕭紅又在前廳……她天天來一坐就是半天，我哪來時間陪她，只好叫海嬰去陪她，我知道，她苦惱得很……

△蕭紅獨自坐在前廳，黯然神傷地望著外面。海嬰在一邊翻圖畫書看。

許廣平（O.S.）：……她痛苦，寂寞，沒地方去才到這兒來，我能向她表示不高興不歡迎嗎？唉！真沒辦法……

130

魯迅寓所院子裡

時｜日
景｜黃昏
季節｜秋
年｜1936年

△許廣平從院外進來，關上鐵門後看到鏡頭走過來，在鏡頭前站住，憂傷地對著鏡頭。

許廣平：一個中午，也是陪了蕭紅先生大半天之後走到樓上。魯迅先生剛睡醒，全部窗子都沒關，風相當的大……

131 魯迅書房

時｜日
景｜內
季節｜秋
年｜1936年

△窗戶開著，大風吹著，窗簾飄起很高，漫捲著。

△魯迅躺在床上忘了蓋東西。

許廣平（O.S.）：……他是下半天有時會睡一下中覺的，這期間他差不多總在病著，而我在樓下又來不及知道他睡了而從旁照料，因此受凍了，發熱，害了一場病……

△魯迅咳嗽著起身到窗前去關窗戶。他俯瞰到下面院子裡，許廣平送蕭紅走出去。

---

132 魯迅寓所院子裡（同130場）

時｜日
景｜黃昏
季節｜秋
年｜1936年

△許廣平繼續對鏡頭講述。

許廣平：我們一直沒敢把病因說出來，直到後來蕭紅先生去世了，我在紀念她的文章裡，作為追憶順便提到，倒沒什麼要緊的了。只不過是從這裡看到一個人生活的失調，直接馬上會影響到周圍朋友的生活也失了步驟……蕭紅先生文章上相當英武，但在處理問題時感情勝過理智。也許女人都是如此……

---

133 上海北四川路二蕭住所（同19場）

時｜日
景｜內
季節｜秋
年｜1936年

△蕭紅埋頭抽著煙寫著文章，她眉頭緊鎖。

△蕭軍推門進來。

△蕭紅毫無反應，繼續寫著。

△蕭軍也沒看蕭紅，逕直走到書架前，抽出兩本書，夾到腋下就往外走。甩下一句：「我不在家吃飯了」。關門離去。

△蕭紅依舊沒反應，寫了一會兒，抬起頭，眼淚湧上來，她放下筆，靠到椅背上，將手裡的煙頭燙在自己手腕上。

134

某咖啡館

時｜黃昏
景｜內
季節｜秋
年｜1936年

△蕭軍和程涓並排坐在一個角落裡，背對著鏡頭，默默無語，氣氛沉悶。

△蕭軍前面放著一瓶酒，程涓前面一杯未動過的咖啡。

梅志（O.S.）：蕭紅生前從未向人講起過，也沒寫過她和蕭軍這次感情裂變的具體細節，我們也就無從知曉……

△蕭軍和程涓好像聽到什麼動靜，一起轉過頭來看到鏡頭。倆人都是愁雲慘霧的表情。

135

上海大陸新村魯迅寓所

時｜夜
景｜內
季節｜秋
年｜1936年

△許廣平親自在廚房炒菜。兩個老保姆幫忙打下手。

△魯迅和蕭紅坐在客廳。倆人都是病懨懨的。魯迅讓蕭紅煙，倆人抽煙。靜默著，一直不看對方。

魯迅：我們好像都是愛生病的人，苦得很！我的一生好像是在不斷生病和罵人中就過去多半了！我三十歲不到牙齒就掉光了，滿口義齒。我戒酒，吃魚肝油，以望延長我的生命，倒不盡是為了我的愛人，大半是為了我的敵人……我自己知道，我並不大度……

△蕭紅抽著煙，淚流滿面。

魯迅：說到幸福，只得面向過去，或者面向除了墳墓以外沒有任何希望的將來，每個戰士都是如此……我們活在這樣的地方，我們活在這樣的時代……

△又是靜默。魯迅始終沒看蕭紅一眼。

△蕭紅只是抽煙，無聲的落淚，也不看魯迅一眼。

△晚飯時分。

△許廣平、蕭紅、魯迅三個人一起吃著飯。

梅志（O.S.）：病中的魯迅在家裡為蕭紅設宴餞行，許廣平親自下廚製饌。蕭紅東渡日本……

136

胡風梅志夫婦的講述（同116場）

梅志：魯迅不會不知道蕭紅與蕭軍之間發生的矛盾，但從來沒有過問和介入過，大約是不便干涉吧……

137
街上

時｜日
景｜外
季節｜秋
年｜1936年

△蕭軍和黃源幫蕭紅提著行李，送她走在街上。

△蕭紅燙了頭髮，很不像她。

△三個人無話。

梅志（O.S.）：……通過魯迅認識的朋友黃源，建議蕭紅到日本修養，安心寫作一段時期，他的夫人許粵華在日本留學，可以照顧蕭紅。蕭軍去青島，倆人分開一段時間再回上海相聚……

138
北京東壩河村的一間民房內

時｜日
景｜內
季節｜夏
年｜1978年

△普通農民的一間平房。

△七十多歲的蕭軍在一堆抄家歸還的雜物中翻出一捆破爛的信，塵土瀰漫。他好奇地看著，打開其中一封。

139
日本東京的空鏡

時｜日
景｜外
季節｜秋
年｜1936年

△街上行走的幾乎都是女人及小孩兒。叭嗒叭嗒木屐聲響著。

△河上的船。

蕭紅（O.S.）：……軍先生，今天我第一次自己出去走個遠路，去的是神保町。那地方的書局很多，也很熱鬧，但自己走起來也總覺得沒什麼趣味，想買點什麼……

140

東京蕭紅居所

時｜夜
景｜內
季節｜秋
年｜1936年

△四四方方的日本典型居所。

△蕭紅在書桌寫信。她邊寫邊用左手不停地撓額上的頭髮。

蕭紅（O.S.）：……也沒有買，又沿路走回來了。覺得很生疏，街路和風景都不同，但有黑色的河，那和徐家匯一樣，上面是有破船的，船上也有女人，孩子。也是穿著破衣裳。並且那黑水的氣味也一樣……

△蕭紅的頭髮掉了一桌子，她沮喪地捏起那些頭髮，纏繞著。

蕭紅（O.S.）：……這裡的天氣也算很熱，並且講一句話的人也沒有，看的書也沒有，報也沒有，心情非常壞，想到街上走走，話也不會講……滿街響著木屐的聲音，我一點也聽不慣……

141

北京東壩村蕭軍寓所（同36場）

時｜日
景｜內
季節｜夏
年｜1978年

△老年蕭軍戴著老花眼鏡汗流浹背地伏在書桌前寫文章。

老年蕭軍（O.S.）：……這裡所存的十幾封書信大部分是蕭紅於1936年1937年間，由日本東京寄來的……我四十多年來東飄西蕩，生死幾殆，這批書信還能夠存留到今天，居然還能和讀者見面，只能說是一個偶然的奇蹟！興念至此，不能不憮然以悲，愴然而涕……

142

日本小酒館

時｜夜
景｜內
季節｜秋
年｜1936年

△日本歌妓的歌聲飄蕩著。

△蕭紅和許粵華在對著喝酒，倆人碰杯乾掉，互相笑望著對方。

蕭紅（O.S.）：……軍，明天粵華帶我找醫生檢查一下，很便宜，兩元錢即可。不然粵華走了，我自己去看醫生是不行的，話也不會說……大概你還不知道，黃源的父親病重，經濟不行了，所以粵華必須得回國去。她走了之後，他媽的，再就沒有熟人了……

△許粵華不小心打翻了酒壺，忙不迭地去擦身上和桌上。

143

東京蕭紅居所

時｜夜
景｜內
季節｜秋
年｜1936年

△蕭紅趴在地上的床鋪上寫文章。她身邊扔滿了稿紙。

蕭紅（O.S.）：……假若精神和身體稍微好一點，我總就要寫作的。我把寫作是放在第一位的……

144

北京東壩河蕭軍寓所（同36場）

時｜夜
景｜內
季節｜夏
年｜1978年

△老年蕭軍還是汗流浹背地在寫著。

老年蕭軍（O.S.）：……我們從1932年同居以後，分別得這樣遠，還是頭一次。過去由於貧窮，兩個人總是睡一張小床上。到了上海，有次借到張小床，容易失眠的她，終於可以單獨睡一張床……

145

拉都路二蕭住處

時｜日
景｜內
季節｜春
年｜1931年

△小屋裡相對放著兩張小鐵床。蕭軍和蕭紅各自睡在一張床上。

老年蕭軍（O.S.）：……正當我朦朦朧朧將要入睡時，忽然聽到一陣抽泣的聲音把我驚醒了……

△蕭紅的抽泣聲。

△蕭軍扭開了燈，看蕭紅，起身下床來到蕭紅的小床跟前，把手按到她頭上。

蕭軍（焦急地）：怎麼了？哪裡不舒服嗎？

△蕭紅不吭聲，側過臉去。兩行淚水從她眼裡滾下來。

△蕭軍又抓過蕭紅的手按她的脈搏。

老年蕭軍（O.S.）：……她的頭並沒熱度……

△蕭紅抽回自己的手。

蕭紅：去睡你的吧！我什麼病也沒有！

蕭軍：那為什麼要哭？

△蕭紅竟咯咯地憨笑起來。

蕭紅：我睡不著！不習慣！電燈一閉，覺得我們離得太遙遠了！

△蕭軍用指關節敲了蕭紅額頭一下。

蕭軍：拉倒罷！別逞「英雄」了，還是回來睡吧！

△蕭軍鑽進蕭紅被窩。

老年蕭軍（O.S.）：……如今她一個人離開祖國和親人，遠在異國，淒惘和哀傷是可想而知的……

146
北京東壩河蕭軍寓所（同36場）

時｜日
景｜內
季節｜夏
年｜1978年

△老年蕭軍在桌前寫著文章。

老年蕭軍（O.S.）：……蕭紅常說我健康她多病，常興犍牛與病驢之感。我們知道我倆之間有著不可調和的諸種矛盾存在著，後來的永別幾乎是必須的……

147
東京蕭紅住所

時｜日
景｜內
季節｜秋
年｜1936年

△蕭紅頭髮長了，又回到直髮。眼睛紅腫著在對著小圓鏡子用針挑嘴邊上的火皰。她嘴唇起著乾皮，嘴邊好幾個大皰。

蕭紅（O.S.）：……軍，這幾天，火上得不小，嘴唇又全燒破了。其實一個人的死是必然的，但知道那道理是道理，情感上就總不行。我們剛來到上海的時候，在冷清清的亭子間裡讀著魯迅先生的信，只有他安慰著兩個飄泊的靈魂！……寫到這裡鼻子就酸了……現在他已經是離開我們五天了，不知現在他睡到那裡去了……

△蕭紅看著鏡子裡的自己落下淚來，也不知是難過，還是針挑疼的……

148
上海魯迅墓地

時｜日
景｜外
季節｜秋
年｜1936年

△魯迅的墓碑前。墓碑上是魯迅冷峻的遺像，他睥睨的望著鏡頭。

△小海嬰蹲在墓碑前，用鐵釘在未乾的水泥基座上寫「魯迅先生之墓」幾個字。

△許廣平站在小海嬰的身後，滿目悽惶。

△小海嬰喘息地停下來，憂傷地看了鏡頭一下。

蕭紅（O.S.）：……給許先生的信還沒寫好，不知道說什麼好……她也是命苦的人，小時候就死去了父母，她讀書的時候也是勉強掙扎著讀的，她為人家做過家庭教師，還在課餘替人家抄寫……

149
東京蕭紅住所外面走廊

時｜夜
景｜外
季節｜冬
年｜1937年

△院子裡無聲地下著大雪。

△蕭紅一個人倚在走廊裡抽著煙，遙看落雪。

蕭紅（O.S.）：……軍，窗上灑著白月的時候，我願意關著燈坐下來沉默一些時候，就在這沉默中，忽然像有警鐘似的來到我的心上：「這不就是我的黃金時代嗎？此刻。」於是我摸著桌布，回身摸著籐椅的邊沿，而後把手舉到面前，模模糊糊的，但確認定這是自己的手……

150
東京蕭紅住所

時｜夜
景｜內
季節｜冬
年｜1936年

△蕭紅安詳地坐在紅紅的炭火盆旁。

△黑着燈。她俯視着「嗶剝」響着的炭盆。

蕭紅（O.S.）：……是的，自己就在日本。自由和舒適，平靜和安閒，經濟一點兒也不壓迫，這真是黃金時代，是在籠子裡過的……

151
街上的黃包車上

時｜日
景｜外
季節｜冬
年｜1937年

△蕭軍和蕭紅一前一後分別坐在一輛黃包車裡，車上都放著蕭紅的行李。

△倆人各懷心事坐在跑動著的車裡。

老年蕭軍（O.S.）:在愛情上我曾經對她有過一次「不忠實」的事。在我們相愛期間，我承認她並沒有過不忠的行為的，這是事實。她在日本期間，我曾經和某君有過一段短時期感情上的糾葛，但我和對方全清楚彼此沒有結合的可能。為了要結束這種「無結果的戀愛」，我們彼此同意促使蕭紅由日本馬上回來。這種「結束」也並不能說彼此沒有痛苦的！

152
魯迅墓地

時｜日
景｜外
季節｜冬
年｜1937年

△蕭紅一直閉眼站在魯迅墓前，淚如雨下。

△蕭軍和許廣平及小海嬰遠遠站在她身後。

153

呂班路二蕭住處

時｜日
景｜內
季節｜初春
年｜1937年

△蕭紅、蕭軍、黃源親熱地圍著胡風和梅志兩歲多的兒子逗弄著。

△許粵華獨自一邊坐著旁觀。

△蕭紅疼愛地抱過梅志的兒子，非常喜悅。

胡風：叫姑姑，叔叔！

小兒子叫：「叔叔，姑姑」。

△蕭紅親了他兩口。

蕭紅：他叫什麼名字？

梅志：小弟，我們都叫他小弟弟。

蕭軍（哈哈大笑）：總不能老是你們的小弟弟呀！

胡風：我本想把魯迅先生最後用的那個筆名「曉角」給他用。

黃源蕭紅都說：不錯的，挺好呵！

蕭軍：不行，曉角曉角，聽著像「小腳」，不好！

△大家笑。

蕭紅：去，你這叔叔，去給小傢伙買個小玩意兒！

黃源：是呀，叔叔可不是好當的！

△許粵華一直沒開口，不相干的樣子。

154

胡風梅志夫婦的講述（同116場）

梅志：蕭軍出去到弄口俄式麵包店買了幾個麵包圈，用繩子提著回來。

△胡風向一邊側視。

155

呂班路二蕭住處
（同153場）

時｜日
景｜內
季節｜初春
年｜1937年

△蕭軍拎著麵包圈兒在梅志兒子眼前晃，粗聲大氣地逗孩子。

蕭軍：列巴圈，好不好？

△孩子撲向梅志。

梅志：你看，叔叔給你買麵包來了！

蕭紅（不快地）：嘿，叫你買玩意兒，給買幾個列巴圈！

蕭軍（生氣反擊）：怎麼？列巴圈不好？

△氣氛馬上緊張起來。

梅志（打圓場）：這就頂好，又能吃又能玩嘛！

△蕭紅把臉別過一旁去。

△許粵華迅速瞟了蕭軍和蕭紅一眼。

156

一間小咖啡館

時｜日
景｜內
季節｜春
年｜1937年

△許廣平、胡風、梅志、靳以，許粵華，一位女青年翻譯和一個五十多歲的日本男作家在一起敍談著。

△蕭軍和蕭紅一前一後走進咖啡館。

△蕭紅的左眼一大塊青紫。

△屋裡的人看到都吃了一驚。

△蕭紅裝作無事的樣子朝大家打招呼。

△許廣平向日本作家介紹蕭紅蕭軍，又把靳以介紹給他們。

許廣平：靳以你們認識吧？

△靳以和蕭紅蕭軍握手。

靳以：久仰久仰！

△蕭軍坐下來，沒事人一樣和日本作家攀談起來，女翻譯幫忙翻譯。

△梅志來到蕭紅身邊，親切地輕聲問話。

梅志：眼睛怎麼了？怎麼搞的？

△許廣平也跟著過到蕭紅身邊，仔細看蕭紅的左眼。

梅志：好險呀！幸好沒傷到眼球！

許廣平：痛不痛？以後可得小心啊！

△蕭紅一直掩飾著難堪微笑著。

蕭紅：沒什麼，自己不好，碰到了硬東西上。（又補充一句）是黑夜看不見，沒關係……

△許粵華其間未置一詞。

157
十字街口

時｜日
景｜外
季節｜春
年｜1937年

△蕭紅和梅志、許粵華前面走著。

△蕭軍和靳以在後面。

△到了路口，大家停下來話別。

梅志：那我往這邊走了！（對蕭紅）以後千萬當心呀！

蕭紅：沒事的！會當心的！

△蕭軍忽然在她們身後說。

蕭軍（大男子氣）：幹嘛要替我隱瞞，是我打的！

蕭紅（對朋友們窘笑）：別聽他的，不是他故意打的，他喝醉了，我勸他，他一揮手把我一推，就打到眼睛上了！（又小聲）他喝多了酒要發病的！

蕭軍：不要為我辯護，我喝我的酒！

△大家窘迫地不知如何是好。

靳以反感地朝大家揮揮手：「我先走了！」然後扭身走了。

大家跟著說一聲：「那改天見！」四下散去。

158
弄堂裡

時｜日
景｜外
季節｜春
年｜1937年（接上場）

△蕭軍大步走在前面，蕭紅低頭跟在幾米後。

159
香港思豪酒店

（同101場）

時｜夜
景｜內
季節｜冬
年｜1941年

△蕭紅躺在床上，向駱賓基追憶著往事。

△依然有隱隱的炮聲傳來。

蕭紅：我儘量讓自己沉浸在創作中忘卻痛苦。但真的很難忍，我受不了的時候就晚上從屋子裡溜出來，在荒涼的大街上遊蕩，像鬼。

△蕭紅喘息了一會兒。駱賓基擔心地觀望蕭紅。

△蕭紅躺在床上冷笑著還在回憶裡。

蕭紅：當時他那「無結果的戀愛」雖然處於道義的考慮結束了，可他愛戀的對象卻珠胎暗結……

160
某私人診所

時｜日
景｜內
季節｜春
年｜1937年

△許粵華躺在手術臺上，痛苦萬分。

蕭紅（O.S.）：……她做了人工流產的手術，我沒有因為她和蕭軍的關係而怨恨她，中斷和她的來往。我依然敬重她，我在日本的时候承蒙她照顧

161
黃源家

時｜夜
景｜內
季節｜春
年｜1937年

△蕭紅捧著一束花登上樓梯。

△蕭紅來到黃源家門口，門半敞著，裡面傳來蕭軍和黃源及許粵華的講話聲。

黃源：你做的是你應當做的嗎？

蕭軍：我是做了！

許粵華：你們想怎麼樣？

△蕭紅怔了一下，敲了一下門，裡面立刻靜場。

△蕭紅推門進來，波瀾不驚的樣子。

△屋裡空氣很窒息。窗戶洞開著。

△許粵華躺在床上，黃源和蕭軍坐在一邊。

△蕭紅逕直走到許粵華床邊，將花放在一旁。

蕭紅：這時候到公園走走多好呀！（看了一眼敞開的窗戶）你這樣不冷嗎？

△蕭紅抓起床上黃源的大衣要給許粵華披上。

黃源（冷淡地）：請你不要管！

△蕭紅僵住，然後放下大衣，扭身出去。

162
上海的街頭

時｜夜
景｜外
季節｜春
年｜1937年

△蕭紅獨自走在夜色中。

△一個老頭胸前掛著一個竹籃子，裡面盛滿了桑葚。

老頭（吆喝著）：賣桑葚嘍，新摘的桑葚……

163

漢口碼頭

時｜早晨
景｜外
季節｜夏
年｜1937年

△一艘小檢疫船，正緩緩靠近另一艘不足千噸的小型客船。

錫金（O.S.）：……1937年「七七事變」抗日戰爭全面爆發，蕭紅和蕭軍流亡到武漢，我第一次見到他們是在一天早晨。當時我和兩個朋友在漢口辦《戰鬥》雜誌，我住在隔江的武昌，輪渡到晚上12點就停開了。

△二十多歲的錫金和四十來歲的宇飛站在檢疫船上。

△錫金扭頭對著鏡頭講著。

錫金：可雜誌的事情每天都要加班到半夜，我回不了家又沒錢住旅店，就天天到一艘叫「華佗號」的船上借宿。船上的檢疫官宇飛是我的朋友。那天早晨我陪他上船檢疫……

164

客船甲板上

時｜早晨
景｜外
季節｜夏
年｜1937年

△甲板上湧滿了大包小裹的等待下船的人，一幅亂糟糟的流民圖。

△蕭紅坐在她的行李上，雙手支膝，捧著頭，在她的雙足之間是暈船的嘔吐物。

△蕭軍雙手插腰關切地看著年輕婦女。

△錫金在不遠處甲板上發現蕭紅和蕭軍。

△檢疫官宇飛拎著醫用包，轉了一圈回來，猛然看到蕭紅蕭軍，驚喜地叫起來。

宇飛：你們倆！是你們倆呀！

蕭軍：宇飛？！

△蕭軍也驚喜不已，倆人衝到一起激動地拍來拍去。

△宇飛向錫金招呼。

宇飛：錫金！你招呼一下他們，上我的小船！我馬上來！

△錫金過來幫蕭軍拿行李，扶蕭紅走。

△宇飛打開醫用包，用玻璃盒從蕭紅的嘔吐物裡取樣。

錫金（O.S.）：……當時我並不認識他們兩個……

165
錫金的講述

△錫金總是汗涔涔的，好動不好靜。

出字幕：錫金

錫金：第二天我再到船上借宿時，宇飛讓我幫蕭紅蕭軍在武漢找個住處。當時，逃難的人從四面八方向武漢蜂擁而來，從北平上海撤退的文化人雲集武漢，武漢成為全國政治文化中心。我從上海的一些刊物上讀過他們的作品，覺得應該幫他們一下忙的……

166

武漢小金龍巷錫金住處

時｜夜
景｜內
季節｜冬
年｜1937年

△蕭軍在書桌上寫作，哈著氣，很冷。

△蕭紅披著棉襖在被窩裡睡著了。

錫金（O.S.）：……他們倆就暫時住我那兒了。我經常跑漢口，有時半夜回來燈還亮著。蕭軍還在寫他的《第三代》，沒有睡，懶得站起來給我開門……

△響起敲門聲。

△蕭軍回頭喊蕭紅。

蕭軍：小懶蟲！起來起來去開門！

△蕭紅睡眼惺忪起身去開門。

△錫金凍得哆嗦著擠進屋來。

蕭紅（嗔罵）：你這個夜遊神！

△錫金樂起來。

167

張梅林的講述

張梅林：我到了武漢再次見到二蕭時，覺出蕭紅有些變化，但又講不清楚……當時到小金龍巷他們那兒談天的大都是文藝工作者，有一次，一個長頭髮，臉色蒼白，背微駝，穿著流行的一字肩的西服的人走進來。他叫端木蕻良，在上海時通過胡風與二蕭結識。蕭軍寫信讓他來武漢一同辦《七月》雜誌……

168

武漢小金龍巷錫金住處

時｜日至夜
景｜外內
季節｜冬
年｜1937年

△端木帶著皮手套拎著一個箱子朝錫金住處走。他的裝束和上場張梅林的描述一樣。

△蕭紅拎了個竹籃從屋裡出來去買菜，她一抬頭看見端木，馬上喜形於色地往屋裡跑，站在門口朝屋裡喊。

蕭紅：蕭軍，你看誰來了？

蕭軍一邊說：「誰呀？」一邊來到屋外。

△端木羞澀地朝他倆人揮揮手。

△蕭軍熱情地衝過去替端木拎起行李，領著他往屋裡走。

蕭軍：收到我信了端木？

端木：要沒收到，我怎麼下了火車就直奔你們這來了？

蕭紅（興高采烈）：沒想到信到得這麼快！

△端木四下打探了一下房間。

端木：我一會兒得去找熟人幫我弄個住處！

蕭紅：別走了，咱們住一塊兒，有事也好商量。胡風、老聶他們天天來。錫金一個人住一屋，我讓他給你挪個地方，搭張床就行了！

蕭軍：別麻煩錫金了，就住咱們這屋吧。床那麼大，我睡中間，蕭紅睡裡邊，你睡外邊，保證你摔不到地上。

△蕭軍哈哈大笑。

△端木有些猶豫地笑笑。

蕭紅：你扭捏什麼，你睡裡邊好了，我睡外邊！

蕭軍（對蕭紅）：你睡外邊更好，免得在我身上跨來跨去的！

△蕭紅白了蕭軍一眼。

蕭紅（拎起竹籃）：我去買些好吃的，算是給你接風！

△蕭紅剛出去，錫金進屋。

蕭軍（介紹）：這是我們房東錫金！（笑）這是端木！

錫金：歡迎歡迎！有機會給我們《戰鬥》雜誌寫點稿子吧！別光給《七月》寫！

端木：一定一定！

△掌燈時分。

△幾個小孩趴在錫金房間的窗前，嘻嘻哈哈地偷窺屋內。

△蕭軍和蕭紅敲著碗筷在跳東北的薩滿舞。

△錫金和端木擠在小飯桌旁已酒過三巡。兩人都有些微醺的看著二蕭跳舞。

蕭紅：端木不會喝酒，卻好像喝得最多的一個，多冤！錫金你再乾一杯吧！

蕭軍：媽的！咱們四個人可以組織一個流亡宣傳隊，人雖少，但能唱歌、朗誦、演戲、畫畫，能寫標語傳單寫文章寫詩，流浪到哪兒都可以拿出一手。

錫金：如果流浪宣傳不行，我們還可以開個小飯館，重活蕭軍全包，蕭紅當廚子，我和端木跑堂。

端木：我最大的願望是當戰地記者！

蕭紅：你腿有風濕，可當不成戰地記者。

蕭軍：記者怎麼能有文學家偉大！我要作中國的托爾斯泰！

端木：我要作中國的巴爾扎克！

蕭軍：你寫的人物沒有任何巴爾扎克的味兒！

端木：你的景色描寫哪像托爾斯泰！

蕭紅（停下舞步）：兩個自大狂！

錫金：我不喜歡小說，我喜歡詩歌！

蕭軍停下來，豎起小指頭對著錫金。

蕭軍：小說最偉大，詩歌是這個！

蕭紅（氣憤地）：你簡直是文學法西斯！任何題材的文學都是偉大的！

△正說著，聶紺弩推門進來。

聶紺弩：嚷嚷什麼呢？我來裁判裁判。

蕭紅：老聶來得正好，蕭軍在這兒散佈謬論呢！

△聶紺弩過來，隨便拿起誰的酒杯就呷了一口酒。

錫金（O.S.）：從這一天起，開始了我們四人行的生活，更準確地說是他們三人行的生活。

△午夜，二蕭屋內的大床上，蕭紅睡外面，蕭軍睡中間，端木睡裡面。二蕭酣然入睡，只有端木睜著眼睛。他無意間看到了鏡頭。

△錫金一邊在收拾衣物，一邊對鏡頭講述。

錫金：過了不久，我和二蕭分別去別的朋友家住，端木獨自留下，我們的集體生活風流雲散……

169

武漢小金龍巷錫金住處

時｜日
景｜內
季節｜冬
年｜1937年

△二蕭和端木也在收拾雜物。

錫金（O.S.）：……再下面發生的事情，我跟大家一樣，都是局外人。真實的內幕永遠在當事人的手中……

△蕭軍搬了一摞東西走出去。

蕭紅（打趣地）：我們走了，沒人給你做飯吃了，看你怎麼辦？

端木（認真地）：我有煤氣爐，下麵條吃還是可以的，餓不死。

蕭軍在屋外（O.S.）：趕緊走蕭紅！

△蕭紅抱著雜物，笑著拍了端木一巴掌，跑出去了。

△端木愣了一會兒，伸出一隻手放在剛才蕭紅拍過的地方，揉了揉。

170

老年端木家中的一次訪談

時｜日
景｜內
季節｜夏
年｜1981年

△七十多歲的端木已垂垂老矣。他側對著鏡頭，因而也看不全他全部面目。他手裡拿把蒲扇，但沒搧一下。

△他口齒已不大清楚，對著畫外什麼人講述。

端木：……蕭紅他倆雖然搬走了，但也常來，有時是兩人一起來，有時是蕭紅獨自來約我吃飯，我們吃完就聊各自的創作和理想……

171

江邊

時｜夜
景｜外
季節｜冬
年｜1937年

△蕭紅和端木走在江邊，江面漁火點點，晚風輕唱。蕭紅拽了端木一下，站住，看江面上的月亮。

蕭紅：我真是個漂泊者。

端木：其實你只想能有個安靜的環境寫東西，當個好作家是你最大的願望，對吧！

蕭紅：我的願望在這樣的亂世是不是很奢侈？

端木（笑笑，輕聲說）：你半天沒抽煙了，不抽一支嗎？

△蕭紅摸出煙來，點了一支。

端木：我從來不抽煙的，但我看了你的《生死場》抽了一支。那時我還不認識你。

蕭紅：謝謝！

端木：蕭軍說你的作品沒有氣魄，其實你的《生死場》寫的就很豪邁，比他的《八月的鄉村》成就高。你的作品比他更接近文學的本質，你比他有文學天賦。

蕭紅：他們說我小說不行，不過是我沒按照他們認為的寫法寫。我不信這一套，有各式各樣的作者就有各式各樣的小說。

端木：在戰亂中大家都處於一種浮躁的心態，寫的大多是標語口號化的東西。

蕭紅：對於戰爭的把握需要充分的沉澱，需要潛心在戰時日常生活中去體驗。比如我們房東的姨娘，聽見警報響就嚇得發抖，擔心她的兒子，這不就是戰時的生活嗎？

端木：我同意。

△端木說著從兜裡掏出棕色的鹿皮手套。

端木（笑著）：我的手套還不錯吧？

△蕭紅拿過他的手套試著戴在自己手上。

蕭紅：哎呀！你的手真細呀，我戴都正合適呢。你真的很布爾喬亞。

△蕭紅大方地挽起端木的胳膊往回走。

172

武漢小金龍巷錫金住處

時｜日
景｜內
季節｜冬
年｜1937年

△端木從外面回來，推門進屋。

老年端木（O.S.）：……有一次我外出回來，看到桌上鋪著紙，在一些行書草書中間，提了兩句詩……

△端木走到桌前，雙手撐著桌面看紙上蕭紅的字。

老年端木（O.S.）：……蕭紅又來練過字。她題的是張籍的詩：「君知妾有夫，贈妾雙明珠，感君明珠雙淚垂，恨不相逢未嫁時。」最後一句重複寫了好幾行。

173

武漢小金龍巷錫金住處

時｜日
景｜內
季節｜冬
年｜1937年

△蕭軍站在裡屋的桌前寫毛筆字。

老年端木（O.S.）：……有時蕭軍也來，在紙上揮揮灑灑，有一次……

△蕭紅和端木、胡風在外屋吃花生。

胡風：蕭軍，你出來我們討論一下《七月》下期的事！

蕭紅（扭頭問蕭軍）：你寫啥呀？

蕭軍（邊寫邊念）：瓜前不納履，李下不整冠。叔嫂不親授，君子防未然。（又寫）人未婚宦，情欲失半。

△蕭紅笑著站起來走到蕭軍身邊看他的字。

蕭紅：你的字太不美了，沒一點文人氣！

△蕭軍瞪了蕭紅一眼。

蕭軍（負氣地）：我並不覺得文人氣有什麼好！

△蕭紅扭頭走到外屋，故意一屁股坐到端木旁邊。

△端木往旁邊挪了挪。

△蕭軍起身靠在裡屋的門框上，歪著腦袋看蕭紅端木。

△胡風根本無動於衷地剝著花生吃。

174
漢口以西的一個小火車站

時｜夜
景｜外
季節｜冬
年｜1938年

△月臺上烏壓壓人頭攢動全是年青人。只有幾盞昏黃的燈。《救國軍歌》的歌聲此起彼落地唱著。

△一輛裝載貨物的鐵篷車停在軌道上。

錫金（O.S.）：……1938年1月，山西民族革命大學副校長李公樸從山西來到武漢，聘請一批有名氣的文化人到臨汾任教。《七月》同人的七個人，除了胡風留守編輯刊物外，其餘的幾人……蕭紅、蕭軍、端木、聶紺弩都志願到臨汾去。民族革命大學還在武漢招收了一批學生……

△錫金、胡風在人群裡擠到一列車廂旁。

△蕭軍、蕭紅、聶紺弩、端木已經坐在貨車車廂地上的稻草上。旁邊還有一些其他人。

△大家見到胡風、錫金兩人，擠過來相互握手。

△震天的歌聲裡聽不到他們話別。

175
山西途中的火車上

時｜日
景｜外
季節｜冬
年｜1938年

△《救國軍歌》的歌聲持續。

△從火車上看到的北方荒寒的景色。連綿的黃土與丘陵。幾乎沒有樹。

△聶紺弩、蕭紅、蕭軍三人坐在一起，共同注視著車窗外流逝的景致。他們都有些肅穆。

△端木獨自站在車窗前向外眺望著。

半晌，端木蕻良喟歎了一句：「北方是悲哀的……！」

△其他幾個人都意味深長地看了端木一眼，然後又徐徐望向車窗外。

176 民族革命大學的空地上

時｜早晨
景｜外
季節｜冬
年｜1938年

△師生們有的在集體跑步，有的在操練。他們繼續唱著《救國軍歌》。

---

177 民大的一間小禮堂

時｜夜
景｜內
季節｜冬
年｜1938年

△屋裡大概有上百人還多，圍成一圈，有坐的有站的，群情激憤地批鬥著中間站立的一個人。

△這個三十六七歲的男子，戴圓形鏡框，鼻青臉腫，雙手給綁著，傲然仰著頭，他是張慕陶。

△一個青年學生甲義正詞嚴地指著張慕陶怒斥。

青年學生甲：托派漢奸張慕陶，西安事變之後就利用楊虎城將軍的邀請，在東北軍、西北軍中利用少壯派急於營救張學良回西安的心理，鼓動他們和中央軍打仗，除掉蔣介石！使本來已經緊張的「戰」與「和」的分歧更加緊張，給和平解決西安事變製造障礙！

另一女青年乙：抗日戰爭爆發後，張慕陶回到太原，繼續鼓吹反對抗日民族統一戰線的主張，公開宣傳「共同合作是階級投降」等言論……

△蕭紅、聶紺弩、蕭軍、端木四人都坐在人群中，鐵青著臉旁觀著。

178

蕭紅衆人的臨時居所

時｜日
景｜內外
季節｜冬
年｜1938年

△是農民的土房。大家都睡在大土炕上打通鋪。

△蕭紅在和兩個年輕女學生講著什麼。兩個女學生記著筆記。

聶紺弩（O.S.）：……我們一行四人，都擔任「藝術指導」的工作。沒過多久，丁玲率領的西北戰地服務團，隨十八集團軍來到臨汾，和我們擠住在一起……

蕭軍從門外喊：「蕭紅，丁玲他們來了！」

△蕭紅和她的兩個學生聞訊，起身出門。

△門外。三十四歲的丁玲，身穿繳獲的日軍黃呢軍大衣，頭上卻戴八路軍的帽子，臉膛黑紅，正被聶紺弩、蕭軍、端木幾個人包圍著，談笑著。

△她身後二十多個二十歲出頭的年輕團員，清一色灰布軍裝，打著綁腿，腰紮皮帶的八路軍裝束，背行裝、樂器正列隊等候著。其中有六七個女團員。

△丁玲忽然扭身衝著自己帶領的團員喊話。

丁玲：孩子們！解散了！就地休整，等候命令！

△團員們解散。

△丁玲轉過頭，看到了蕭紅，下意識地問旁邊的眾人。

丁玲：那個是蕭紅吧！

△蕭紅也正驚異地打探著丁玲。

蕭軍：是！（扭頭喊）過來呀！

△蕭紅笑著走過來。

丁玲一見如故地朝蕭紅招招手。

丁玲：你好！我是丁玲！

179

蕭紅眾人的臨時居所

時｜夜
景｜內
季節｜冬
年｜1938年

△屋裡點著油燈。男男女女都和衣睡在大通鋪上。

△丁玲披著日軍黃呢大衣光著腳坐在油燈下。蕭紅坐她旁邊。

△丁玲捻著一根線，將線在油燈的油裡浸了一下，然後用線去刮腳底的水泡。

△蕭紅趕緊別過頭去不敢看。

丁玲（O.S.）：……當蕭紅和我認識的時候，是在春初，那時山西還很冷，很久生活在軍旅之中，習慣於粗獷的我，驟睹著她的蒼白的臉，緊緊閉著的嘴唇，敏捷的動作和神經質的笑聲，使我覺得很特別，而喚起許多回憶……

180

延安丁玲居住的窯洞裡

時｜日
景｜內
季節｜春
年｜1942年

△丁玲神情凝重沉鬱地在窯洞裡寫著文章。她更顯粗獷了。

丁玲（O.S.）：……但她的說話是很自然而率真的。我很奇怪作為一個作家的她，為什麼會那樣少於世故，大概女人都容易保有純潔和幻想，或者也就同時顯得有些稚嫩和軟弱的緣故吧……

181

蕭紅眾人的臨時居所外

時｜黃昏
景｜外
季節｜春
年｜1938年

△丁玲和蕭紅坐在石階上不知聊到什麼好笑的事，倆人笑得前仰後合。

丁玲（O.S.）：……但我們卻很親切，彼此並不感覺到有什麼孤僻的性格。我們都盡情的在一塊兒唱歌，每夜談到很晚才睡覺……

182

蕭紅衆人的臨時居所

（同178場）

時｜夜
景｜內
季節｜冬
年｜1938年

△丁玲去掉腳上的水泡後穿上襪子。和蕭紅繼續談心。

丁玲：在延安，我參加整理紅軍的歷史文獻資料，正在編輯參加長征的紅軍將士們撰寫的回憶錄《紅軍長征記》。面對從各地不斷送來的寫在各種顏色、各種紙張上的文章。那些偉大的事蹟、偉大的精神深深打動了我！偉大的著作，決不是文人紙上調弄筆墨所可以成功的！從我開始寫《莎菲女士日記》的時候，我身上就被兩種力量撕扯著，我的血脈註定了我作家的生活，可我靈魂裡卻滾動著一個戰士的激情。是到了延安後，我決定放棄紙上筆墨，我要用生命和實際戰鬥去寫一部大書！

△蕭紅一直冷靜地諦聽著。

蕭紅（沉靜地）：過去的丁玲死去了，新的丁玲浴火重生，對吧！

丁玲：我在日記裡寫過一句話，「當一個偉大任務站在你面前的時候，應該忘去自己的渺小！」

△蕭紅低下頭不再說話。咳嗽起來。

△倆人歸於沉默。

183

民大的一間小禮堂

時｜日
景｜內外
季節｜冬
年｜1938年

△十幾個人潮水一樣從裡面往外湧去，大家行色匆匆，有些倉皇。

△聶紺弩從人群中走出來，他獨自看了鏡頭一下，邊走邊說。

聶紺弩：我們在民族革命大學待了只有二十天，日軍攻陷太原，兵分兩路向臨汾逼近。學校決定撤退，招聘來的作家，願意留下的隨學校教職員工一起撤退，不願留下的就隨了丁玲的西北戰地服務團去西安。去還是留，蕭紅和蕭軍堅持了各自的選擇……

△聶紺弩急步離去。

△蕭紅和蕭軍從後面的人群中走出來，往前趕。

蕭軍（正色）：我想過了，我要留下來和學校一起打游擊！

蕭紅（急切地）：那我呢？你知道我別無所求，我只想有一個安靜的環境寫東西！

蕭軍（堅定地）：你知道我當年的宿願，早在哈爾濱時我就想打游擊去！我不甘心做一個作家，那不是我終生的目的！

蕭紅（哀傷）：三郎，我知道我的生命不會太久了，我不願生活上再使自己吃苦，再忍受各種折磨……

△蕭軍依舊大踏步走去。

△蕭紅跟著。

△端木又從後面散會的人群裡走出來。

184
蕭紅眾人的臨時居所

時｜夜
景｜內
季節｜冬
年｜1938年

△蕭紅和蕭軍並排躺在大通鋪上。

蕭軍：就這樣決定了，你跟他們去西安，我留下來，我一定要看個水落石出才能甘心——我比他們強壯！

蕭紅：你總是這樣不聽別人的勸告，該固執的固執，不該固執的你也固執……這簡直是「英雄主義」，「逞強主義」……你去打游擊，那不會比一個真正的游擊隊員價值更大！萬一……犧牲了，以你的年紀，文學上的才能……這損失並不僅是你自己的呢！我也並不僅僅是為了「愛人」的關係才這樣勸阻你，以致於引起你的憎惡與鄙視……這是想到了我們的文學事業！

蕭軍：人都是一樣的。生命的價值也是一樣的。陣地上死了的不一定全是無才能的！為了爭取解放這共同的命運，誰是應該留守著發展他們的「才能」，誰又該去死呢？

蕭紅：你簡直忘了「各盡所能」這道理了！也忘了自己的崗位，簡直是盲目！

蕭軍：我什麼都沒忘！我們還是各自走各自的路罷，萬一我死了——我想我不會死的——我們再見，那時候也還是願意在一起就在一起，不然就永遠地分開……

蕭紅：好罷！

△倆人不再講話，都望著天花板。

△丁玲走進來，門簾擺動的風吹得油燈東搖西晃。

△蕭軍側頭對丁玲勉強笑笑。

蕭軍：你要睡了吧！

△丁玲脱著軍外套，打趣地笑起來。

丁玲：你們爭論完了嗎？哎呀呀……我真聽膩了你們這種話了！

蕭軍：這不是開玩笑！我們常常為了意見不一致大家弄得兩不歡喜，所以還是各走各的路倒好一點……

丁玲（勸慰）：算了吧！大家明天就分開了，讓我拿一下被子到外屋去睡好嗎？你們講和一下……

△丁玲去取鋪在炕裡的被子。

聶紺弩在外屋喊：算了吧丁玲！你別來我們外屋睡啦！這裡全是男同志嘛！

丁玲回應聶紺弩：那有什麼稀奇！

蕭軍：你算了吧！

△蕭軍拽過丁玲手裡的被子又給她扔回去。

丁玲：算就算了，反正我三分鐘就可以睡著，你們再接著說。記住，明天大家就要分別了！

蕭軍：要談的早談過了，你就是四分鐘睡著也不要緊！

△丁玲上炕躺下。

△蕭紅側過身，淚水無聲地流出來。

△蕭軍摸摸蕭紅的頭。

蕭軍：睡吧！

△大家都安靜在黑暗的油燈裡。

185

臨汾火車站

時｜傍晚
景｜外
季節｜冬
年｜1938年

△車站上竟然沒有旅客，有的只是一些胸前掛著手榴彈，滿帶武裝或不帶武裝的穿灰色軍裝的兵來來去去的。

△一個丁玲戰地服務團的男戰士正在車站的牆上用紅色寫字，白色勾邊刷標語：「國共合作，抗戰到底」八個大字。

△蕭軍抱著幾只梨走過去，來到一節車廂下面。

△蕭紅正低著頭坐在車廂裡。端木和聶紺弩坐在裡面。

△蕭軍將梨從車窗放到蕭紅面前。

△蕭紅茫然地抬眼看他，眼淚又濛上來，她抓住蕭軍的手。

蕭紅：我不去西安了！我跟你回去，死活在一塊兒吧，要不，你也就一起來……留你一個人在這兒我不放心，我知道你的脾氣……

蕭軍：別發傻了！你們先走一步，如果學校沒有變動仍在這裡……你們就再回來，這是一樣的啊？也許……馬上我也就來西安，不然就到延安匯合。你和丁玲他們一道走比較安全，他們有團隊。我們的人總要留一個在這兒吧，不然說不過去的！學校已經準備單成立一個「藝術系」的，這是好的啊！我們來的目的不就是要在「特殊時期」工作嗎？

△蕭軍有些傷感，抽回自己的手，想落淚。

端木（玩笑地）：你不能讓蕭紅這麼放不下心吧！蕭軍！

聶紺弩（譏諷地）：他比咱們強壯，打游擊可以打，跑也跑得比咱們快，他是應該留在這裡呀！

蕭紅（扭過臉冷冰冰地）：你們也並不軟弱啊，為什麼不留一個在這裡？

端木（笑笑）：我們怎麼能跟蕭軍比呢？這正是「建功立業」的時候！

蕭軍（憎惡）：怎麼樣，端木？你也要留下來嗎？留下來一起工作吧！省得我孤單……這兒還有一千多個學生呢！

端木：我不了！我要去西安嘍！這樣犧牲掉，在我是不值得的！

△蕭軍不再理端木。

蕭軍（安慰蕭紅）：別擔心我了！我不是經過很多該死的關頭並沒死掉嗎？

蕭紅：以前是以前，不是現在！你從沒好好聽過我一次話，隨你的便吧！

△蕭紅將頭扭向車廂裡面。

△蕭軍也掉頭走了。

端木（勸慰蕭紅）：你就讓他留下吧，他不比我們傻，他是懂得怎麼處理自己的！你是因為太愛他了！

聶紺弩：你這樣，被愛的人會不舒服的……

蕭紅（淚又湧上來）：不是這樣說的……

△蕭軍走到月臺的另一頭。天光將晴，起了風。

△丁玲正和一個八路軍幹部模樣的男子講話。她交代了幾句，朝蕭軍走過來。她披著那間日軍黃昵大衣。

丁玲：你決定留下了？將來怎麼打算？剛才聽說臨汾的情形不大好……你還是隨蕭紅一起走吧，省得她揪心！

△蕭軍搖頭。

丁玲：你有什麼話要說嗎？說罷！

△丁玲將衣服後面的「風兜」豎起來。

丁玲：我真有點怕了！這種風，颳得人鼻子耳朵……媽的，簡直一天就沒有乾淨的時候……

蕭軍：那還是關在屋子裡寫文章吧！

丁玲：笑話！你到底要說些什麼鬼話？

蕭軍：沒別的話，還是關於蕭紅……

丁玲（打斷他）：是了呀！讓我好好代你照顧她，你已經說過一百遍了！

△丁玲不耐煩地笑了。

蕭軍：就是！她實在是身體不好！處理人事也不如你練達……到西安，如果她願意，你設法把她送去延安……不然就暫時住在你們團裡吧，總之不要讓她一個人孤單單地亂跑……反正……我們會見到的，只要——

丁玲（又嘲笑他）：對了麼，為什麼昨天晚上竟說得那麼厲害，現在又這麼關心！

蕭軍：我倒是很羨慕你，沒有牽掛！

丁玲：是啊！但你忘了，我還是兩個孩子的母親咧！

蕭軍：看你的樣子好像很瀟灑！

△丁玲自嘲地笑一聲。

丁玲：我如今什麼都不想，我避免我的靈魂甦醒……我有孩子，也有老母親……但是我什麼都不想……我只想工

作、工作、工作……從工作裡撈得我所需要的……我沒有家，沒有朋友，什麼也不是屬於我自己的，我有的只是我的同志，我們的黨……我很怕恢復文學工作……這會使我忍受不了寂寞的折磨……（轉移話題）你去五臺山吧，到八路軍去打游擊。這樣不至於像在普通不可靠的游擊隊裡時時會遇到危險，蕭紅也可以放你的心了，你愛激動的感情也有所寄託！

蕭軍（興奮地）：好呵！太好了！

丁玲：你高興啦？我馬上寫封介紹信給你！

△月臺上昏黃的燈亮了。

△火車開始鳴笛。

△蕭軍一個人站在月臺向車廂裡的眾人揮手。

△蕭紅無言地望著蕭軍，眼睛越來越黯淡。

△大家都站著給蕭軍揮手，只有蕭紅一個人坐著。

丁玲對自己的團員們說：「給蕭軍唱一首送別的歌吧！同志們！」

服務團的文藝兵們齊聲喊：「蕭軍萬歲！」

△然後大家齊聲唱起〈游擊隊之歌〉。

「我們都是神槍手，每一顆子彈消滅一敵人……」

△蕭軍一聽到歌聲，就轉身大步離去了。

△火車朝他相反的方向啟動了。

186

西安某劇場

時｜夜
景｜內
季節｜冬
年｜1938年

△丁玲站在舞臺的側幕條，緊張地觀看著她的團員們在演《突擊》劇本的第四幕的尾聲。

聶紺弩（O.S.）：……在行進途中，丁玲要求我們這些同行的作家，為西北戰地服務團寫一個劇本……取名《突擊》，排練兩個星期後，正式公演。西北戰地服務團的演出轟動了西安這座古都……

△蕭紅、端木、聶紺弩坐在台下看《突擊》的演出。

△丁玲弓著腰悄悄過來，示意蕭紅出來。蕭紅從座位上起來，跟了丁玲出去。

187

劇場外

時｜夜
景｜外
季節｜冬
年｜1938年

△丁玲很鄭重地對蕭紅講。

丁玲：我要馬上回趟延安，你如果願意去，就跟我一起走！

蕭紅（很意外）：怎麼突然要去呵？

△丁玲沉吟了片刻，然後很信賴地盯著蕭紅的眼睛。

丁玲：我發生了點事。我們服務團裡有個同志叫陳明的，你見過。我在工作接觸中，對他產生了感情。我比他大十多歲，職位比他高，又是所謂的著名女作家，與普通團員談戀愛，難免被人視為異端，有人反映到延安，有關領導要我回去「述職」……

△蕭紅不知說什麼好，茫然地沉默著。

△蕭紅訕笑了一下。

丁玲：你考慮一下，我後天動身！我約了聶紺弩陪我一起去。

△蕭紅依舊沒有講話。

188

西安的小街道上

時｜傍晚
景｜外
季節｜冬
年｜1938年

△蕭紅一個人心思重重地走在街上，她手裡拿了一根小竹棍拍著自己的手。

丁玲（O.S.）：……那時候很希望她能來延安，延安雖不夠作為一個寫作的百年長計之處，然而在抗戰中，的確可以使一個人少顧慮於日常瑣碎，而策劃於較遠大的。並且這裡的一種朝氣，或者會使她能更健康些……

△蕭紅抬頭看到迎面而來的聶紺弩。

蕭紅：你吃過晚飯沒有？

聶紺弩：沒有。正想去吃，你呢？

蕭紅：我吃過了，但是我請客！

聶紺弩：不用了吧！

蕭紅：我要請，今晚，我一定要請你！

189

西安小飯館

時｜夜
景｜內
季節｜冬
年｜1938年

△蕭紅和聶紺弩對坐著，桌上點了兩個菜，有杯酒。

△聶紺弩吃著，忽然說。

聶紺弩：我一直想告訴你，你應該像一隻大鵬金翅鳥，飛得高飛得遠，誰也捉不住你！

蕭紅（傷感地）：我究竟是個女性，女性的天空是低的，而且多麼討厭啊，女性有著在長期無助的犧牲狀態中養成的自甘犧牲的惰性。我要飛我會掉下來。

△倆人一時語塞。

蕭紅：我有一件事要拜託你！

聶紺弩：什麼？

△蕭紅舉起手裡的小竹棍。

蕭紅：這小竹棍帶在我身上已經一兩年了，今天，端木要我送給他，我答應明天再説，明天我打算放在箱子裡，就説是送給你了，如果他問起，你就承認有這回事行嗎？

△聶紺弩點點頭。

聶紺弩：這小棍不象徵著別的什麼吧？

蕭紅：你想到哪兒去了？我早和你説過我有時候很煩端木，他膽小，懦弱。

聶紺弩：你也説過你有自我犧牲的精神！

蕭紅：那是在説蕭軍的時候。

聶紺弩：蕭軍説你很容易上當的！

蕭紅（聲音有些抖）：在要緊的事上我不會！

聶紺弩：蕭紅，一同去延安吧！

蕭紅：我不想去。

聶紺弩：為什麼？

蕭紅：説不定會在那裡碰到蕭軍。

聶紺弩：不會的。他的性情不會去，我猜想他到別的什麼地方打游擊去了。

△聶紺弩埋頭吃飯。

△蕭紅看著他吃。

蕭紅：我愛蕭軍，今天還愛。他是個優秀的小説家，我們一同在患難中掙扎過來，可是做他的妻子很痛苦的。

聶紺弩：蕭紅，你是《生死場》和《商市街》的作者，你要想到自己文學上的地位，你要往上飛，飛得越高越遠越好……

190

西安的一個小照相館

時｜日
景｜內
季節｜冬
年｜1938年

△端木穿著馬靴，拿著蕭紅那根竹棍，很神氣地在拍照。

191

七賢莊八路軍辦事處外面

時｜日
景｜外
季節｜冬
年｜1938年

△聶紺弩、丁玲背著行李向大家揮手告別，去延安。

△蕭紅、端木和服務團年輕的團員們也揮手。

△聶紺弩和丁玲回身離去。

老年端木（O.S.）：……丁玲和聶紺弩臨時有事去延安，本來我也想去延安看看。但在他們臨行前的頭天晚上，蕭紅告訴我聽説蕭軍已經去延安了，她堅決不去，讓我也別去……

△聶紺弩回身指了指蕭紅，伸出兩臂做飛翔的動作，又指了指天空，然後又回身走遠。

△蕭紅微笑了一下。

192
西安碑林

（同70場）

時｜日
景｜外
季節｜春
年｜1938年

△蕭紅和端木在碑林裡瀏覽。蕭紅不時蹦蹦跳跳，手裡拿著一隻手電筒。端木手裡是那根小竹棍。

老年端木（O.S.）：……西安的名勝古蹟很多，我們經常一起去逛。我最愛去的是「碑林」。蕭紅似乎比以前快活，顯得自由自在。她常常談她想寫的題材，對寫作的看法，也談她的身世，以及和蕭軍的往事……

△端木在一塊碑前站住，仔細端詳著。

△蕭紅站在端木身邊陪他看著。

端木：這是《三藏聖教序碑》，是唐朝一個叫懷仁的和尚從王羲之的遺墨中選集的字書寫而成的；內容是唐太宗為唐僧玄奘法師譯佛經所作的序文，還有太子李治做的記，還有玄奘寫的謝表及《心經》，所以統稱《三藏聖教序碑》。

△蕭紅欽佩地看著端木，然後頑皮地拍了拍端木的肩膀，像上級領導拍下屬似的。

蕭紅：你肚子裡乾貨不少呀！以前都沒拿出來過！

端木：我上過歷史系呀！不稀奇。

蕭紅：我很慚愧，我歷史知識薄弱。為了表示我的欽佩，晚上讓我請你吃涼皮吧！

△端木不好意思起來。

端木：為了你的謙虛，我請你吧！

193
西安路邊小吃攤

時｜傍晚
景｜外
季節｜春
年｜1938年

△蕭紅和端木在小攤上吃涼皮，蕭紅抓起醋瓶倒了很多。

端木（逗弄）：你很愛吃醋呵！

蕭紅（反譏）：你不愛吃嗎？

端木：不愛！

蕭紅：那最好！

△倆人笑。

端木：其實我第一次見到你是在1936年的夏天。

蕭紅（吃驚）：啊？是嗎？那是在哪兒，我一點印象都沒有！

194
上海法租界的公園

時｜日
景｜外
季節｜夏
年｜1936年

△蕭軍、蕭紅、黃源、張梅林四人在一起散步，他們邊走邊談，瀟灑的文人風度。

端木（O.S）：當時你還不認識我……是在上海法租界的一所公園裡，你們一行四個人在一起散步。你那時已經是一位赫赫有名的女作家了，而我是個無名之輩，只能在遠處默默地注視著你們……

△端木捧著一本書坐在草坪上溫情地注視著蕭紅的背影。

端木（O.S）：……那天你穿著大紅衣服，從背影看修長苗條，體弱有病的樣子……

195

西安一條小路上

時｜夜
景｜外
季節｜春
年｜1938年

△蕭紅和端木走在夜路上，蕭紅手裡的手電筒圓圓的光圈跳來跳去的。

蕭紅：我跟聶紺弩說起過。魯迅先生的小說是低沉的，他以一個自覺的知識份子，從高處去悲憫他的人物。那些人物沒有人的自覺，他們不自覺地在那裡受罪，變得聽天由命。而魯迅先生自覺地和他們一齊受罪，這恐怕也是他不想再寫小說的理由吧。

端木：你的呢？

蕭紅：我開始也悲憫我的人物，他們都是自然的奴隸。但寫到後來感覺變了，我覺得我不配悲憫他們，恐怕他們倒應該悲憫我咧！悲憫只有從上到下，不能從下到上，也不施之於同輩之間。我的人物比我高。這說明魯迅真有高處，而我沒有，有也很少，一下就完了。

端木：你這麼能説，我也頭一次知道！

△蕭紅故意拿手電筒照了端木臉一下。端木手擋住眼睛。

△蕭紅又拿手電筒到處照。

蕭紅（新奇地）：你看，電筒的光，像不像海蜇在海裡浮游？

端木：像！

196
西安七賢莊八路軍辦事處

時｜日
景｜外
季節｜春
年｜1938年

△到處是萬木復甦了。

△聶紺弩坐在院子裡的一塊石頭上，抽著煙，對著鏡頭。

聶紺弩：我和丁玲到延安去了十多天，回來時多了一個人……

197
西安七賢莊八路軍辦事處外面

時｜日
景｜外
季節｜春
年｜1938年

△丁玲、聶紺弩、蕭軍三個人背著行李走向辦事處。

聶紺弩（O.S.）：……是蕭軍。他在去五臺山的中途折到了延安，和我們在延安相遇。丁玲邀他一同來西安，他竟答應了。我猜想他恐怕有和蕭紅破鏡重圓之意吧……

△丁玲三人走進院子。

一個正在晾衣服的服務團的女團員驚喜地大喊：「丁主任回來了！」

△大家都從屋裡跑出來，蕭紅和端木也從房間出來。他倆人一看見蕭軍，頓時愣住了。

△端木立刻裝做沒事的樣子，上前去和蕭軍擁抱。

△蕭軍面無表情，禮貌地拍拍端木。

△聶紺弩逕直回自己房間。

△團員們圍住了丁玲。

△蕭紅鐵青著臉與蕭軍對視。

198

七賢莊聶紺弩房間

時｜日
景｜內
季節｜春
年｜1938年

△聶紺弩正在拍打身上的塵土。

△端木進屋，拿起刷子幫聶紺弩刷他身上的塵土。

端木（低著頭）：辛苦了！如果鬧什麼事，你要幫幫忙！

△聶紺弩沉吟了一下，回身抓過端木手裡的刷子拍打端木。

聶紺弩：先把自己掃乾淨了再掃別人，明白嗎？

端木（虛弱地）：明白。

聶紺弩：真明白嗎？

△端木開門離去。

199

西安七賢莊八路軍辦事處

（同196場）

△聶紺弩坐在石頭上繼續說。

聶紺弩：二蕭宿命般地分手了。他們分手的具體過程和細節，不為外人所道，三個當事人的說法彼此出入很大……老年蕭軍的說法是……

200

七賢莊八路軍辦事處的一間房舍裡

時｜日
景｜內
季節｜春
年｜1938年

△蕭軍在臉盆裡洗頭洗臉。

△蕭紅微笑著出現在他身旁。

蕭紅：三郎……我們永遠分開吧！

△蕭軍依舊洗著，很平靜。

蕭軍：好！

△蕭紅掉頭就走出房間。

△蕭軍洗完用毛巾使勁擦著頭，也不看別人。

201

老年端木家中的一次訪談

（同170場）

△老年端木還是側對鏡頭對著畫外什麼人。

聶紺弩（O.S.）：……老年端木的說法是……

202

七賢莊八路軍辦事處端木房間

時｜日
景｜內
季節｜春
年｜1938年

△端木神情黯淡地進到房間，坐到書桌前隨手抓起一本書翻。

△蕭紅跟了進來，情緒低落的樣子。

△端木抬頭看了一眼蕭紅，剛要講話，蕭軍一陣風似的也進到房間。

△蕭軍背對著蕭紅和端木，在端木屋的一架破風琴上胡亂按著。

蕭軍：蕭紅，我和丁玲結婚，你和端木結婚！

△蕭紅和端木頓時怔住。

蕭紅（忽然勃然大怒地）：你這是什麼話？你和誰結婚我

管不著，我和誰結婚難道要你來下命令嗎？

端木（氣憤）：你也太狂妄了，你把我們當什麼人了？

蕭軍（怒沖沖地）：我成全你們不好嗎？

△端木氣湧難平地喘著氣。

端木：蕭軍，你不要侮辱人！難道蕭紅是一件不要的東西嗎？！

蕭軍：瞧瞧你那德性！我就是要好好教訓教訓你這小子！

△蕭軍起身抓住端木的衣領要動手。

△蕭紅急忙上前攔阻蕭軍。

蕭紅：走！走！咱們有話到外面說去！

△蕭紅把蕭軍推出屋外。

老年端木（O.S.）：……在這種情況下我決定明確與蕭紅的關係，要不然她會置於何地？

203

七賢莊八路軍辦事處

時｜日
景｜外
季節｜春
年｜1938年

△蕭軍拎著一個大木棍氣勢洶洶地坐在院中。

△端木和蕭紅並肩走出房間，兩人瞟了一眼蕭軍，走出院門。

204

西安公園內

時｜日
景｜外
季節｜春
年｜1938年

△蕭紅和端木沉默地走了一會兒。

△蕭紅忽然停下來，面對端木。

蕭紅：我和蕭軍徹底分開了，我將他給我的信全部還給他了。我向他要我的信，他都不給，他力氣大，我也搶不過他，只有隨他去。

端木：這麼說，你自由了！

△蕭紅忽然掩面痛哭。

△端木有些慌神地上前扶住蕭紅的雙肩。

蕭紅（猛然抬頭）：我要告訴你一件事！

端木：什麼事？

△蕭紅從端木懷抱退出來，定定地看著端木。

蕭紅：我有了蕭軍的孩子！

△端木詫異地愣住，不知怎麼反應。

端木：有孩子？

蕭紅：已經四個月了！

端木：蕭軍知道嗎？

蕭紅：當然知道了！

端木：那他還要你和我結婚？

蕭紅：是的，他就是這樣的人。他要我生下孩子以後再分手，我拒絕了！

△蕭紅淚水又奪眶而出。

端木：你怎麼能和這樣的人生活在一起！

△端木上前擁抱蕭紅。

端木：蕭軍以為我不敢跟你結婚嗎？他的孩子我不介意！

205

七賢莊八路軍辦事處蕭紅房間

時｜夜
景｜內
季節｜春
年｜1938年

△蕭紅在整理自己的行李。

△丁玲托著她穿的那件日軍黃呢大衣走進來。

△蕭紅放下手裡的東西，對丁玲親切地微笑。

丁玲：我想把這件呢大衣送給你做留念吧！這是平型關大捷時繳獲日本鬼子的戰利品。

△蕭紅接過來。

蕭紅：我都沒什麼像樣的東西留給你！

丁玲：咱們的相識就是最好的紀念品！你多保重！

206

延安窯洞裡

（同180場）

時｜夜
景｜內
季節｜春
年｜1942年

△丁玲在油燈下寫著，她抬眼看了看炕上昏睡的七、八歲的女兒，起身去給她掖了掖被子，又回到油燈下繼續寫。

丁玲（O.S.）：……我們在西安住完了一個春天，我們也痛飲過，我們也同度過風雨之夕。然而想來想去，我們談得是如何的少呵！像這樣的能無妨礙，無拘謹，不需要警惕著談話的對手是太少了呵。和蕭紅分手後，就從沒有通過一封信，端木曾來過幾封信，最後一封是香港失陷前收到的……

△白朗進到了丁玲的窯洞裡來，她此時也三十多歲了，穿著灰布軍裝，與以前判若兩人。

△丁玲放下筆。白朗自己坐下，就流起淚來。

白朗：聽說蕭紅的骨灰埋在了淺水灣。

△丁玲安慰著她。

白朗：你還記得你曾經對我說過嗎，蕭紅決不會長壽的。

△丁玲嚴肅地點頭。

白朗：你的預感成了預言。

△丁玲從書桌上拿起稿子遞給白朗。

丁玲：我寫的，紀念她的文章〈風雨中憶蕭紅〉。

207

西安七賢莊八路軍辦事處

（同196場）

時｜日
景｜外
季節｜春
年｜1938年

△聶紺弩從坐著的石頭上站起來，拍拍屁股上的灰。

聶紺弩：二蕭分手後，再也沒有見過面。這一年，也就是1938年4月，蕭紅和端木返回武漢。蕭軍隨丁玲服務團去延安，隨後他又準備去新疆投身抗日救亡文藝工作。途經蘭州時，認識王德芬，同一年六月和她結婚，終生廝守，他們養育了八個孩子。

△聶紺弩說完，揚長而去。

208

漢口的一個小飯館

時｜日
景｜內
季節｜初夏
年｜1938年

△端木和蕭紅剛吃完飯，喝著茶在眺望外面等什麼人。

△蕭紅掏出手絹給端木，端木接過來擦了擦汗又還給蕭紅。

△錫金風風火火地奔進飯館。

錫金（O.S.）：蕭紅、端木回到武漢後到漢口找我，讓我幫端木解決住處……

△錫金親熱地上前先和蕭紅和端木握手。

錫金：一路辛苦吧！

蕭紅：還好！

錫金：蕭軍呢？

△蕭紅和端木都有些色變，但馬上鎮定下來。

蕭紅（故作平淡地）：他好像去蘭州了吧！

△錫金也猶疑了一下。

錫金：小金龍巷的房子我還租著，要住現在還可以去住。不過我有三個月沒去付房租了，現在我拿不出錢來。只要先拿出一個月房租就能進去住。（對蕭紅）反正你在那裡住過，房東認識你，你找他們就沒問題，另外兩個月的租錢仍歸我付。

端木：我能付，沒事的！

△錫金掏出鑰匙交給了端木。

錫金（問蕭紅）：你怎麼辦呢？

蕭紅：有個朋友讓我住她那裡去。

錫金：那好，我就不管你了。

209
錫金的講述
（同165場）

錫金：過了一段時間我去小金龍巷付那兩個月的房租，捎帶取些衣物，取完東西和端木略談了一會兒，正打算要走……

210

武漢小金龍巷錫金住處

時｜日
景｜內
季節｜夏
年｜1938年

△錫金和端木站在外間房裡。

錫金：那我先走了，見到蕭紅代問她好！

△裡屋傳來蕭紅的聲音。

蕭紅（O.S.）：……錫金，你怎麼不進來？

△錫金有些暈，然後去推裡屋的門，走進去。

△蕭紅躺在床上，蓋著被子，臉色蒼白而緊張地睜大了眼睛。

錫金（O.S.）：……端木卻留在外屋沒有進來。我就明白，這是她要向我公開與端木的關係……

錫金（有些難堪）：因為我不知道你在屋裡，所以沒有進來。

蕭紅（拍拍床）：你坐下，我有件事要找你商量。我懷孕了，你幫我找個醫生幫我打胎！

錫金：這件事我沒有辦法！幾個月了？

蕭紅：五個月。

錫金：誰的？

蕭紅：蕭軍的。

錫金：太晚了，有生命危險的！況且，是蕭軍的應該生下來呀，是一條小生命！

△蕭紅憂戚地垂下眼。

蕭紅：我一個人維持生活都困難，再要帶個孩子那就把我完全毀了！

錫金（難過起來）：我認識的醫生只有宇飛，你也認識的，請他來商量一下怎麼樣？

蕭紅（聲音大起來）：不要，我不要找他，不能找他！

錫金（安撫）：還是生下來吧，不要擔憂，孩子生下來總能有辦法，這麼多朋友也不能看著你不管，也可以托人撫養呀！

211

小金龍巷錫金住處外

時｜日
景｜內外
季節｜夏
年｜1938年

△端木站在屋外，用拐杖在地上畫著自己的一幅漫畫像。

△錫金抱著衣物從屋裡出來。

△端木聽到扭頭挽留他。

端木：吃完飯再走吧……

△錫金像聾啞人，面無表情地逕直走過去。

△端木窘在原地，一動不動站了好久，忽然搖頭笑了笑，然後用拐杖在自己的漫畫上打了個叉。

△蕭紅倚在床頭正黯然神傷。

△端木走進屋內，瞟了一眼蕭紅。

端木：你身邊這些人是不是都認為我在利用你？對你有什麼企圖！

蕭紅：或許他們認為我在利用你，對你有企圖的，不過我走這一步，是鐵了心的！

212

小金龍巷錫金住處外日

景｜外
年｜1938年

△胡風、梅志、蕭紅坐院子裡。三個人的表情都有些木訥。

△端木獨自站在一邊的花叢下觀賞花木。

蕭紅：我和蕭軍分開了，人家到前線打游擊去了，我現在同他（用嘴向端木那邊噝了噝）在一起過了。

胡風（嚴肅地）：作為一個女人，你在精神上受了屈辱，你有權這樣做，這是你堅強的表現。我們做朋友的為你能擺脫精神上的痛苦是感到高興的。但又何必這樣快？你冷靜一下不更好嗎？

△蕭紅臉色陰沉下來，不說話。

△端木鐵青著臉低著頭，什麼話也沒說，隨手折斷一枝花，就獨自推門走了，看都沒看胡風他們一眼。

△胡風和梅志冷著臉，沒話，也不看蕭紅。

△蕭紅面紅耳赤地撐坐著。

胡風：這次去西北見到丁玲了吧？她怎麼樣？

蕭紅：我們是太不同的兩種人了。

胡風：你怎麼沒去延安？

蕭紅：我想好好寫作。我一向願意做一名無黨派人士，對於政治很外行。

213

武漢漢口大同酒家

時｜日
景｜內
季節｜夏
年｜1938年

△蕭紅穿了一件紅紗底金絨花的旗袍，肚子隆起著。

△端木穿了一身淺駝色西服站在蕭紅身旁，他倆面對幾位賓客。

△蕭紅抓起端木的一隻手，將手裡握著的四顆紅色相思豆放到他手裡。

蕭紅：端木，這四顆相思豆是當年魯迅先生和許廣平送給我的，今天送給你，就當做我們的結婚信物吧。

△端木微笑著點點頭。

梅林（O.S.）：……聽說參加婚宴的僅有幾位賓客……

蕭紅（扭頭對參加婚禮的人）：掏肝剖肺地說，我和端木蕻良沒有什麼羅曼蒂克式的戀愛歷史。是我在決定同蕭軍永遠分開的時候我才發現了端木。我對端木沒有什麼過高的希求，我只想過正常的老百姓式的夫妻生活。沒有爭吵、沒有打鬧、沒有不忠、沒有譏笑，有的只是互相諒解、愛護、體貼。我深深感到，像我眼下這種狀況的人，還要什麼名分，可端木卻做了犧牲，就這一點我就感到十分滿足了！謝謝他成全我！

△端木在一旁已經哭成了淚人。

214
張梅林的講述
（同167場）

張梅林：1938年6、7月間，日軍兵分五路包抄武漢，國民政府發出了「保衛大武漢」的口號，但是上上下下的人物，像潮水一樣向西部的重慶潰退，人們惶惶不可終日。大約是七月份一個雨天，我從武昌乘船過江……

215
武漢過江的輪渡上
時｜日
景｜外
季節｜夏
年｜1938年

△蕭紅披著斗篷站在船邊，凝望著黃濁的江水。她的身孕更明顯了。

△梅林站在人群中，他無意間扭頭看見蕭紅，擠過人群走過來。

梅林：蕭紅！

△蕭紅愣過神，見是梅林，淺笑了一下。

蕭紅：沒想到你碰見我還過來打招呼。

△張梅林給噎了一下，不知怎麼答話。

蕭紅：我剛才在想，我沒有一個自己的朋友，我所有的朋友都是蕭軍的，你們都是「蕭軍黨」……

△張梅林不與蕭紅對視，望向江面。

△「嗚——」江面上響起輪船悠長的汽笛聲……

梅林（轉話題）：你怎麼打算，武漢吃緊，很多朋友都準備撤退了……

蕭紅：你也要走嗎？

梅林：我訂了入川的票，跟羅烽一道走。

蕭紅（忽然明朗地）：那我們一起走，好嗎？你幫我弄兩張船票。

216
武漢碼頭上

時｜日
景｜外
季節｜夏
年｜1938年

△張梅林和羅烽在逃難的人群當中。引頸眺望。

張梅林（O.S.）：……當時船票非常難搞了，我只幫蕭紅買到一張船票。登船那日，來的不是蕭紅……

△端木拎著行李擠在人群中。即使這種時刻，他依舊衣衫得體，毫無不潔之處。小竹棍還在手上。

△端木擠到梅林、羅烽跟前。

梅林（奇怪）：蕭紅呢？

端木：她不走了，她要留下來另外等船。她讓我先到重慶找房子……

△正說著，人潮將他們三人裹挾而去。

217
武漢三教街

時｜日
景｜外
季節｜夏
年｜1938年

△蕭紅坐在人力車上，車上一個鋪蓋捲和提箱。

△天空上有轟轟的飛機聲。

△遠處忽然響起震天的爆炸聲。

△一派兵慌馬亂的景象。

218

三教街「文協」住地

時｜日
景｜內
季節｜夏
年｜1938年

△這是一棟西洋式小二樓。

△錫金和幾個人正在油印資料，忙碌不已。

△蕭紅拎著鋪蓋捲和提箱來到樓上。

△錫金看見她，驚訝不已。

錫金：你怎麼來了？

蕭紅：我要搬到你們這裡住。

錫金：啊？端木呢？

蕭紅（放下東西）：去重慶了！

錫金：怎麼不帶你走？

蕭紅：為什麼我要他帶？

△錫金趕緊抱過一把椅子讓蕭紅坐。

錫金：我給你說，你看到我們這兒沒有？樓下兩間《大公報》社長趙惜夢一家人住，樓上這兩間，前間我和孔羅蓀、馮乃超三個人一張床打橫睡；後間是「文協」辦公間，人來人往太嘈雜，不能住。你現在這種身體狀況⋯⋯

蕭紅（打斷）：我住定了！我睡走廊的地上，買條蓆子就行了！

錫金：蓆子倒有，那怎麼行呢？人來人往，你睡不穩，別人行走也不方便！

蕭紅（不聽）：蓆子呢？

△錫金只好去裡間拿蓆子。

△走廊上。

△蕭紅鋪好鋪蓋，馬上躺到蓆子上喘息。

△錫金在一旁不忍心看她，放下她的提箱進屋去了。

219
錫金的講述
（同165場）

錫金：重孕在身的蕭紅就這樣在「中華全國文藝界抗敵協會」的住地住下了。她一天到晚總是在地鋪上躺著。至於為何端木先走，她卻留下，她沒再說，我也沒再問……無論具體情況如何，端木先行離開的行為使他日後背負了一生的罵名。端木離開時，蕭紅身上只留了五元錢，將錢都給了他。「少爺」式的端木可能都不知道……

220
三教街「文協」住地
時｜日
景｜內
季節｜夏
年｜1938年

△氣溫燠熱的一天。

△錫金和兩三個年輕人都光著膀子在裝訂雜誌。

△蕭紅汗淋淋地躺在走廊地鋪上，旁邊點著蚊香，她在抽煙。

△一個年輕人邊上樓梯邊朝樓上的錫金喊：「錫金！路口新開了一家飲冰室，你請我們吃冰飲吧，要熱死了！」

錫金：我沒有錢吶！你們要是請客我就去！

蕭紅一骨碌爬起來。

蕭紅：我有錢，我請！

△大家都不大好意思地嘿嘿笑。

錫金無奈地白了蕭紅一眼。

221
飲冰室
時｜日
景｜內
季節｜夏
年｜1938年

△蕭紅和錫金以及三四個小青年坐在飲冰室裡。

蕭紅：大家可以隨便要！

錫金：那我要冰啤酒！

△其他幾人要了冰激淩和沙冰之類的。

女侍者：一共兩元三角錢！

△蕭紅掏出一張五塊的鈔票。

△女侍者端上來大家點的東西，將找的錢給蕭紅。

蕭紅（揮揮手）：不要了！

△女侍者馬上喜笑顏開地連說幾聲「謝謝！謝謝！」

△錫金吃驚地瞪著蕭紅看。

222

武漢街頭

時｜日
景｜外
季節｜夏
年｜1938年

△錫金和蕭紅一起往回走著。路上很多建築已經都給炸毀了。

錫金（不高興）：你有那麼闊氣嗎？花錢這樣大手大腳！

蕭紅：反正這是最後的錢，留著也沒用了，花掉它也花個痛快！

錫金（氣憤）：太沒道理了你！現在兵荒馬亂，武漢還不知道能保衛幾天。日本軍隊不過在田家鎮按兵不動罷了，如果一旦發動進攻，你想想那會是個什麼場面？

蕭紅：反正留下兩塊多錢也什麼都用不上，你們有辦法我也有辦法！

錫金：最緊張時可能我人在武昌，江上交通斷了，我能顧上你嗎？

蕭紅：人到那步田地，就是發愁也沒有用，反正不能靠那兩元多錢！

△錫金眉頭緊鎖，忽然停下。

錫金：你先回去吧，我有點事　會兒回！

△錫金掉頭往回走。

蕭紅：給出去的錢你別往回要啊！

223

三教街「文協」住地

時｜傍晚
景｜外
季節｜夏
年｜1938年

△蕭紅躺在走廊地鋪上，用報紙搧著風。

△錫金汗津津地上了樓梯到走廊上。

錫金：你起來！

蕭紅（起身）：你怎麼這麼久才回來？

△錫金蹲下來拿出一百五十塊錢。

錫金：這是我替你借的一百五十元錢，不是給你的，我跑到生活書店借了一百元，又跑到讀書生活社借了五十元。我給人家說明了，這是代你借，你用稿子還，如果你還不上我用稿子還！

△蕭紅苦笑接過錢。

錫金（鄭重地）：好好保存著供逃難用，不許再亂請客啦！

224
錫金的講述
（同165場）

錫金：我還是不放心，又去找了我們一起辦刊物的馮乃超，讓他想辦法把蕭紅送走，她這樣留在武漢不對。沒過多久，組織讓我「開闢第二戰場」，去廣州辦《大地》月刊，臨行那天中午，蕭紅和幾個朋友在江邊一個酒樓為我餞行，然後一直送我到碼頭⋯⋯（忽然停下來，很突然地哭了）此後，我再也沒見過蕭紅⋯⋯

△錫金低下頭抽泣著。

225
宜昌的碼頭上
時｜黎明
景｜外
季節｜夏
年｜1938年

△蕭紅拎著箱子，非常笨重地往碼頭上走。她大約有八九個月的身孕了。

△碼頭上縱縱橫橫全是纜繩。

△蕭紅笨拙而小心地跨過好幾根纜繩。快要跨完時，忽然被一根絆倒，她仰面倒在地上，箱子扔飛了出去。

△四周沒有一個人，天光還不亮。

△她掙扎了幾下起不來。她的肚子像小山一樣將她牢牢壓在地上，只好作罷。

△她只能那麼躺著，動彈不得。

△晨光微熹。

△一個國民黨退伍老兵拄著雙拐朝碼頭走過來。他一隻腿估計是給炸斷的。仍穿著軍服，背著行囊。

△他走到碼頭時，起先沒看見蕭紅，一閃念又回過頭看到地上躺著的蕭紅。

△他走到蕭紅身邊，用一根拐杖捅了捅蕭紅。

△蕭紅睜開眼，看到退伍老兵。

蕭紅（連珠炮似的）：謝謝你謝謝你！我摔倒了起不來你看我懷孕了，我一直在等人來救我這下好了謝謝你把我扶起來！

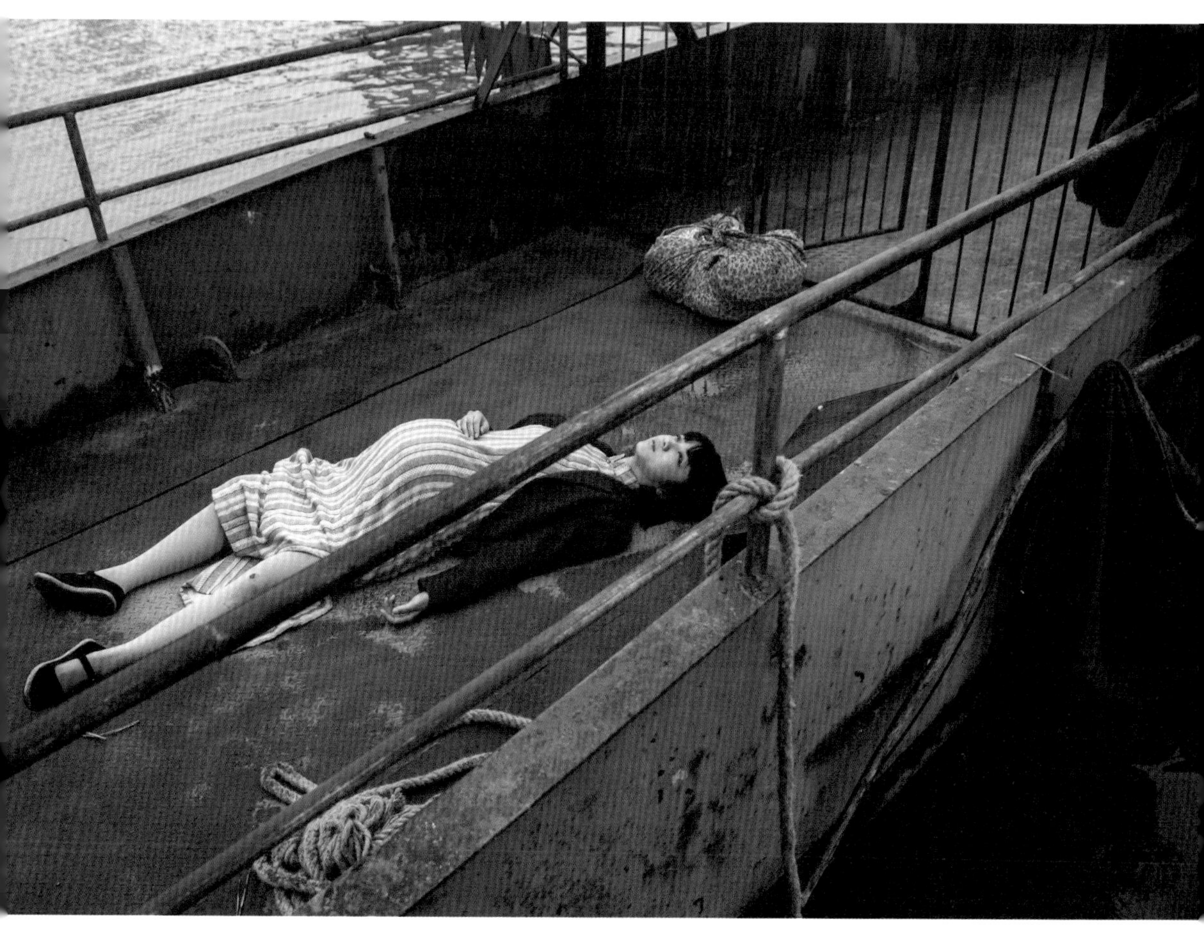

△退伍老兵將兩枝拐杖放在一隻手裡，騰出一隻手去拉蕭紅，費勁地將蕭紅拎起來。

退伍老兵：你一個孕婦瞎跑什麼？

蕭紅：我去重慶！

退伍老兵：你沒事吧！

蕭紅：我沒事！怎麼謝你呢？我身上有錢！

△退伍老兵輕蔑地白了蕭紅一眼，拄拐走了。

△蕭紅看著他。

226
白朗羅烽夫婦的講述（同30場）

白朗：蕭紅到重慶後沒多久就來找我。當時我和羅烽住在離重慶不遠的江津，她想在江津分娩。端木沒有跟她一起來。一個多月裡，我們共同生活，她臉色是蒼白的，病態的，精神很陰沉……我們整天住在同一屋簷下，她卻從不向我談起和蕭軍分開以後的生活和情緒，一切她都隱藏在她自己心裡，對一向推心置腹的故友也守口如瓶。

227
江津一家私人小婦產醫院

時｜日
景｜內
季節｜秋
年｜1938年

△白朗拎著飯盒走進醫院。

△這是一家很小的鄉村診所似的醫院。

△白朗進了蕭紅的病房。

△房間四壁落白，只有蕭紅一個人住。

△蕭紅和襁褓中的嬰兒躺在一起。

白朗：老太太給你燉了雞湯，喝點吧！

蕭紅：先不喝，我沒胃口。

△白朗放下雞湯俯身疼愛地看孩子。

白朗：看他的小臉，低額頭四方臉，和蕭軍一個模樣！

△白朗剛説完意識到什麼，馬上偷眼看蕭紅。

△蕭紅沒什麼反應，也側身看孩子，恬靜地微笑，憐惜地用一根手指摸孩子的頭。

△白朗這才心定地坐下來。

蕭紅：朗，我這兩天牙疼，幫我買點「加當片」吧！

白朗：好，我晚飯給你帶來！

228

江津一家私人小婦產醫院

時｜早晨
景｜內
季節｜秋
年｜1938年

△白朗帶了幾只柑橘走進醫院，來到蕭紅住的病房。

△病房裡空無一人。

△白朗正在納悶，一扭頭嚇了一跳。她發現蕭紅面如死灰地站在門口。

白朗：你怎麼了？你去哪兒了？

△蕭紅不說話，逕直走到床前，躺下。

△白朗一看情況不對，蕭紅身邊的孩子沒有了。

白朗（失色）：孩子呢？

蕭紅（冰冷地）：死了！

白朗（瘋了）：昨晚還好好的，怎麼說死就死了！大夫呢，我要找大夫！

△白朗轉身要走。

蕭紅（喊叫）：不要去，你別去！

△白朗嚇愣了，緩緩回過頭。

蕭紅：找也沒用，孩子在夜裡抽風死的！

△白朗臉色煞白。

蕭紅：朗，我要出院，今天就出，我害怕，這醫院到晚上只有一個護士值班，全醫院就我一個人住在這兒！

△白朗還沒回過神來。

229

白朗羅烽夫婦的講述（同30場）

白朗：我回到家，準備第二天接蕭紅出院。但房東聽說後，堅決不讓蕭紅回來住，他們嫌女人在家中坐月子晦氣，要回來就必須滿屋的地上鋪上紅布。我知道這明顯是在刁難，可我沒辦法，只好給蕭紅說了，買了船票送她回重慶……

230
江津的小碼頭

時｜日
景｜外
季節｜秋
年｜1938年

△已是秋意寒人了。

△蕭紅拎著行李和白朗站在碼頭上。

蕭紅：朗，我願你永遠幸福！

白朗（傷感）：我也願你永遠幸福！

蕭紅：我嗎？（苦笑一下）我會幸福嗎？朗，未來的遠景已經擺在我面前了，我將孤苦以終生！

△蕭紅抱了白朗一下，扭身走了。

△白朗望著蕭紅上了船。

△白朗回過身，往回走了幾步，站住抬眼看到鏡頭，淚水滾落下來。

231
重慶黃桷鎮蕭紅住處（同121場）

時｜日
景｜內
季節｜秋
年｜1939年

△蕭紅屋裡的窗子糊著紙，光線昏暗。

△蕭紅伏在窗前桌上寫文章。抽著煙，臉色疲乏抑鬱。

△端木倚在床頭邊看書邊剝花生，他將身上的花生皮「嘩啦」一聲全掃到地上。

蕭紅（O.S.）：……魯迅先生的病，剛好了一點，他坐在躺椅上，抽著煙，那天我穿著新奇的大紅的上衣，很寬

的袖子。魯迅先生說：「這天氣悶熱起來，這就是梅雨天。」他把他裝在象牙煙嘴上的香煙，又用手裝得緊一點……

232

上海大陸新村魯迅寓所

時｜日
景｜內
季節｜夏
年｜1936年

△魯迅躺在客廳的躺椅上，弄著香煙嘴。

△許廣平進來出去的，在忙家務。

△蕭紅穿著大紅上衣，從座位上起來。

蕭紅：周先生，我的衣裳漂亮不漂亮？

△魯迅上下看了蕭紅幾眼。

魯迅：不大漂亮。（抽口煙）你的裙子配的顏色不對，並不是紅上衣不好看，各種顏色都是好看的，紅上衣要配紅裙子，不然就是黑裙子，咖啡色的就不行了；這兩種顏色放在一起很渾濁……你沒看到外國人在街上走的嗎，絕沒有下邊穿一條綠裙子，上穿一件紫上衣，也沒有穿一件紅裙子而後穿一件白衣的……

233

防空洞

時｜日
景｜內外
季節｜秋
年｜1939年

△擁擠在洞裡的人群都絕望地瞧著洞外，一兩處中彈燃燒的地方冒著濃煙。

△端木、蕭紅和靳以也擠在洞裡的人群中。

△有個婦女「閑裡偷忙」地織著毛衣，另一男子看著報紙。

△洞口一個老頭坐在小竹椅上托著個破鍋，裡面放了粽子在兜售。他講四川話。

老頭兒：吃粽子嘍！躲警報也不能餓肚皮嘍！豆沙餡的粽子嘍！甜得很嘍！

△外面又一陣飛機尖銳的轟鳴聲從上空飛過去。

△老頭兒沒事人一樣踱出洞口去，抬頭察看。

△忽然一顆炸彈落下，一陣巨響一陣硝煙過後，老頭兒炸沒了。

△蕭紅和端木以及其他人驚恐地睜著眼望著洞外。

234
黃桷鎮蕭紅住處外

時｜日
景｜外
季節｜冬
年｜1939年

△一個四川鄉下婦女拎著一袋米去敲蕭紅他們的房門。

△半天沒人反應。

四川婦女（自言自語）：咋著回事嘛？！（喊）蕭先生！端木先生！

△靳以和太太從樓上下來。

△四川婦女看見問他們。

四川婦女：靳先生，有沒看見蕭先生他們呀。昨天來就沒得人在，今天又沒得人在，他們讓我買的米……

靳以：他們不在這兒住了，大米你拿去吃吧！

△四川婦女沒頭沒腦地呆站在那兒。

235

空鏡

時｜日
景｜外
季節｜夏
年｜1940年

△舊香港的海景。

236
香港胡風的住處

時｜日
景｜內
季節｜初春
年｜1939年

△一間六七平米的小房。

△梅志在為自己剛出生的第二個孩子，幾個月大的女兒擦身子。

△小女兒的鼻子上包著紗布。

△她的大兒子在地上玩玩具。

△胡風在整理著書稿。

△有人敲門。

梅志：請進！

△門推開，蕭紅抱著一束紅梅，穿著黑絲絨長旗袍，高貴清雅地對梅志和胡風微笑。

梅志大兒子（撲過去）：蕭姑姑！

梅志（驚喜地）：哎喲，蕭紅！

胡風：這麼漂亮的花！

△蕭紅摸著梅志大兒子的頭。

蕭紅：看他長多高了！可是瘦了！

△胡風接過花，四下找容器，找不到，乾脆把花用繩子綁在床頭。

梅志：看看這個小丫頭，可把我害苦了，要是當時在武漢我打了胎，可就沒她了！

△蕭紅上前看小娃娃。

蕭紅：她的鼻子怎麼了？

梅志：被老鼠咬了。老鼠餓得都沒東西吃就來吃她鼻子上的奶水。

蕭紅：天哪！你看她多秀氣呀！像你，不像老胡！

△倆人坐下來。

胡風：蕭紅你坐，我約了事情談！

蕭紅：你忙你的！

胡風（對梅志）：我帶曉谷去，你們好好聊！我一會兒就回。

△胡風拉上大兒子出門去。

△梅志仔細端詳蕭紅。

梅志：你的孩子呢？也長大了吧！

蕭紅（淒然地）：死了，生下三天就死了！

梅志（大驚）：怎麼會死的？是男孩女孩？

蕭紅：男孩……抽風死的……我去宜昌一個人到碼頭上去找船，跌了一跤，當時我心想，孩子呀孩子呀！對不起，你要跌就跌出來吧！我實在拖不起了！可是他啥事也沒有……

△倆人一時無話。

梅志：你倒比過去胖了，精神也好，穿上這衣服可真漂亮，你剛進屋時我眼前一亮！

蕭紅：是我自己做的，這衣料，這金線還有這銅釦子，都是我在地攤上買的，這麼一湊合不是成了一件上等衣服了嗎？

梅志：我一直覺得你很有審美力的，什麼破布料到你手上一折騰，好看得不得了！你那件毛藍布旗袍多普通，可你用白線繡上人字形花紋，就顯得雅致大方！

蕭紅：你想做衣服我來幫你做！

梅志：現在帶孩子哪顧得上打扮呀！（忽然想到）對了，給你看張照片！

△梅志從抽屜裡取出一封信，從信裡抽出一張照片遞給蕭紅。

梅志：蕭軍從蘭州來的信，寄了一張他結婚的照片。

△蕭紅木然地看著照片。

△照片上，蕭軍和新婚妻子，一個年輕漂亮的姑娘，倆人坐在一處山石上，身邊一隻狗。

△梅志馬上發現自己做錯事，侷促不安起來，緊張地覷望蕭紅的表情。

△蕭紅久久沒動，臉上毫無表情。她把照片還給梅志。

蕭紅：那我走了，給胡風說一聲。

△蕭紅匆匆離開。

△梅志呆站著。

237
金巴厘道納士佛台三樓二層蕭紅住處

時｜夜
景｜內
季節｜夏
年｜1940年

△十多平米的一間房，一張大床，一張大書桌，很簡陋。

△端木和蕭紅共用書桌，各自在一頭面對面寫作。

△蕭紅不時咳嗽。

△端木在床上睡著。

△蕭紅一個人站在窗戶前抽煙。一支煙快抽完了，她回身去書桌上拿煙，煙盒裡空了。蕭紅輕聲出門。

238
金巴厘道

時｜深夜
景｜外
季節｜夏
年｜1940年

△蕭紅神思恍惚地來到一個雜貨鋪前。鋪子裡沒有人，只有一個五六歲的小女孩在鋪子裡的竹椅上打盹兒。

蕭紅：有人嗎？

△沒人應聲。小女孩兒依舊在打盹兒。

蕭紅：小妹妹！我買煙！

△小女孩兒猛地醒了，迷迷糊糊望著蕭紅。

小女孩兒（粵語）：我爸爸媽媽不在！

蕭紅：我聽不懂粵語，你會講國語嗎？

小女孩兒（仍舊粵語）：我爸爸媽媽不在！

△蕭紅望著小女孩兒，有些愣神兒，忽然，蕭紅轉身走了。

239
蕭紅肺部透視的X光片

△光片上肺葉上有空洞。

240
騎樓上的露臺

時｜日
景｜外
季節｜秋
年｜1941年

△露臺上放著十幾張病床，上面躺著全是肺結核的病人。

△露臺面朝大海。

△一個護士正在用空注射器給蕭紅打空氣針。

△蕭紅痛苦不堪地咬牙挺著。

△護士打完針拔出注射器。

蕭紅（絕望地）：不如死了好！

241
周鯨文的講述

△周鯨文四十多歲，精幹的商人模樣。

周鯨文：端木和蕭紅到達香港一年後，蕭紅被查出得了肺結核。在她住院期間，端木接到一個陌生人的電話，他叫駱賓基，說是蕭紅弟弟的朋友，他困居在旅館，請求幫助，端木找了我……

242

尖沙咀時代書店一樓蕭紅住處

時｜日
景｜內
季節｜冬
年｜1941年

△只是一間屋子，中間一個大床，有個書桌，東西放的橫七豎八。

△蕭紅強打精神倚在床上。

△周鯨文和端木坐在一邊。端木在削蘋果。

周鯨文：在家裡住幾天你還是回醫院吧，家裡這種環境對你的病是不好的。你不能太任性。

蕭紅：死我都不要回去，悶死了，文章都不讓寫。

周鯨文：命比文章大！

蕭紅：周先生，我的長篇《馬伯樂》可能寫不完了，你就在刊物上說我有病，算完了吧。我很可惜，還沒給憂傷的馬伯樂一個光明的交代。

周鯨文：等你康復了一定能寫完。

蕭紅：那個駱賓基您多關照他！

周鯨文：為了幫他，端木稱病把自己的長篇從《時代文學》上撤了下來，換成了他的小說了。

△端木將蘋果遞給蕭紅。

蕭紅：幫年輕人是對的，當年魯迅先生還不是這麼幫我們的嗎！

243

周鯨文的講述

（同241場）

周鯨文：一個女作家就躺在那麼一張又老又破的床上，那種情境，我心中很酸楚。誰知沒過多久12月7日，太平洋戰爭爆發了，據駱賓基講，蕭紅彌留之際多數時間是由他陪伴的。蕭紅去世五年後，駱賓基成了第一個寫蕭紅傳記的人。

244
九龍樂道

時｜早晨
景｜外
季節｜冬
年｜1941年

△駱賓基匆匆走在街上，街上人跡寥寥，日軍飛機轟炸的聲音不間斷地響著。

△駱賓基一邊匆匆走著一邊對著鏡頭講述。

駱賓基：1941年12月8號日軍開始轟炸香港，我8號早晨去向端木和蕭紅辭行並致謝，準備回內地去……

245
尖沙咀時代書店二樓蕭紅住處

時｜早晨至夜
景｜內
季節｜冬
年｜1941年

△駱賓基來到蕭紅房間門口，門敞著。

△蕭紅倚在床上正氣湧難平地喘著氣。

蕭紅：你非要突圍嗎？

△端木坐一邊也正喘氣。倆人誰也不看誰。

△端木發現駱賓基，立刻站起來。

駱賓基：我來看看你們怎麼打算的，我要回內地去了。

端木：我正要去香港跟朋友商議一下去留問題，麻煩你先幫忙照顧一下蕭紅，我馬上回來！

△端木說完匆匆走了。

△駱賓基站在那兒，謹慎望著蕭紅。

△屋外不停的轟炸聲，從不間斷。

△蕭紅非常疲倦地看了看駱賓基。

蕭紅：我太疲倦了！讓我握著你的手，我想打個盹兒！

△駱賓基坐到床邊，讓蕭紅抓住自己的手。

蕭紅（閉上眼）：這樣我的心裡就踏實一些……

駱賓基（O.S.）：……好像在我來訪之前，端木和蕭紅之間發生過什麼意見分歧，有過激烈的爭議……

蕭紅（懇請地對駱）：你不要走！我是要活的！我並不是怕死，而是怕朋友們各自逃生，我叫人沒人應，喝水沒人倒，我站又站不穩，坐又坐不住，這樣的死，豈不可怕，也實在不值得！

駱賓基（真誠地）：你怎麼會這樣想！端木不會丟下你一個自己跑掉的！你還有我們呢！你就放心好了，怎麼樣也不會丟下你不管呀！

△天黑下來，屋外的轟炸聲仍然響著。

△蕭紅抓著駱賓基的手睡著。

△駱賓基趴在床邊也睡著了。

△端木走進屋，點上一支蠟燭，然後去拉上窗簾。

△駱賓基和蕭紅都醒了。

端木：于毅夫先生給我們安排了一條小船，今天半夜偷偷過海到港島去。現在海上交通已經封鎖戒嚴了。駱賓基，你幫忙護送一下蕭紅。

246

海邊

時｜半夜
景｜外
季節｜冬
年｜1941年

△駱賓基和端木蕻良用床單做的一副臨時擔架，擔著蕭紅來到海邊。

△一個漁民從海邊的小漁船上下來。

△船上照明的燈用藍布蒙著。

△駱賓基和端木抬著蕭紅往船上走。漁民劫住他們，也沒說話，只伸出手來。

△端木掏出錢交給漁民。

247

海上的小漁船上

時｜半夜
景｜外
季節｜冬
年｜1941年

△駱賓基、端木扶著蕭紅三人坐在起伏顛波的小漁船上過海。

△漁民划著槳。

△沒人講話。只有海浪和划槳的聲音。

△兩岸暗無燈光，只是荒山野嶺一般漆黑的海面。

248

香港思豪大酒店五層房間

時｜黄昏
景｜內
季節｜冬
年｜1941年

△駱賓基站在窗前望著窗外，看見外面濃煙飄上天空。

△蕭紅有些激動地喘著氣。

駱賓基（回過頭）：我還要等端木回來嗎？我得回我住處一趟了，端木去探聽消息好幾天了！

蕭紅（黯然地）：端木也許不會再回來了！我們從此分手，各走各的了！

△駱賓基大吃一驚，半晌不知說什麼。

駱賓基：為什麼？

蕭紅：估計他要「突圍」……

駱賓基：我也想偷渡回去取我小說的稿子，回頭再回來探望你！

△蕭紅把臉埋進去，背著駱賓基。

蕭紅：難道一個處於病中的朋友，她的生命就不及你的稿子重要？

駱賓基：朋友的生命和我的生命一樣要緊。可是，我在油燈底下寫的那些稿子，我看得比我自己的生命還珍貴的！

蕭紅：那你儘管去好了！

駱賓基：當然我會連夜趕回來，我絕不會把你擺在這，就此不管了！

蕭紅：那就很難說了！

駱賓基：怎麼很難說呢？絕對不會！

△蕭紅傷感地轉過頭，看著駱賓基。

蕭紅：你聽著！你坐下來，我也算是一個對中國現代文學有過貢獻的作家，且不管貢獻大小吧，我以一個作家的身份，向你，向另一個東北的流亡作家說話，就不說你是我弟弟的朋友了。你真的能說回來就回來嗎？這是戰爭呀！你聽炮聲這麼激烈，你知道九龍現在怎麼樣了嗎？那裡是不是已經巷戰了？你怎麼能冒這個險呢？

△駱賓基點點頭沉默下來。

△蕭紅喘息了一會兒。

蕭紅：對現在的災難，我需要的就是友情的慷慨！你不要以為我會在這個時候死，我會好起來，我有自信……

駱賓基：那戰爭過去以後，你打算怎麼辦呢？

蕭紅：到上海！你只要把我送到許廣平先生身邊你就可以不用操心了，你就算是給了我很大的恩惠，我不會忘記！

有一天，我還會健健康康的出來，我還有《呼蘭河傳》第二部要寫。

△駱賓基真誠地點點頭。

△蕭紅感激地對駱賓基笑笑……

249A
格羅斯打酒店大廳

時｜日
景｜內
季節｜冬
年｜1941年

△裡面已經擠滿了二三十個文化人士，亂嘈嘈的。

△端木從人群裡穿梭而過。

249B
格羅斯打酒店辦公室

時｜日
景｜內
季節｜冬
年｜1941年

△端木來到一間辦公室（原地下室裡），屋裡昏暗，點著蠟燭。有幾個人正在輕聲細語地交談著什麼。

△端木來到了于毅夫的跟前。于毅夫四十多歲。

端木：于先生，撤退的方案定下來了嗎？

于毅夫：廖承志先生已經分批會見滯留在香港的文化人士，傳達了撤退方案，確定了分組負責人，你和蕭紅的撤退由我來安排。但蕭紅重病在身，恐怕難以參加行動，估計你只能留下來陪她。

△端木沮喪地聽著。

250
香港思豪大酒店五樓客房

（同101場）

時｜日至黃昏
景｜內
季節｜冬
年｜1941年

△蕭紅倚在床上向駱賓基講著話，神態安詳怡然。

△駱賓基用酒精爐在煮開水。

△外面炮聲隆隆。

蕭紅：……駱賓基，你認識我之前是不是也把我當成了一個私生活很浪漫的作家來看的？

駱賓基（有些窘迫地）：大家恐怕都聽聞過一些你和蕭軍端木之間的事。

蕭紅：你沒見到我之前，是不是同情蕭軍不同情我？我知道，和蕭軍的分開是一個問題的結束，和端木又是另一個問題的開始。也許，每個人都是隱姓埋名的人，他們的真實面貌我們都不知道……我在想，我寫的那些東西，以後還會不會有人去看，但我知道，我的緋聞將會永遠流傳……

△黃昏。

△蕭紅躺在床上昏睡著。

△駱賓基坐在桌前記著什麼東西，桌上點著一根蠟燭。

駱賓基（O.S.）：……今天上午聊天的時候我問蕭紅，你為什麼能和端木一起生活三四年呢？蕭紅說……

△（閃回到本場開始時的情景。）

△蕭紅倚在床上向駱賓基講著。

蕭紅：筋骨若是痛得厲害了，皮膚流點血也就麻木不覺了……我們不能共患難了。我在四川的時候曾想到過蕭軍，如果我打一個電報給他，請他接我出去，他一定會來接我的。

（閃回結束。）

△駱賓基繼續在黃昏的燭光下記錄著什麼。

駱賓基（O.S.）：……在隆隆的炮聲當中，我們談文學，談魯迅，談各自坎坷的經歷……端木有三四天沒露臉了……

△駱賓基正寫著，端木神色黯淡地走進客房，手裡拿了兩個蘋果。

△駱賓基慌忙將筆記本塞進衣袋。

駱賓基：你回來了？

△端木逕直走到蕭紅身邊，將蘋果放在她旁邊。又從身上掏出一遝錢塞到蕭紅枕下。

△蕭紅醒了，似曾相識地朝他看了兩眼。

蕭紅：你不準備突圍了嗎？

△端木彎腰拿起蕭紅床頭的痰盂，走進衛生間。

△蕭紅沉默地拿起一個蘋果啃起來。

△駱賓基也不再說話。

△猛然一個炸彈爆炸，天花板上的牆皮「嘩嘩」砸下來，屋裡塵土瀰漫。

△駱賓基撲倒在地上。

251

中環街道／公車

時｜日
景｜外
季節｜冬
年｜1941年

△端木衝過來抱起蕭紅往外跑。

△端木和駱賓基抬著蕭紅，跌跌撞撞繞過路上的死屍向前走著。

△一輛公車從他們身邊開過，突然一枚炸彈在公車前爆炸，公車陡然剎住。車裡的人蝗蟲一樣蜂擁而出，頃刻間公車成了空車。

△陽光照射進車裡，塵土飛舞。

△端木和駱賓基抬著蕭紅衝到路邊一個裁縫鋪裡，三個人喘息著。

△一個白種女人拉著一個滿身是血的五六歲的孩子，也衝過來，面對著蕭紅他們渾身顫抖著。

端木（對駱賓基）：我們走，這兒不能待！

252

斯丹利街時代書店書庫

時｜夜
景｜內
季節｜冬
年｜1941年

△兩人又抬起蕭紅往外跑。

△蕭紅蜷縮在書堆上面昏昏沉睡。

△駱賓基和端木靠在一旁。

△走進來幾個工人裝扮的人，其中一個是周鯨文。

△端木和駱賓基站了起來。

△周鯨文來到蕭紅旁邊，示意大家別驚動她，然後哀傷地看了她片刻。然後與端木和駱賓基握了握手。

周鯨文（心情沉重地）：多保重，大陸再見！

△一行人沉重地離開。

駱賓基（O.S.）：……這一天是1941年耶誕節，香港豎起白旗投降。在時代書店書庫躲了沒多久，蕭紅病情加重，我和端木將她送到養和醫院……

253
養和醫院病房

時｜日
景｜內
季節｜冬
年｜1942年

△四十多歲的男大夫和端木走進蕭紅的病房，來到她床前。

大夫：鑒於眼下這種環境，我和端木說不能瞞你，你們都是文化名人，都很開明！你喉頭有腫瘤，必須切除！

端木（焦急對蕭紅）：我不同意開刀！有肺結核的人開刀，刀口根本封不了口，我二哥就是脊椎結核，開了刀結果在醫院躺了八年……

大夫（不耐煩地打斷）：你是聽我的，還是聽你的！

蕭紅（對端木）：你不要婆婆媽媽的，開刀有什麼了不起，你簽字吧！

端木：我不簽！

蕭紅：你不簽我簽！

254
手術室外

時｜日
景｜內
季節｜冬
年｜1942年

△端木沮喪地坐在手術室外。

△手術室門打開。

△蕭紅被兩個外國護士推出來，還處在麻醉昏迷中。

△蕭紅脖子纏了紗布，有血跡滲出。喉頭上安了銅嘴呼吸管。

255
養和醫院病房

時｜日
景｜內
季節｜冬
年｜1942年

△蕭紅在床上甦醒過來，看到一旁守候的端木和駱賓基。

△蕭紅吃力地低聲講話，聲音發出噝噝的金屬聲。

蕭紅：我胸疼……我聽到大夫說，我沒有腫瘤……

△端木和駱賓基吃驚地愣著。

256
養和醫院病房

時｜夜
景｜內
季節｜冬
年｜1942年

△點著蠟燭。

△蕭紅痛苦地躺在床上。閉目躺著。

△端木和駱賓基都埋頭坐在旁邊。

△屋裡放了一個噴氧裝置在嘶嘶響著。

△蕭紅睜開眼。

△倆人站到蕭紅床前，眼淚湧上來。

蕭紅：不要哭，要好好地生活，我也是捨不得離開你們呀！

△蕭紅淚水上來。

端木（哀慟地喊）：我們一定挽救你！駱賓基，你來！

△倆人離開病房，來到走廊。

端木：我去聯繫瑪麗醫院！

△倆人握手，擁抱。

△端木迅速離去。

257
瑪麗醫院病房

時｜夜
景｜內
季節｜冬
年｜1942年

△暗夜裡只點著一支蠟燭。

△蕭紅躺在病床上。

△駱賓基和端木在旁邊打盹兒。

駱賓基（O.S.）：……1942年1月18日中午，蕭紅轉入瑪麗醫院……

△端木醒了，看床上的蕭紅。

△蕭紅喘息著躺在病床上已是彌留之際。

△端木俯到病床前，用嘴從蕭紅喉頭的管子裡吸痰吐出來，再吸。

△天亮了，清晨。

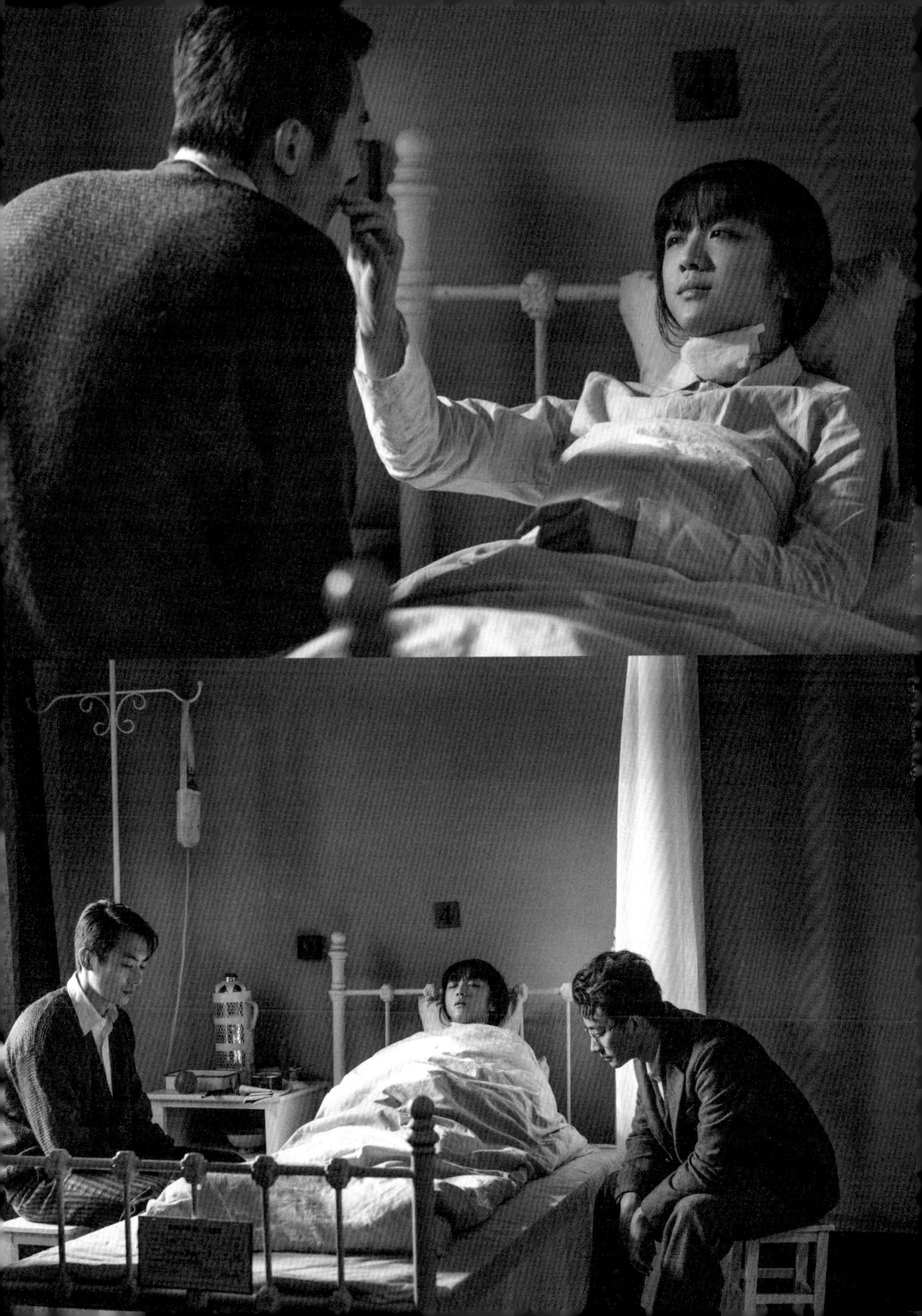

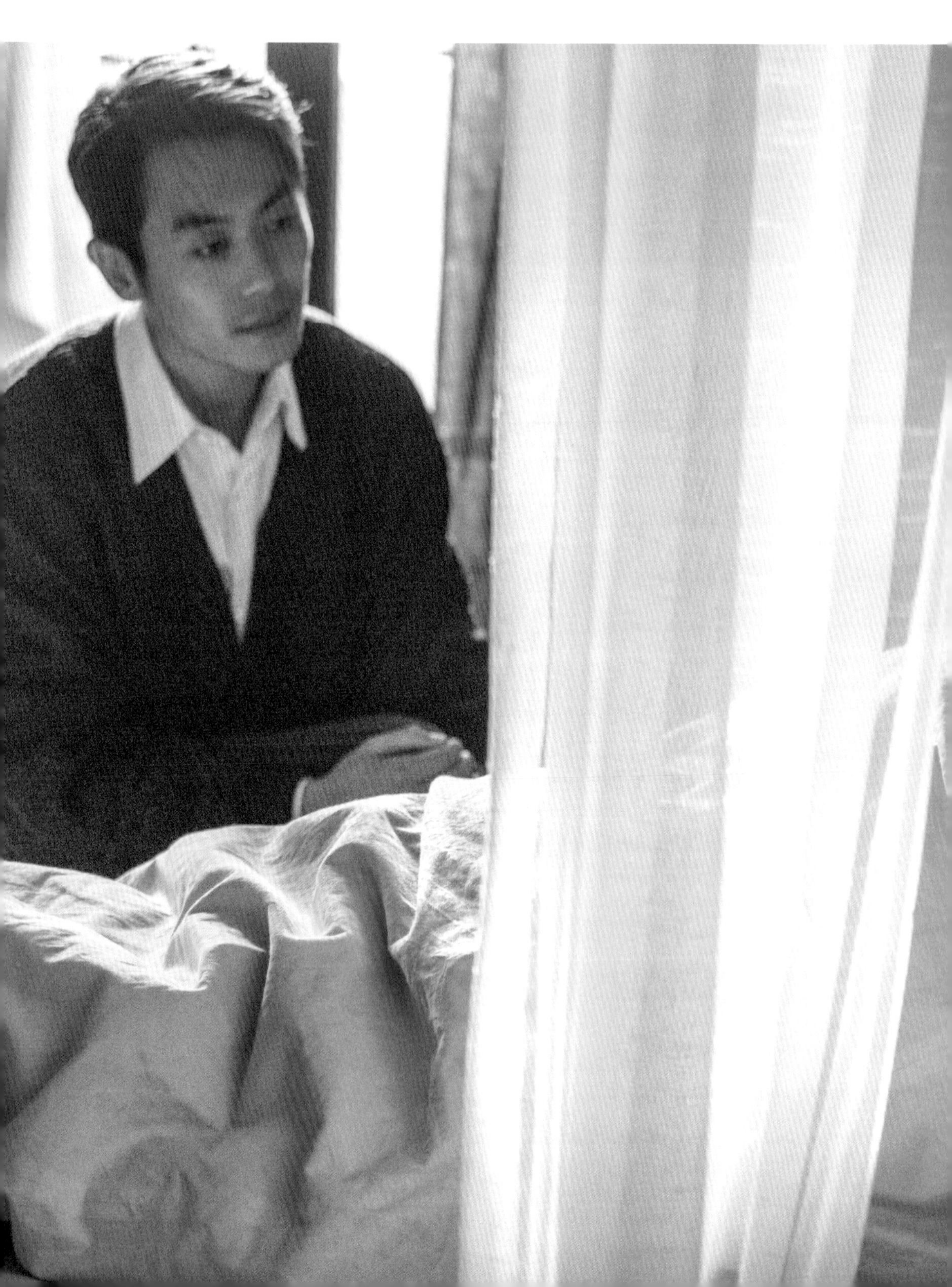

258
香港街頭

時｜日
景｜外
季節｜冬
年｜1942年

△兵荒馬亂的香港街頭。

△街上攔了鐵絲網當做關卡，日本兵荷槍實彈地對過往行人進行搜身。

△駱賓基走在街頭，有人在路邊用斧頭劈大衣櫃作柴燒。

△不遠處的路上有個穿戴整齊的屍體躺在路中間，幾個爛仔過去扒死屍的衣服。

△這時，來了個騎摩托自行車的英捕，停下來想驅散爛仔。爛仔理都不理他。英捕掏出手槍來朝天空放了一槍。爛仔們四散。

△英捕剛離開，一個爛仔回來把死屍的帽子拿走了。

駱賓基（O.S.）：……我想在附近碰到小攤什麼的買一盒火柴，逐漸走到了市區。我想，從戰爭開始，就沒有回九龍去過，醫院裡有端木在，蕭紅今天又很好。我就去拿我的小說稿子……

259

瑪麗醫院

時｜日
景｜外內
季節｜冬
年｜1941年

△駱賓基捧著一大塊麵包和罐頭，走到醫院門口，就傻了。

△門旁已掛上「大日本陸軍戰地醫院」的牌子。

△駱賓基剛準備進醫院，門口的日本哨兵用刺刀截住他，然後搜查他全身。

駱賓基：這裡的病人到哪裡去了？

△日本兵不理他，退回哨崗。

△駱賓基慌忙走進醫院。

△病房裡空蕩蕩的沒有人影。

駱賓基（O.S.）：……第二天早晨我趕回瑪麗醫院，瑪麗醫院被日軍接管，端木將蕭紅送到法國醫院，法國醫院也被日軍接管……

260

斯丹利街時代書店書庫

時｜日
景｜內
季節｜冬
年｜1942年

△駱賓基正在焦急地徘徊，聽到腳步聲，他迎出來。

駱賓基（O.S.）：……我跑到時代書店的書庫，看到端木留給我的紙條，讓我在此等他……

△端木憔悴不堪地喘著氣跑進來。

端木：法國醫院也被日軍接管。

駱賓基：蕭紅呢？

端木：我把他送到聖提士反臨時醫院了……

△兩人瘋了一樣往外跑。

261

香港街頭

時｜日
景｜外
季節｜冬
年｜1942年

△駱賓基和端木一前一後地跑著，忽然從他們前面的一個巷子裡竄出四五個爛仔，將他兩人團團圍住。他們每個人從身上掏出一把刀來。

爛仔一（粵語）：把你們身上的錢全掏出來。

△駱賓基和端木來不及反應，愣在那兒。

△爛仔們一擁而上，搜刮他們身上的錢。

爛仔二（粵語）：衣服也要。

△幾個人又去趴端木和駱賓基的上衣。

爛仔一（粵語）：衣服留給他們吧。

△幾個人住手。

爛仔一（粵語）：把衣服扣好再走。

△端木和駱賓基整理衣服，離開。

262
聖士提反臨時醫院內

時｜日
景｜內
季節｜冬
年｜1942年

△蕭紅像風中之燭一樣，衰弱地躺在床上昏睡著。

△屋裡空無一人。

△她皺起眉頭，很艱難吐了一口氣，微弱地掙扎了兩下，平靜下來。

△她慢慢睜開了一下眼睛，看到鏡頭，無辜而憂傷地看著，眼淚流出來。

△她閉上眼睛，頭一歪，仙去了……

263
蕭紅故居

時｜日
景｜外
季節｜夏
年｜1918年

△後花園裡。

△蜜蜂、蝴蝶在花草中飛舞。

蕭紅（O.S.）：呼蘭河這小城裡住著我的祖父。我生的時候，祖父已經六十多歲了，我長到四五歲，祖父就快七十了……

△蕭紅七十多歲的祖父戴著草帽蹲在後花園裡拔草。

△七八歲的小蕭紅偷偷地跟在祖父身後，把手裡的一把花往他的草帽上插，不斷竊笑著。

蕭紅（O.S.）：……我家有一個大花園，花園裡明晃晃的，紅的紅，綠的綠。花開了，就像花睡醒了似的。鳥飛了，就像鳥上天了似的。蟲子叫了，就像蟲子在說話似的。一切都活了。都有無限的本領，要做什麼，就做什麼。要怎麼樣，就怎麼樣。都是自由的。倭瓜願意爬上架就爬上架，願意爬上房就爬上房……

△蕭紅祖父累了，站直了身子，扭頭發現小蕭紅。

△小蕭紅看見祖父戴了一頭的花，笑得蹲在地上。

△祖父不知為什麼，跟著小蕭紅傻笑。

△七十歲的祖母從前院進來，一抬眼看到祖父，馬上笑彎了腰。

△祖父自己摘下草帽，看到插滿了花，恍然大悟地樂起來。

小蕭紅（O.S.）：……黃瓜願意結一個果，就結一個果，若都不願意，就一個黃瓜也不結，一朵花也不開，也沒有人問它……

264
蕭紅故居西南角的一間房

時｜日
景｜內外
季節｜夏

△小蕭紅趴在窗子上往裡看。

△這間房裡掛著一排排的粉條，兩個農民在做粉條。

蕭紅（O.S.）：……偏偏這後花園每年都要封閉一次的，秋雨之後這花園就開始凋零了，黃的黃，敗的敗，好像很快似的一切花朵都滅了，好像有人把它們摧殘了似的……

△一陣雨猛的下起來。

△小蕭紅抬頭看天，又看了一眼鏡頭，馬上拔腿跑進後花園裡。

△後花園放著一個大醬缸，缸上蓋著一個大蓋子。

△小蕭紅費力地把蓋子拽下來，然後把蓋子頂在頭上。那蓋子大得快把她扣進裡面了。她頂著蓋子，搖搖晃晃往屋裡走。

蕭紅（O.S.）：……春夏秋冬，一年四季來回循環地走，

那是自古也就這樣的了。風霜雨雪，受得住的就過去了，受不住的，就尋求著自然的結果。那自然的結果不大好，把一個人默默地一聲不響地就拉著離開了這人間的世界了……

△小蕭紅跌跌撞撞進了屋，父親厭惡地踢了小蕭紅一下，小蕭紅跌坐在地，缸蓋子滾落到一旁。

△小蕭紅一抬頭，屋子裡的人都穿了白色的孝服。她的父親，母親還有親戚都在。

△祖父躺在一張長木板上，去世了。

265
蕭紅故居西南角外

時｜日
景｜外
季節｜秋
年｜1919年

△大雪紛飛。

△小蕭紅一個人站在院子裡，望著院子西南角一家雇農門前兩個人打著鼓在跳大神。

蕭紅（O.S.）：……我家的院子裡是荒涼的。那邊住著幾個拉磨的。那邊住著幾個養豬的。粉房旁邊還住著一家趕車的，那家喜歡跳大神，那家的老太太終年生病，跳大神都是為她跳的。鼓聲往往打到半夜為止，那大神和二神的一對一答，說仙道鬼的，蒼涼、幽渺，真不知今世何世……

266
羅烽白朗的講述

（同30場）

羅烽：1941年蕭紅寫《呼蘭河傳》時，其他中國作家們大都在寫戰時報導文學、短文、戲劇，或者寫抗戰小說。《呼蘭河傳》不合當時抗戰民眾的要求。

白朗：當蕭紅的寫作才能與日俱進時，她在文學評論家眼中的地位反而江河日下。有人認為她的創作脫離時代，把握不住現實的脈搏，一味描寫個人寂寞情懷……

267
錫金的講述

（同165場）

錫金：幾十年的時光無情流逝過去，當我們遠離了滿目瘡痍的戰亂的中國，人們忽然發現蕭紅的《呼蘭河傳》，像一朵掩埋在歷史深處的不死的花朵……

268
舒群的講述

（同18場）

舒群：八十年代，掀起了一股蕭紅熱，《呼蘭河傳》被文學史家譽為中國現代文學史上出類拔萃的傑作。正因為她這種逆向性自主選擇，注定是千秋萬歲名，寂寞身後事……

269
金巴厘道納士佛台三樓二層蕭紅住處

時｜日
景｜內
季節｜冬
年｜1940年12月20日

△蕭紅獨自在屋內寫作。

蕭紅（O.S.）：……聽説有二伯死了。老廚子就是活著年紀也不小。東鄰西舍也都不知怎樣了。至於那磨房裡的磨倌，至今究竟如何，則完全不曉得了……

△蕭紅劇烈咳起來，她捂著嘴離開書桌，出去了。

△桌上是她的筆和稿子。

蕭紅（O.S.）：……以上我所寫的並沒什麼優美的故事，只因他們充滿我幼年的記憶，忘卻不了，難以忘卻，就記在這裡了。1940年12月20日香港完稿。

270
淺水灣

時｜日
景｜外
季節｜冬
年｜1942年

△岸邊的一個花壇。

△端木用手在刨一個坑，身旁放著一支瓷罐。

△他將瓷罐埋進土裡，將寫著「蕭紅之墓」的木牌插在上面。

271
香港街頭

時｜日
景｜外
季節｜冬
年｜1942年

△駱賓基遊魂一樣走在街上。

△街上一家挨一家的街頭賭攤。許多人在賭博。

△駱賓基路過賣糖果的小攤，他站住，扔下一角港幣，拿了四塊紙包的咖啡糖，又木然離去。

△攤主跑過來，撿起那一角錢，拔腿去追駱賓基。

他在身後拍了拍駱賓基肩頭一下，用粵語説：「糖要兩角錢！」

△駱賓基回頭望他，嘴裡嚼著糖，淚如泉湧。

△攤主嚇了一跳，一句話沒有，回身就走。

△駱賓基繼續往前走，嚼著糖。

△他無意間抬頭看到前面有一家小旅館掛在樓上的招牌，「館」字被炮彈炸掉一半。

△旅館的窗戶很像東興順旅館的樣子。

---

272 哈爾濱東興順旅館外

景｜外
季節｜夏
年｜1932年

這是第51場的情景再現。

△蕭紅懷著身孕從窗戶裡爬出來，雙手扒著窗臺，將身子懸下去，她往下看了看船的位置，一鬆手，跌坐在裝木柴的小船上。

△船上划船的老頭兒將船搖走……

---

273 哈爾濱中央大街

時｜日
景｜外
季節｜秋
年｜1933年

我們在第79場中看到過這一幕：

△蕭軍彈著三弦琴邊走邊彈，蕭紅跟在他旁邊邊走邊唱，倆人像流浪藝人一樣。

△一會兒，蕭紅獨自一個人停下跳動的腳步，站住了。

△但蕭軍毫無覺察地繼續向前走去。

△蕭紅轉過身來，曾經那麼年輕的臉，沉靜而深邃地看著鏡頭。

畫面黑掉。

——全劇完——

工作日誌

FILMING WORK LOG

資料來源／劇組提供

哈爾濱
HARBIN

2012.12.12

Scene 22/32/50A/29

1936年11月19日，蕭紅在日本，她發著高燒，在燈下給蕭軍寫了一封信：

> 均：你是還沒過過這樣的生活，和蛹一樣，自己被捲在繭裡去了。希望顧[固]然有，目的也顧[固]然有，但是都那麼遠和那麼大。人儘靠著遠的和大的來生活是不行的，雖然生活是爲著將來而不是爲著現在。
>
> 窗上灑滿著白月的當兒，我願意關了燈，坐下來沉默一些時候，就在這沉默中，忽然像有警鐘似的來到我的心上：「這不就是我的黃金時代嗎？此刻。」
>
> 於是我摸著桌布，回身摸著藤椅的邊沿，而後把手舉到面前，模模糊糊的，但確認定這是自己的手，而後再看到那單細的窗櫺上去。是的，自己就在日本。自由和舒適，平靜和安閑，經濟一點也不壓迫，這眞是黃金時代，是在籠子過的。從此我又想到了別的，什麼事來到我這裡就不對了，也不是時候了。對於自己的平安，顯然是有些不慣，所以又愛這平安，又怕這平安。

「這恐怕是她從日本寄來的信件中最長的一封信了。她把自己的環境描繪得很具體，……我是沒有她這樣思想、感覺、情緒……的，也不欣賞，但我理解它，同情它……。」蕭軍在一九七八年注釋蕭紅這封信時說。

從《姨媽的後現代生活》開始，許鞍華導演向編劇李檣邀劇本，到《黃金時代》劇本完成，六年。

《黃金時代》從2011年十月開始籌備，到2012年12月開機，歷時一年零一月。

「二十歲那年，我就逃出了父親的家庭，直到現在還是過著流浪的生活。」蕭紅寫道。

1931年，蕭紅二十歲，這已經是她人生裡第二次離家出走了，聽說她是被七嬸藏在開往阿城送大白菜的車子裡才逃出來的，從此再也沒有回去過。

那個年代的哈爾濱，是個被譽爲「東方小巴黎」的國際大都市，無論街道上的巴洛克建築、新藝術運動建築、文藝復興時期的建築、古典主義復興建築或是行走的不同膚色和操持不同語言的各國移民和他們講究的生活方式與穿戴，還是林林總總與巴黎、紐約等國際金融中心直接業務往來的外國商業機構，亦或是與歐洲幾乎同步演出的芭蕾舞劇和交響樂團，都彰顯著它的時代地位。而對於背離了家族的蕭紅而言，這卻是一座「別人的城市」。

「嚴冬一封鎖了大地的時候，則大地滿地裂著口。從南到北，從東到西，幾尺長的，一丈長的，還有好幾丈長，它們毫無方向的，便隨時隨地，只要嚴冬一到，大地就裂開口了。」她這樣描述她的冬天。

當漫長而嚴酷的冬天如期而至，清晨的掃街者每天都會發現凍斃街頭的乞丐或浪人。流浪街頭的日子一天天變得更難打發，蕭紅常常在風雪之夜冒著被凍死的危險尋找住處。「南崗是天堂，道裡是人間，道外是地獄」這是哈爾濱流傳下來當時的俗諺。道外住的是牛鬼神蛇、三教九流，而蕭紅就曾流浪在道外很長一段時間，以至於哈爾濱人對蕭紅至今仍存在很多誤解和質疑。

傳聞她曾被一位年老色衰的暗娼收留，帶回住處，讓她不至於凍斃街頭。當她準備離開時，老婦人要她留下一件衣裳作爲提供住處的報償，而等她尋找自己的套鞋， 才發現鞋子早已被老婦人養的雛妓偷出去賣掉了。 蕭紅從身上褪下一件單衫交給老婦人去當掉，算是一晚住宿的代價。她急於離開這裡，在這狹窄、陰暗的空間裡與她們待在一起，感到「好像和老鼠住在一起」；套鞋沒有了，只好穿上一雙夏天的涼鞋去接觸冰雪的街面，屋外雖是白天，在她看來卻有如「暗夜」，但還得無所畏懼地走進去。

冬夜流浪街頭的經歷，讓蕭紅意識到自身處境的絕望。

這就是《黃金時代》選擇的開鏡第一天的蕭紅，在不可複製到別處的零下二十度寒冬的哈爾濱開始。

日後她對這一天心情的描述：「我仍攪著杯子，也許漂流久了，心情就和離了岸的海水一般，若非遇到大風是不會翻起的。我開始弄著手帕。弟弟再向我說什麼我已不去聽清他，彷彿自己是沉墜在深遠的幻想的井裡。」

Scene 22

蕭紅接受了弟弟的友好邀請，兩人在中央大街一家咖啡店坐下來。然而，即便對面坐著的是弟弟，蕭紅仍然感到似乎是與所對立的家族坐在一起。兩人都沉默著，侍者送上咖啡，他們各自攪動著杯子，發出叮噹的響聲，以緩釋相對無言的尷尬。

「姐，還是回家好，心情這樣不暢快，長久了是無益的……」

「爲什麼要說我心情不好呢？」不知爲什麼，弟弟的勸導再次莫名激起蕭紅對於整個家族的鬥志，而當她反問弟弟之後，隨即也感受到自身的脆弱。

蕭紅望著窗外，身邊兩個白俄女子進來，要了咖啡和蛋糕，他們身上飄逸出的脂粉、香水氣和蛋糕咖啡的氣味一道，把她與他們隔在兩個世界。她更意識到自己對弟弟的反問是那樣任性，也換起她那脆弱無比的自尊。 她低頭擺弄著桌布，流下淚來。

導演喊了cut，湯唯還是止不住的流淚，許鞍華走近把她抱著，安慰她：「不要太拚命了，沒事。」

這天的哈爾濱，零下二十度。每個人都是裡三層外三層的用羽絨服包裹著，咖啡館裡雖然有著暖氣卻因爲老舊而不夠用，可湯唯只穿了一件薄棉旗袍。爲了戲裡蕭紅飢寒交迫的情境感受，她沒有穿外套的走出咖啡館，拒絕了劇組給她準備的暖風機，吹著哈爾濱戶外的寒風，走在哈爾濱的大街上。她問陪她走的導演助理：「蕭紅是不是也曾在這條街上走過。」

沙溢扮演舒群，這是一場淹水的戲，地板只是灑了水，濕濕的，他卻需要扮演出水已淹沒他腳的樣子，他頭上綁著一個油布包裹，非常自然的表演出了，奇怪的水鳥一樣從水裡凫向二樓的樓梯。

飾演汪恩甲的袁文康，一來就要演出他離開蕭紅的那一天，他穿著拖鞋短褲，好像只是到樓下買盒煙似的，可就是這樣看似簡單的走出大門，卻被攝影指導王昱老師說：「連背影都在演戲。」

這就是《黃金時代》的第一天。

暖炮（暖風機）

燒柴油，劇組冬天拍戲全靠它，吹出的暖風短時間內就可讓零下的室內達到十多度的溫度，使用次數多的時候，一天可燒掉兩箱油。

攝影器材若從零下三十度的室外搬到室內，受熱後霜氣會凝成水珠，俗稱「流汗」。「流汗」對器材傷害很大，攝影組的跟機員會　帶暖風，吹乾了才敢進行安裝。

2012.12.13

Scene 20/23/24/7

蕭紅和她的出走是當時呼蘭街頭巷尾一時間最熱門的談資。蕭紅的父親張廷舉苦心經營的「清白門風」頃刻蕩然無存，女兒的行為無疑讓他顏面掃地，就像當眾被人抽耳光、吐唾沫。這位有名望的鄉紳和呼蘭教育界的頭面人物，感到被別人屎到了臉上，呼蘭張家人亦承載著巨大的輿論壓力，幾乎不敢出門。

其實張氏家族在這座城裡親戚眾多，在道裡區水晶街還經營著糧米鋪和皮鋪生意。蕭紅再也不想和龐大的家族有任何瓜葛，即便每天這樣衣食無著地流浪下去。最初，她住在中學同學家裡，時間一長，即便人家不說什麼，敏感自尊如她也感到尷尬。為了儘可能地少在同學家吃飯，她每天一大早就出門在街市游蕩，等到同學晚上放學回來才回到同學家跟著吃頓晚飯。許多張家子弟在哈爾濱各大中學念書，他們對流浪街頭的二姐比較關心。堂妹張秀琴晚年回憶：「我在哈爾濱讀書時，曾去看過二姐，還給她帶些錢，勸她回去。二姐說：『這個家我是不能回的，錢我也不能要。』」為了自食其力，蕭紅曾想到工廠當女工，甚至在街邊當縫窮婆。

蕭紅曾署名「悄吟」發表散文〈過夜〉，敘述自己冬天流浪哈爾濱期間，一天夜裡趕到姨母家，她敲打著院門，寒冷讓手套迅速黏在門板上。一邊呼喊：「姨母！姨母……」然而，她的求助同樣像被寒冷凍結住，得不到任何回應。「姨母」全家早已睡下，只有院子裡的幾聲狗叫回應著她的求助。

蕭紅曾給張秀珂來過信，但信件被父親拿到，他用手擋住信封下的發信地址質問兒子：「這是誰來的信？」張秀珂從字跡上看出是姐姐，但不敢如實回答，強裝不知地回答：「不知道。」張廷舉繼續嚴厲責問道：「這是逆子寫的，你給她寫過信嗎？」面對震怒不已的父親，張秀珂嚇得兩手發抖，顫聲回答：「沒有。」張廷舉仍不忘警告兒子：「那好，你如果同她來往，這個家也是不要你的。」

直到1936年，蕭紅才很意外地收到一封張秀珂自東京寄來的信，告知姐姐自己在東京念書。離家出走多年，不知弟弟現在該是什麼樣子，無限傷感中的蕭紅也自然想到了親情。蕭紅立即給

弟弟去信，詢問打算暑假回家的張秀珂「是不是想看看我」。

Scene 20 / 23

張秀珂在對鏡講述中說：「我姐逃走後，我家身敗名裂，省教育廳以教子無方的名義撤銷了父親的職務，我因爲受不了同學的嘲笑換了兩次學校，來到哈爾濱二中，我和我姐這次的偶遇，後來被她寫成文章，叫〈初冬〉。以後我姐和父親再也沒見過，直到我姐去世……」

蕭紅在〈初冬〉裡是這樣寫的：「弟弟留給我的是深黑色的眼睛，這在我散漫與孤獨的流蕩人的心板上，怎能不微溫了一個時刻？」可見，這次親人的關愛在蕭紅內心並不是沒有痕跡的，而她對此也並不是沒有渴望的。

這一天的拍攝，在零下二十度的室外，太陽島，身後即是冰，已經厚到可以在上面打到馬車和出租車到對岸的松花江。湯唯的衣服只是一件不算厚的棉旗袍和一個薄披肩，鞋了是一雙淺口單布鞋。服裝指導文念中老師很擔心她穿著這些會凍壞，但湯唯卻堅持說自己一點也不冷，還是穿得那麼單薄，在積雪成冰的路上表演，往返了好多次。她說：「凍，是演不出來的，必須親身體驗才行。」

2012.12.14

Scene 25/26/29

拍攝地點：松光電影院／北二三道街

汪恩甲，是蕭紅人生中眞正意義上的第一個男人，她也因爲他成了眞正的女人，有過她的第一個孩子。也正是結下了這段姻緣，從此徹底改變了蕭紅此後的人生軌跡。

1928年底，也就是蕭紅讀完初二上學期，回家過寒假的時候，家人給她訂下了一樁親事。男方是哈爾濱顧鄉屯的汪恩甲。

這樁婚事，源起汪恩甲的哥哥在蕭紅叔叔處見過蕭紅，蕭紅當時的沉靜有禮讓他一眼相中。蕭紅父親考慮到對方家境很不錯，汪氏兄弟都受過良好的新式教育，且都從事教育工作與自己算是同行，其父是顧鄉屯的一個小官吏，兩家可謂門當戶對，加之由弟弟保媒，便迅速同意了。兩家正式訂下婚約，等蕭紅初中畢業再約定婚期。

這樁婚姻雖然還是基於老舊的「媒妁之言，父母之命」，但確定終身大事對於張迺瑩來說，還是懷有一份興奮與喜悅。這也讓她此後在東特女一中的生活擁有了與別人不一樣的內容。學校雖然對學生嚴加約束，不允許她們隨便與男性來往，但是，如果經家長證明男方確係女生未婚夫則網開一面。訂婚後，張迺瑩與汪恩甲往來較爲密切，除見面外，也經常通信，還給汪恩甲織過毛衣表達愛意。不久，汪父去世，蕭紅在繼母帶領下到顧鄉屯參加了汪父的喪禮。這位沒過門的兒媳居然爲公公掛「重孝」而廣獲好評，汪家爲此賞錢兩百元。平素，蕭紅藉著在哈爾濱讀書之便常去汪家。當時，東特女一中不少學生有未婚夫，且大多在哈爾濱工業大學、法政大學念書，按當時的社會評價，這叫天造地設、門當戶對的金玉良緣。可能出於想爲自己掙得臉面，抑或源於蕭紅的鼓勵，訂婚後不久，汪恩甲也進入法政大學（夜校）念書。這樣，他白天在三育小學上課，晚上在法政大學繼續深造。

蕭紅對這門婚事並未表示任何異議。可能一來與她當時的交際面還比較狹窄有關，況且東特女一中又嚴格限制學生與男性交往；二來，實際上她也比較滿意汪恩甲，除了對方受過良好的新式教育，擁有比較體面的職業外，據見過汪恩甲本人的蕭紅小姨梁靜芝晚年回憶，小伙子「也算相貌堂堂」。

訂婚不久，在與汪恩甲較爲密切的交往中，他身上的一些紈絝習氣以及不時表現出的庸俗，令蕭紅心生不滿。當她慢慢從失去祖父的巨大傷痛中走出，新的打擊接踵而至。一次偶然機會，她發現汪恩甲居然還有抽大煙的惡習，這讓她無論如何都難以接受，對這個男人的厭惡日漸滋長。

Scene 25 / 26

這是蕭紅出走北平求學之後，再回到哈爾濱的時候了，年關將近的哈爾濱熱鬧而繁華，走在大街上，蕭紅內心卻油然而生一種荒寒之感，看著走在前邊的汪恩甲，她想到還是要把自己嫁出去。

汪恩甲朝馬路對面張望了一下，立馬橫穿過去。蕭紅不明所以，尾隨著他。他鑽進一個小巷子的鋪子裡，蕭紅也跟著過去了。這是一間鴉片館，蕭紅走進的時候，汪恩甲已經在那裡吞雲吐霧了。

這場戲在哈爾濱的北三道街上拍，這裡曾經相當熱鬧，當鋪、茶樓、

煙館應有盡有，北三道街六號的那棟三層樓的老建築，是這條街上最高的建築，曾經是「大陸煙館」，當年煙館老闆叫陸振民，緊鄰煙館還開了一家當鋪。至今樓上仍留有小動物的浮雕，叫「逍遙」，是當時煙館的標誌。這條被美術布置後的小巷，完全回復到了那個年代。這天的哈爾濱雖然是晴天，但氣溫依舊很低，滴水成冰，巷子口雖然被鏟去了積雪，但路面仍然被凍成冰面，凡走過的人都因爲這些光滑的地面險些摔倒。湯唯和袁文康在這樣的路面上表演時滑倒了好幾次，自嘲說：「應該練好滑冰才來哈爾濱的。」

爲了營造出畫面更美的景深，整條小巷瀰漫著劇組放的煙，這是劇組第一場放煙的戲。

2012.12.15

Scene 17/24

蕭紅一家離開。

出走北平的求學日子，一天天捉襟見肘，讓蕭紅最後不得不離開北平，返回東北。這次返回東北徹底終結了蕭紅的求學夢，她由此意識到自己的所有悲劇就在於是個女人。沒有了夢想，哈爾濱和北平之於自己都沒有意義；沒有了夢想，也就不在乎流言。呼蘭，便是她沒有歸宿的歸宿。

但回家後，父親怕蕭紅再次離家出走又鬧出令家族難堪的事情來，決定讓蕭紅繼母帶著孩子們搬到老家福昌號屯居住。張氏家族的宅院，四圍都是十分寬厚的高牆，只有一個大門進出，日夜都有護院持槍把守，在眾人監視下，她不能與外界有任何聯繫，過著與世隔絕的軟禁生活。在這裡，蕭紅雖然避開了呼蘭縣城關於自己出走逃婚和敗訴被休的甚囂塵上的議論，但是張氏家族同樣將她視爲辱沒家族名聲的異類。在家族內部，祖母竟然嚴厲禁止女兒、兒媳與蕭紅接觸，並時常監聽她們的談話，甚至責罵她會帶壞女兒，並強令蕭紅晚上與自己睡在同一炕上。蕭紅常常委屈地靠著牆根哭，祖母更是動氣，揶揄說：「你眞給咱家出了名了，怕是祖上也找不出你這個丫頭。」

但在福昌號屯近七個月的軟禁生活，爲她日後的寫作積累了重要素材，如《王阿嫂的死》、《夜風》、《看風箏》、《生死場》等小說都取材於她在這裡的觀察，甚至有些人物的原型就是她的伯父或叔父。

「車夫也在前面哼著低粗的聲音，但那分不清是什麼詞句。……我終於睡了，……我醒過一次，模模糊糊……好像外祖父拉住我的手又在說：『回家告訴你爺爺……』……喚醒我的不是什麼人，而是那空空響的車輪……」蕭紅寫道。

Scene 17

蕭紅坐在馬車上，抬頭茫然地望著夜空，雪花在她眼前飄落。

「我的私奔事件，稱爲呼蘭縣城聳人聽聞的惡性，我們家聲名狼藉，我從北平落魄而歸的當天半夜，我父親就下令舉家離開呼蘭河，悄然遷往他的老家阿城鄉下。」

在鄉下禁閉的生活，對蕭紅而言無疑是一種折磨。她知道，這樣的日子實在無法過下去，蕭紅十分清楚地看出自己與家族的對立已然無法調和。這個家裡已經得不到任何安慰，有的只是責難、呵斥與詛咒。家，之於她已經沒有任何吸引力。

Scene 24

汪恩甲的哥哥衝進西餐廳，將汪恩甲打倒在地：「你要點臉好嗎？你不要臉家裡人還要呢！她這種賤人毀了家裡聲譽，你還恬不知恥的陪吃陪喝，你還有點骨氣嗎？」蕭紅這時才意識到與汪恩甲的婚事，已經不是自己是否願嫁而是汪氏家族是否願娶的問題了。出走，足以消解一個女孩的身價，而被公眾唾棄、被道德放逐。她的眼淚滔滔而下。

蕭紅舉家搬遷一場夜戲日拍的外景戲，在離哈爾濱兩個多小時車程的五家鎮，仍然是零下二十度的天氣。爲了拍特寫湯唯抬頭仰望夜空的臉，戲第一次用上了大搖臂。而雪在這時，下得忽大忽小，不得不用上鼓風機，攝影組的助理和場工一起用手把雪揚起來，讓它們被風機吹起，以保證每條鏡頭前的雪是大小一致的。

西餐廳的拍攝選在哈爾濱有名的波特曼餐廳，餐廳十點停止營業之後才允許進入拍攝。湯唯爲了演出飢腸轆轆的蕭紅，一直沒敢吃飯，直到晚上十一點導演喊action開拍。張博與袁文康第一次演兄弟就要互打，在沒有動作導演在現場指導的情況下，兩人默契十足的像是眞正意見相左卻仍有著血脈相連關心的兄弟。

這是劇組的第一次大夜，凌晨兩點半收工，哈爾濱的雪仍然在飄著。

2012.12.17

Scene 56/65/60/61

拍攝地點：歐羅巴旅館（阿什和街65號）

從1932年夏天相識，到1938年春天分手，蕭軍與蕭紅一起生活近六年。他們的相遇與結合，偶然又戲劇。蕭軍在蕭紅生命裡的出現，對其而言，是拯救，但亦給她帶來極爲深巨的精神苦難。

「假如蕭軍得知我在這裡，他會把我拯救出去的……。」在香港瑪麗醫院臨終前，蕭紅曾經這樣對朋友說。

「儘管在她臨終之前，她曾說過這樣的話，但是，即使我得知了，我又有什麼辦法呢？那時她在香港，我卻在延安……。」1978年蕭軍這樣回應道。

蕭軍出生不到七個月，母親不堪父親的暴虐，吞食鴉片棄世。據說，蕭軍母親剛烈而絕望地結束自己的生命之前，也將鴉片餵到孩子嘴裡，想將襁褓中的兒子一同帶走。大概因爲鴉片味道太苦，孩子本能吐出，哭鬧中抹了滿嘴，剛好被前來的五姑發現，才倖免於難。稍稍懂事後，蕭軍從旁人的零言碎語中，漸漸獲悉母親含恨棄世的眞相，激起對父親的深深仇恨。而他出生的地方是一個偏僻、貧困的小山村。當地土地貧瘠，民風剽悍，崇武好鬥，加之時局混亂，崇山峻嶺間活躍著一群群殺人越貨的土匪，人們稱之爲「紅鬍子」，其構成多爲困於生計，鋌而走險的農民和破產手工業者。蕭軍不少親屬、鄰人就是這樣的「綠林」人物。他晚年自述，「坦率地說，我幼年時也是崇拜這些『英雄』的。」叢莽中不時傳來的槍聲和驚現的火光，成了他深刻的童年記憶。特殊的身世和寄人籬下的苦難童年，讓他日後養成了一種豪狠坦直、打抱不平、尙武好鬥的性格。

蕭軍的性格讓他對軍隊生活一直抱著特有的感情，他參加過軍閥部隊，作爲一名騎兵。軍中生活激發了他創作舊體詩的興趣，過了一段閑散的他稱之爲「兵營中的詩酒生涯」。不久，他改名去應瀋陽東北陸軍講武堂「憲兵教練處」招考，竟以第八名的成績錄取。在哈爾濱的憲兵實習生活，讓蕭軍充分瞭解到都市底層的生存圖景，特別對那些不得不靠出賣肉體為生的落難女子格外同情；而對身邊那些吃娼、靠賭、販賣鴉片的憲兵小頭目們則格外憎恨，自此對自己的職業亦心生厭惡，幾個月後離開哈爾濱，終結了這段特殊的都市經歷。然而，軍隊到底對青年蕭軍始終有著巨大吸引力，同年冬，他再次改名考入了東北陸軍講武堂炮兵科。但軍旅生活不能泯滅他的文學愛好，所見不平更激發出他那強烈的表達欲望，1929年在《盛京時報》副刊〈神皋雜俎〉上發表處女作散文〈懦……〉，署名「酡顏三郎」。稍後又有多篇作品見報。次年春，蕭軍因替一個戰友打抱不平冒犯上級，被講武堂開除。「九一八事變」爆發，他和馬玉剛、方靖遠等人力圖策動舒蘭駐軍起而抗戰，事敗，於是流落哈爾濱，並伺機參加打游擊的隊伍，期間，以筆名「三郎」賣文為生。四月，蕭軍在《國際協報》副刊〈國際公園〉，發表散文〈飄落的櫻花〉，主編裴馨園（筆名老斐）賞識其才華，邀請編輯該報《兒童特刊》，兼任專訪記者。

蕭軍「三郎」筆名是在吉林城當兵期間，副營長多次提議與他和另外一位共同當兵的三人結為異姓兄弟，蕭軍排行老三，稱為「三弟」。蕭軍自稱「三郎」，他也偏愛這個名字，他說「是為了紀念兩個朋友」。他所紀念的，大約是「大郎」、「二郎」兩位在部隊的結拜兄弟。而他又有喝酒臉紅的特徵，發表處女作便署名「酡顏三郎」，而這過於像是日本名字，就簡稱「三郎」。

「蕭紅」的署名，源自「三郎」第一次給魯迅先生寫信時，使用了「蕭軍」這個名字，蕭紅知道他對「蕭軍」

這個名字的喜愛，當出版《生死場》需要一個陌生的作者署名時，她根據「蕭軍」衍生出「蕭紅」，這樣讓人們永遠把二者聯繫在一起，她沿用了他所愛的男人喜愛的「蕭」，而「紅」或許是女性的表示。「蕭紅」的署名或許是當年還被稱呼爲「悄吟太太」的蕭紅，以自己的方式表達對蕭軍的感激，同時也是二人生活在一起的紀念，這大概是她委婉與深情的公開示愛。事實上，也是從此，蕭紅、蕭軍這兩個名字就眞的連在一起，在更多場合被稱爲「二蕭」。

Scene 65

蕭軍、蕭紅兩人走進旅館，在大堂的鏡子前面停了下來，蕭軍吐出舌頭給蕭紅看，他的舌頭是紅的。蕭紅也吐出自己的舌頭給蕭軍看，是綠的。「你的是紅的！我的是綠的！」說完，相視大笑起來，好似他們是這世上最幸福與快樂的一對愛侶，忘記了身處的飢寒窘境。

旅館的樓梯，因爲天冷結冰，很滑。兩人肩摟著肩，嘴裡哼囔著外人聽不懂的詞調，跌跌撞撞地往樓上的「家」走去。

這是馮紹峰第一天來到劇組，也是第一次與湯唯扮演情侶，第一場對手戲。蕭軍的性格豪狠坦直、打抱不平、尙武好鬥甚至有些魯莽，而此刻他的處境也是貧困潦倒、完全落魄的形象，這似乎與馮紹峰帥氣小生的模樣大相逕庭。馮紹峰主動要求把自己打扮得更邋遢，臉上也弄髒了，並喝了不少酒，此刻他像極了有喝酒就臉紅特徵的「酡顏三郎」，蕭軍。

2012.12.18

Scene 57/58/59

歐羅巴小旅館的閣樓，是蕭紅與蕭軍正式在一起生活的開始，是蕭紅與蕭軍愛情的最初，也是生活最窮困的時期，他們寄居在歐羅巴旅館，付不起房費，租不起鋪蓋，經常餓著肚子，飢餓是蕭紅在歐羅巴旅館最爲深刻的記憶。

當時蕭軍仍在作《國際協報》編輯報紙，每月領取五元稿酬，這對於二蕭的旅館生活來說，無異於杯水車薪。非常急迫、嚴峻的困境壓迫著他們。蕭紅的身體很虛弱，蕭軍不得不爲每天的房租和食物而奔忙，找不到合適的工作，就只好四處向朋友告借，一出門就是一整天。男人走後，蕭紅只好躺在床上打發漫長而飢餓的白天，等著蕭軍找點錢回來買吃的。

困窘常常讓二蕭捉襟見肘，蕭軍每天除了家教國文和教習武，還要出外在朋友、熟人間四處告借，而借回來的錢「總是很少，三角，五角，借到一元，那是很稀有的事」。他們靠借貸換回黑列巴和白鹽度過那飢寒交迫的一天天。飢寒中，蕭紅的手腳漸漸生出凍瘡。為了度過那些實在告借無門的日子，蕭紅曾將新做的一件一次沒穿的棉袍拿到當鋪，換來一元錢買米、買菜還有可以迅速充飢的包子。

2012.12.19

Scene 67/61/65

蕭紅除了寫作外，自幼就喜歡繪畫，在中學階段更是醉心於此，曾經一度有過畫家夢。她在東特女一中時對她影響非常深刻的老師之一，就是當時的繪畫老師高仰山。他是位後來名滿北滿的著名畫家給了，蕭紅一生都對這位好老師都念念不忘。

蕭紅當時並不是學生美術小組的成員，卻在一次校園寫生時被高老師偶然發現，當時老師布置了一次靜物繪畫作業。他在教室裡設計好幾組靜物，同學們紛紛選擇自己喜愛的題材，尋找最佳角度，占據位置開始作畫。但蕭紅卻對老師所擺放的靜物都不感興趣，她跑到教室外邊向老更夫借了一支黑桿短煙袋和一個黑布的煙袋荷包，並搬來一塊灰褐色的石頭，將煙袋、煙袋荷包放在石頭邊上，然後開始專心作畫。有同學問這是什麼意思，她回答說：「勞動者幹活累了，坐下來抽袋煙休息一會兒。」高仰山看了她的畫作，起名「勞動者的恩物」。蕭紅自己也很是滿意，說老師和她想到一塊兒去了。這幅畫在當年初中生畢業繪畫展覽上十分引人注目，便將她列為重點培養的對象之一。

高仰山受過嚴格而系統的繪畫教育，教授學生非常認真系統。他講授素描、色彩、透視等技法，引起同學們的強烈興趣在其培養下，蕭紅也進一步發現了自己的繪畫天分，強烈憧憬著日後能成為一名畫家，直到臨死前還念念不忘地把這個夢想講給朋友聽。這個美麗的畫家夢日後在她的朋友駱賓基寫的《蕭紅小傳》裡被這樣描繪到：「這是一條展現在她面前的美麗的道路，那道路是朦朧的，有煙霧似的……灰天、綠樹之間，有一個人挾著調色板和畫架

子，在這條路上走著，那就是未來的自己，一個女畫家呵！這幻想給了她溫暖和生命。」蕭紅後來逗留北京、上海、東京期間還想重拾這個美麗的夢想，可惜都未能如願。

當年在歐羅巴旅館條件那般艱苦之下，喜愛畫畫的蕭紅，仍在飽受飢餓折磨且無能力購買繪畫的顏料和器具的情況下，畫了不多的靜物畫。其中一幅粉筆靜物畫，曾贈送給朋友金劍嘯發起舉辦的「維納斯助賑畫展」，那是一雙半舊的傻鞋和兩個「槓子頭」（即山東硬麵火燒），那雙鞋正是蕭軍教習武術養家時穿的，是她在他們一貧如洗的旅館房間所能找到的爲數不多的靜物。

Scene 61

蕭軍登報做武術和國文家庭教師的廣告起到了意想不到的好效果，不時有人來歐羅巴旅館拜訪，甚至爲學費討價還價。二蕭在歐羅巴旅館的困窘之境也有漸漸好轉的時候。不久，蕭軍謀得上門做家庭教師的職業。蕭軍同時應下幾份家教，手頭稍稍寬裕，還把從前當掉的兩件衣服贖了出來，夾袍給了蕭紅，自己則穿上那件小毛衣。「你穿我的夾襖，我穿毛衣。」倆人開心的各自穿上，像是穿上了新買的衣裳。「哪來的錢？」蕭紅問。蕭軍笑著回答：「搶的！我當家庭教師了。」在他們空蕩破舊的小房間裡，他們喜悅地相擁，像是歡慶一個重大的節日。

湯唯今天帶了好幾幅自己畫的素描來到現場，是戲裡蕭紅的靜物寫生，她想要用自己畫的畫來做道具，簡單、柔和的畫筆下一雙破皮鞋和一個乾硬的燒餅，出自蕭紅的手筆。

哈爾濱的零下溫度大家已經漸漸適應，並跟著當地人一起在稱呼溫度時，把「零下」省去，早上六點半到片場，組裡工作人員、演員們相互問候的打趣對話成了：「早啊！今天不錯，二十五度，挺暖和。」「是啊，昨天不是三十度嘛！」

而即使二蕭在歐羅巴旅館的困窘之境也有漸漸好轉的時候，當他第一次帶回二十元錢時，兩人也只能第二天早晨兩人「奢侈」地大買列巴，告慰貪婪的腸胃。蕭軍那時同時應下幾份家教，手頭稍稍寬裕，也只能帶她到附近一家全是車夫與苦力的低級小酒館裡吃一頓。

2012.12.21

Scene 63/27

蕭紅出生在富裕的地主家庭，但自她離家起，她的人生就和貧困、潦倒與下層生活總是不能分開。

九一八事變後，整個東北的局勢迅速惡化。蕭紅流浪哈爾濱期間，黑龍江守軍與日軍之間爆發了著名的「江橋抗戰」。11月中旬，「江橋抗戰」失敗不久，齊齊哈爾淪陷，日軍大量集結兵力進逼哈爾濱，形勢十分危急，各大中學都提前放假。除了寒冷，日趨緊張的時局無疑也增加了蕭紅的生存壓力。1932年2月，日軍多門第二師團侵占哈爾濱。哈爾濱就此淪陷，她本能地意識到，在如此混亂的時局流浪下去將是自尋死路，卻找不到更多解救自己的辦法。

Scene 63

蕭紅與蕭軍在小飯館裡吃肉丸。

這個小飯館的搭建，拍攝地正是蕭紅曾一度流浪和寄居過的道外老街。「南崗是天堂，道裡是人間，道外是地獄」這句話說的正是這裡。道外區最早的街修建於1870年，最有名的是「桃花巷」，雖然這個名字已經消失了多年，不過有些老人現在還喜歡用這個名字。「桃花巷」當時是著名的餐飲服務一條街，客棧多、旅館多，小飯館小客棧聚集，不過很多人記得它還是因爲這裡的煙館和妓院。這裡仍然有著從前的樣子，每條街都有著傳說。也許蕭軍與蕭紅的確曾在這裡吃過飯，又或者蕭紅是被從這裡走出去的年老色衰的暗娼收留，而那個揚言再不還旅店錢就要把她賣進還債的「圈兒樓」就是這其中的某一座。

這天是傳聞中的世界末日，據說是哈爾濱入冬以來的最低溫，零下三十一度，我們在北二道街上拍攝哈爾濱淪陷，日軍進城。天上下著大雪，

這是開拍以來群演最多的一場戲。

2012.12.22

Scene 69/70/69/76

蕭紅就讀的東省特別區區立第一女子中學校（簡稱「東特女一中」），在她進校讀書時，已是遠近聞名的名校。學校分爲初中和高中兩部分，學生來源豐富龐雜，有來自豪富之家，也有的家境很一般，顯示出一種開放的氣度。校長孔煥書是一個年近三十的獨身女性，畢業於吉林省女子師範學校，治校非常嚴格，學生除節假日外不許外出，不能隨便會客，外來電話須由工友轉告。凡有來信，除未婚夫之外，都要拆封檢閱，因而，學校對一些學生的未婚夫了如指掌。這些舉措，對於受到新思想啓家的女生來說，自然非常反感，覺得孔煥書治下的學校門禁森嚴，像個「密封的罐頭」，但在蕭紅自己的文章裡，並沒有表現出過對孔校長明顯的不滿和厭惡。 前身是私立從德女子中學坐落在市中心一處環境幽雅的俄式民宅區中。從德女中校歌唱道：「從德兮，松江濱，廣廈宏開，氣象新，學子莘莘，先生諄諄。莫道女兒身，亦是國家民，養成了勤樸敏捷高尙德，方爲一個完全人。」從德，指的是「三從四德」，是中國古代社會規約女子行爲的標準。單就校名就透露出濃郁的迂腐、老舊之氣，但校歌卻又彰顯出新式辦學理念，強調女子對國家和社會的參與，傳達出培養女性「完全人」的理想。在當時，這是非常富有創見的人才觀 念。

實際上，東特女一中的巨大名聲正得益於孔煥書當時比較先進的辦學思想和許多富有力度的舉措。她非常重視師資建設，聘請了一批富有學識、思想新銳的老師，如美術教師高仰山畢業於上海美專、體育教師黃淑芳畢業於上海兩江女子體專、歷史教師姜壽山畢業於北京大學。孔校長先進的辦學理念，更表現在對女生體育教育的高度重視上。學校體育設施非常齊全，有很大的操場，冬天在操場上潑上水就成了天然的滑冰場，此外還有設在地下的風雨操場；學生的體育課內容豐富，田徑、籃球、網球、舞蹈操、划船等都是 常設科目。由於有像黃淑芳這樣高素質的體育教師

任教，東特女一中的體育當時在全國一直名列前茅。哈爾濱東特女一中的「五虎將」孫桂雲、王淵、吳梅仙、郭淑賢、劉靜貞經常代表學校參加全國性運動會，拿了很多冠軍，一時間聞名全國。初中三班的孫桂雲更是馳名全國的百米健將，打破過全國女子短跑紀錄。學校還十分重視學生的課外活動，成立了美術小組、體育小組等，培養學生各方面的興趣。著名作家孔羅蓀的夫人周玉屏1928年考入東特女一中高中部，她回憶說，當年母校學風嚴謹，教育有方，眞正培養出了一批社會知名人士。

東特女一中分別對初中部和高中部的學生進行全校統一編班。蕭紅進校後分在初中四班，主幹課程是英語，開始的時候班上有四十多名學生，但因爲是女生，往往等不到畢業便先後嫁人了，畢業時僅有二十幾人。蕭紅留給同學們的印象是中等身材，圓圓的大臉盤，濃密的黑髮編成兩個粗大的辮子，垂得她仰著臉，白晰的臉上有一雙明亮的大眼睛，很沉靜，平時不太愛說話。她和沈玉賢都被安排在教室的最後一排，不久，她們和坐在第一排的南方姑娘徐淑娟（後改名徐薇）成了形影不離的好朋友。徐薇晚年回憶：「這大概跟我們三個人的性格脾氣差不多有關。我們三人的脾氣都有點兒古怪，都很倔強，都對學校束縛女生的行爲很反感，都對社會上人欺侮人、人壓迫人的現象感到憤憤不平，甚至牲畜受到虐待，也會引起我們的憤怒。」

在校期間，新式教育的薰冶漸漸甦醒這些正處青春期的少女們的女性意識，不再甘願做傳統的賢妻良母。她們勤奮好學、不談戀愛，願意和有頭腦的男生交朋友，甚至有意識地呈現出一些男性化傾向，有意按照男性的意識和思想來塑造自己，外形上亦盡力「男化」，把頭髮剪得極短。蕭紅後來在離開哈爾濱到北平時乾脆留男式髮型、穿西裝拍照送給徐淑娟。日常生活中，她們也常常像男性那樣逞強好勝。一次，三人到太陽島玩需要乘船過江，雖然三人都不會划船，但個性倔強的姑娘們勸走船老大，一定要自己划過去。結果返回的時候因爲逆風逆水，小船老是在江中打轉，但她們不肯呼救，拼命用力總算划了回來，各人手上都磨出了血泡，即便如此，大家仍覺痛快。

剪了短髮的蕭紅回到呼蘭，街上的人都以奇異的目光打量她，發出種種議論。她對此毫不在意，還故意拉上幾個女同學上街「示威」，遇到家人勸阻，乾脆就說：「我又不是做什麼壞事情，不要你們管！」第二天又故意穿上白上衣、青短裙，從南街到北街，好像向那些喜歡議論的人發出挑戰似的。

在哈爾濱的困窘常常讓二蕭靠借貸度過飢寒交迫的一天天。在蕭軍實在找不到合適的告借對象時，為了不至於餓死、凍死，蕭紅也不得不出面想辦法。她所能想到的大多是中學讀書時的同學甚至老師。她曾經帶著蕭軍回母校向老師借錢，三四年後，在上海已然成名的蕭紅憶及那天的情形感慨道：「我忘不了這一切啊！管它是溫馨的，是痛苦的，我忘不了這一切啊！我在那樓上，正是我有著青春的時候。」

Scene 69 / 70

蕭紅走進學校，原想向高老師借錢，卻忽然不進去，轉身衝下樓梯離開了。

蕭軍在校門外的雪地裡向她招手示意：「我在這兒！」「回去吧！」蕭紅沉著臉。沒走幾步，她在雪地裡摔了一跤。蕭軍連忙把蕭紅扶起，蕭紅卻忽然抱住了蕭軍，把她的頭埋在他心臟的位置。

這場戲的拍攝地在在哈爾濱藝術博物館拍攝，它始建於1929年，原世界紅十字會哈爾濱分會館，是跟本身東特女一中一樣的俄式大宅建築。陽光從大宅舊式的大窗子灑下，攝像指導王昱老師看著光線從窗戶透進屋子，照在湯唯臉上，說：「這樣的陽光透進來剛剛好，眞美。」導演許鞍華接著說：「陽光裡沈鬱的蕭紅，眞是殘酷又明媚。」

馮紹峰扮演的蕭軍在校園的小門外等著蕭紅，他把雙腳搭在門上，整個人懸空，抽著煙，在深深地吸了兩口後，他用雪把煙頭熄滅又再揣進兜裡保留著，這是馮紹峰自己設計的表演，導演在監視器前看著這段回放，開心地大笑起來：「這眞正就是一個在等著自己的愛人借錢回來的，沒錢的窮男人。」

2012.12.23

Scene 27/32a/37/32/28

Scene 32

老斐帶著舒群到東興順旅館去找蕭紅。他們敲開蕭紅所在的房間：「請問你是張迺瑩嗎？」蕭紅不安的看著他們，戒備地點了點頭。老斐看到這個發出求助信

的身懷六甲的女子，白晰的臉上一雙驚恐失神的大眼睛正盯著他們：「我是《國際協報》的編輯老斐。他是我們的作者。你寫給報紙的信我們收到了！」蕭紅這才放心地笑了，讓他們進屋。

這天拍的都是夏天的戲，但哈爾濱零下三十度。演員口中呼出的氣，在空氣裡瞬間讓季節無所遁形。「導演，我吐氣了，再來一條吧。」這是那天飾演舒群的沙溢和飾演老斐的錢波，最常說的一句話了。

劇本裡汪恩甲離開的戲並沒有劃火柴這個動作，也沒有火柴這個道具存在的，它完全是袁文康自己提議下的表演。汪恩甲，在蕭紅的生命裡，讓她短暫的沒有衣食之憂，讓她躲過了永遠不會有融雪的哈爾濱的冬天的男人。他離開之後，幾乎完全的銷聲匿跡，目前對於研究蕭紅的人來說，他的離開和後來的生活仍是個謎，就像袁文康手中那根劃過的火柴。

2012.12.24

Scene 38/3/5/31/39b

「那邊清溪唱著，這邊樹葉綠了，姑娘啊！春天到了。」

1978年已然古稀之年的蕭軍仍能清楚唸出近五十年前與蕭紅第一次見面時，這首令他改變所有觀感，題為〈春曲〉的小詩。

蕭紅當時的樣子，近半個世紀後，蕭軍依然記得：「她整身只穿了一件原來是藍色如今褪了色的單長衫，開氣有一邊已裂開到膝蓋以上了，小腿和腳是光赤著的，拖了一雙變了型的女鞋；使我驚訝的是，她的散髮中間已經有了明顯的白髮，在燈光下閃閃發亮，再就是她那懷有身孕的體形，看來不久就可能到了臨產期了。」

而當他看到那首詩句時，蕭紅前一刻所給予的「那一切形象和印象全不見了，全泯滅」，他感到她應該是世界上最美麗的女人，並暗自決定要不惜一切代價拯救她。自此，那個「冷漠」的三郎變成視拯救眼前這「美麗的靈魂」為「我的義務」的蕭軍。

那時痛感無助的蕭紅太需要傾訴，她與蕭軍見第一面，就向他毫無保留地訴說著自己的遭遇和苦難。他們的話題不僅包括眼前的境況，還談到各自的讀書興趣，談到新近出現的作家，甚至談到很久之前的童年、身邊的友人。聽完她的訴說，蕭軍感到眼前這苦難的女人像水晶般通透，而自己在她面前亦是如此。「我們似乎全變成了一具水晶石的雕體。」蕭軍曾這樣描述。

對於二蕭而言，對於中國現代文學而言，那一夜他們的相遇都是個值得紀念的時間。那一晚，他們談了太多，蕭軍多次起身欲走，又多次坐下，並多次想擁抱面前這個令他瞬間生出無邊愛意的張迺瑩。臨走前，蕭軍問蕭紅每天吃點什麼，蕭紅將桌上兩只合扣著的粗瓷碗揭開，只見那裡邊還剩有半碗堅硬如沙粒的高粱米飯。他看著內心頓覺酸楚，於是將口袋裡預備搭車回去的五毛錢放在桌上，要知道他將面臨步行十里長路的歸程，那也是他當時身上所有的錢了。

出門前，兩人的手握在一起，隨之有了深長的擁吻，二蕭被稱之爲「狂戀」的愛情已然拉開了序幕。

蕭軍的到來不僅徹底驅趕了蕭紅心頭即將放棄的求生欲，而且這個男人的賞識與愛意亦激發出她那早已死滅的激情：「我愛詩人又怕害了詩人，因爲詩人的心，是那麼美麗，水一般地，花一般地，我只是捨不得摧殘它，但又怕別人摧殘。那麼我何妨愛他。……只有愛的踟躕美麗，三郎，我並不是殘忍，只喜歡看你立起來又坐下，坐下又立起，這其間，正有說不出的風月。」

而五個月後，蕭軍將那一晚的精彩記述在小說〈燭心〉裡。雖是小說，但他多次強調那是一篇「實錄文字」，在給朋友的信中更如是說：「那是我與蕭紅結合經過的記錄。小說中沒有一點虛構。小說中的春星、馨君、畸娜是我、老婓、蕭紅的代名。」

Scene 38 / 39

蕭軍與蕭紅在房裡談著，蕭軍見了蕭紅的畫和詩，他感到這個陌生的女人漸漸散發光彩，她有一種難以言說的美麗。

這一幕夏天的戲，許鞍華導演特別要求攝影指導王昱老師將燈光變得柔和，而非如夏天熱辣光線那樣的硬朗實在。她覺得兩人在朦朧的光線裡，談起各自的身世、家庭，談起他們人生裡幾乎不存在的母親，才更能喚起回憶，更襯托出那個具有詩意的初次相遇，它見證著這場穿越了人生最黑暗時期的愛情。

2012.12.25

Scene 46/45/43/41/47

「我們不過是兩夜十二個鐘點，什麼全有了。在他們那認爲是愛之歷程上不可缺的隆典——我們全有了。輕快而又敏捷，加倍的做過了，並且他們所不能做、不敢做、所不想做的，也全被我們做了……做了……」蕭軍描述自己再次來到蕭紅旅館的房間。

「你美好的處子詩人，來坐在我的身邊，你的腰任意我怎樣擁抱，你的唇任意我怎樣的吻，你不敢來在我的身邊嗎？詩人啊！遲早你是逃避不了女人！」雖然惶恐但已然墜入愛河的蕭紅在詩裡這樣寫道。

這是他們「狂戀」眞正的開始，也是他們二人糾結的開始。蕭軍清楚地知道，自己太過強烈的「愛火往往要燒枯了少女的情芽」，所以，他覺得自己是個不敢愛自己所愛的人。而蕭紅則是怕自己連累了這個名叫三郎的男人，怕他背負不起太過沉重的來自世俗的壓力。嚴酷的處境也早已讓她不敢對任何愛戀有所奢望，當時她正懷著汪恩甲的孩子，即便這份愛已然湧動胸懷。兩人內心所存有的「不敢愛我所愛」的心態，卻是糾結於兩種全然不同的情感態度和方式。

「……我們就是這樣結束了吧！結束了吧！這也是我意想中的事，畸娜，你不要以爲是例外……你愛我的詩，也只請你愛我的詩吧！我愛你的詩，也只愛你的詩吧！除開詩之外，再不要及到別的了……不要及到別的了！總之，在詩之領域裡，我們是曾相愛過……。」蕭軍這樣寫道自己那晚之後內心的退卻。

「誰說不怕初戀的軟力！就是男性怎樣粗暴，這一刻兒，也會嬌羞羞地，爲什麼我要愛人！只怕爲這一點嬌羞吧！但久戀他就不嬌羞了。當他愛我的時候，我沒有一點力量，連眼睛都張不開，我問他這是爲了什麼？他說：愛慣就好了，啊！可珍貴的初戀之心。」敏感的蕭紅如此描述她感受到的他的退卻。

Scene 41 / 43 / 45 / 46 / 47

二蕭聊著愛的哲學，聊著他們對待愛情和生命的態度。

那時的蕭軍和懷孕的蕭紅在一起，

他們之間更多的是糾結而不是纏綿的愛情，他們的親熱不是甜蜜，更像是痛苦似的。

「我沒有一點力量了，連眼睛都睜不開，這是爲什麼。」

「愛慣就好了。」

他們緊緊相擁，淚流滿面，彷彿兩人的親熱不是甜蜜，是痛苦似的。

「我們錯了！」

「錯嗎？我們是不會錯的。」

這段湯唯與紹峰的糾纏戲，導演要求全部清場，關閉監視器，甚至掌機的都是攝影指導王昱，狹小的房間裡，只留下導演、攝影指導和一個跟焦員、一個錄音師和兩個演員。攝影機改變轉速，變成三十六格每秒，手持鏡頭。

蕭軍最有名的「愛的哲學」的談話表演時，隨著紹峰和湯唯越來越熟悉，互動也就越來越自然，最愛說「再自然再放鬆一點」的導演，卻要求他們不要聊得太輕鬆自然了——「談話要帶著愛意。兩個愛情中的人的互動，特別是它剛開始的時候，不應該是放鬆的狀態。」當蕭軍說到住在樓下的姑娘，湯唯用搧風的動作掩飾著蕭紅的尷尬，而紹峰此時沉默了一小會兒，接著大男人的蕭軍自嘲式尷尬的笑了。燈光從畫面背景裡的窗外透進，打在斜坐著的他們身上，形成兩人的半剪影。導演在監視器的那頭露出她招牌式開懷的大笑：「我好幸福啊！攝影、燈光、演員都這麼完美！」

2012.12.26

Scene 48/51/98/101/18/19

胡佛著的《哈爾濱水劫紀》中記載市民描寫1932年水災的詩詞，反映了哈爾濱遭受水災的慘狀。「獨坐石碑下，黯然無一語！舉目望炎日，俯首淚如雨。轉瞬已無家，何處是歸宿？」（道外二十道街之公園沒水情形，亞麗謹題）

「北滿發生大水，寖成空前未有之天災，就中哈爾濱市受災之重，尤不可言狀，加之其時交通斷絕，物資之供應無著，惡疫乘之，蔓延積廣，種種附帶現象，紛至疊來，人心之不安，達於極點，當是時，全市恐慌之勢，殆可比於陸沉，方事之急也。」北滿鐵路督辦李紹庚曾寫道：「傅家甸瀕江石堤，爲水沖激，紛紛潰決，湯流洶涌，廬舍爲墟，繁盛市場，頓成澤國，……平地水深數尺，低窪之處，深幾逾丈，人民蕩析離居，啼飢號寒，慘不忍睹。」哈爾濱日本陸軍特務機關長小松原道太郎對1932年水災的損失及災情描寫道。

江堤潰決，洪水隨即淹進東興順旅館一樓，人們紛紛轉至樓上。聽著屋外無邊的喧囂，蕭紅一個人神色黯然地站在窗前，望著外邊的滿街積水沒有邊際地蕩漾著，水面上閃耀著一片片刺目的日光。一艘艘小船載著大人、孩子、包裹從窗前划過。蕭紅感到自己被這個已然傾覆的世界遺忘，她將胳膊橫在窗沿上，張著嘴，眼神空洞而茫然地久久張望著。

蕭紅與蕭軍的好友，當年只有十九歲的共產黨員舒群，可能就用組織上發給他的出差和生活費，買了兩個饅頭一包煙，然後將之捆在頭上泅水來到東興順旅館看望蕭紅。當時天色已晚，無法再回去，舒群就在旅館蹲了一夜，陪著蕭紅度過可怖的長夜。次日，蕭紅希望舒群帶自己走，但他考慮到全家也從道外流落到了南崗，父親幾乎淪爲乞丐，全家一點著落也沒有，的確沒有力量安置她，就一個人離開了。

舒群當年用筆名「黑人」在《國際協報》《哈爾濱商報》《大同報》的副刊上，發表了許多具有愛國思想的詩歌和散文，還參加了「星星劇團」的演出。同時他和羅烽、塞克、金劍嘯、蕭軍、蕭紅、白朗等建立了深厚的友誼。蕭紅在哈爾濱即將臨產，舉目無親之時，是舒群第一個前去解救她。在蕭軍、蕭紅處女作短篇小說集《跋涉》出版經費困難之際，是舒群拿出省吃儉用積攢下來的錢，幫助他們湊夠了印刷費。蕭軍在《跋涉》初版的〈書後〉寫道：「這個集子能印出，我只有默記黑人弟和幼賓兄的助力。」

金劍嘯也是蕭軍與蕭紅很好的朋友之一，蕭軍在小飯館裡偶然與他相識，不久，通過蕭軍他也認識了蕭紅。金劍嘯外表清秀、英俊，有著十分濃郁的藝術家氣質，對文學、戲劇、美術、音樂均有較深的造詣，深得二蕭好感，過從較爲密切。金劍嘯擔任哈爾濱文藝界的「反日會」工作和中共滿洲省委機關秘密出版油印的抗日救亡小報的繪畫工作。他和羅烽團結了大批左翼文藝工作者，年僅二十六歲就被僞第[illegible]軍管區軍法會秘密處死。臨刑前金劍嘯來不及與妻子告別，沒有給妻子和女兒留一句遺言。「你的屍骨已經乾敗了！我們的心上，你還活活的走著跳著，你的屍骨也許不存在了！我們的心上，你還活活的說著笑著。」蕭紅在悼念他的詩裡這樣寫道。

Scene 98 / 101

這是蕭紅、蕭軍離開哈爾濱去青島臨行前，白朗、金劍嘯、老黃和被打得鼻青臉腫的羅烽圍坐著，桌上只有一包花生米，大家爲二蕭踐行，誰也沒有說話，各懷離愁別緒和心事，只是輪流傳遞著一瓶白酒在喝著。

蕭軍和蕭紅走後一週，羅烽再次入獄，白朗四處奔波，設法營救羅烽。老黃失蹤了，而兩年後，金劍嘯犧牲，被日本人殺死在齊齊哈爾。

這是《黃金時代》第一場演員較多的群戲，演員們又幾乎都是第一次合作，卻體現出驚人的默契。沙溢扮演的舒群前去東興順旅館解救蕭紅時，湯唯和沙溢就像眞正的老友，同一時間舉起香煙遞到嘴邊抽起來。與此同時，在監視器那頭，導演許鞍華和攝影指導王昱看到這一幕，都不禁笑了起來。

這一天有眾多的對鏡講述，是這部戲最難把握演出的部分。導演要求：「不是對著鏡頭說話，是交流，好似跟鏡頭那邊的人。」這是田原的第一天，而她飾演的白朗一出現，就必須完成一段對鏡講述，她舉起酒瓶喝了一口，然後看著鏡頭開始說話，許鞍華忽然對身邊的王昱老師說，白朗剛剛抬頭看鏡頭的那個瞬間，那目光直擊入了她的心臟。

2012.12.28

Scene 33

蕭紅在東興順旅館眼巴巴等著汪恩

甲回來。一個多月過去了，仍然音信杳無，腹中的孩子一天天長大，身子一天天笨重。旅館老闆早已喪失耐心，男人不見回來，便將她作爲人質扣押起來，從客房轉移到二樓甬道盡頭一間黴氣沖天的儲藏室裡，並派人監視以防跑掉。蕭紅意識到危險一天天迫近，但她更意識到要離開這裡只能靠自己。即便在無邊的困境面前也不肯束手待斃，這就是蕭紅的性格。

哈爾濱有一家商辦性質的私人報紙《國際協報》，每天出一張，共四版。文藝副刊占據第四版二分之一的版面，主編老斐在其上開設「老斐語」專欄，每天寫上三五百字的雜感或散文，比較隱晦地針砭時弊，表達普通人的訴求，深得讀者歡迎，在東三省有比較好的口碑和銷路。困居旅館期間，蕭紅和汪恩甲也是《國際協報》文藝副刊的讀者。老斐也是一個善良、內向，富有正義感、責任感的知識分子。在其主編的《國際協報》文藝副刊聚集了三郎（蕭軍）、琳郎（方未艾）、黑人（舒群）、南蠻子（孟希）等一批富有朝氣的年輕作者。這也是文藝副刊深受歡迎的原因之一。蕭紅曾署名「悄吟」，向該刊投過詩稿，雖然沒有發表，但細膩的筆觸、眞摯的感情給編輯和裴馨園留下了比較深刻的印象。近乎絕望的蕭紅能夠想到的，就是向手邊的《國際協報》投書求助。裴馨園閱讀完蕭紅的求救信，隨即在周圍的幾位年輕作者中間傳閱了一遍。大家了解到求助者就是那位署名「悄吟」的作者，都非常關心，「難道現今世界還有賣人的嗎？有！我就將被賣掉……」蕭紅這樣寫道。當晚回家，老斐向夫人黃淑英談起白天這位「有趣」的求助者，想起信中這些充滿責問語氣的話語不禁笑了起來，對夫人說：「在中國人裡，還沒有碰見過敢於質問我的人呢！這個女的還眞是個有膽子的人！」

Scene 33

祖峰和田原飾演的羅烽和白朗夫婦，今天有十五場對鏡講述的戲，這是他們第一次演對手戲，卻需要立馬演出一對青梅竹馬的夫妻。當他們平肩坐著，田原在開口講獨白的間隙，祖峰伸手幫田原摘掉她衣服肩頭上的毛球，就好像眞正的丈夫一樣，田原回頭望著他，那眼神就是他的妻子。

2012.12.29

Scene 93/85/97

白朗是蕭紅一生爲數很少的同性摯友之一，九一八事變後，白朗和蕭紅一起參加了反日鬥爭，白朗利用自己任《國際協報》副刊編輯的身份，開闢了《文藝》、《國際公園》、《婦女》、《兒童》等專欄，她呼籲作者揭露社會的黑暗，爲弱者鳴不平。她在自己的副刊中刊登了丈夫羅烽〈曬黑了你的臉〉，引起了日僞當局的注意，隨之副刊被迫停刊，兩人也隨之被捕。白朗和羅烽青梅竹馬，白朗的母親很喜歡羅烽，在白朗小時候就將自己的大女兒許給了羅烽，大女兒病逝後又將白朗許給羅烽。夫妻倆都是蕭軍與蕭紅的好友，四人都與眾東北作家形成了東北作家群，推動了當時左翼文學運動。

當時的東北作家群除了二蕭、羅烽和白朗夫婦，還有舒群、端木蕻良、駱賓基等，這些人後來幾乎都跟二蕭成了朋友。那時來自東北四省的作家不約而同地先後集中到了哈爾濱。因爲東北四省壤，國境線長達數千里，從帝俄時代到十月革命之後的蘇聯，對哈爾濱這個都市一直有潛在的巨大影響，這種影響在政治、經濟、文化三方面都很顯著。因此，哈爾濱雖然不存在蘇聯的租界，但仍有相對的特殊性。在日本、僞滿洲國統治之初，哈爾濱的政治空氣比起瀋陽、長春、齊齊哈爾等城市仍舊要稍稍寬鬆一些。蕭紅和蕭軍也是在這樣的環境中迅速成爲左翼文藝作者的代表人物的。

當時這幫文化人士經常聚集在「牽牛坊」，「牽牛坊」的主人馮咏秋先生早年畢業於北京大學中文系，是當時哈爾濱的名士、業餘作家。由於馮咏秋熱情好客而又豪爽義氣，「牽牛坊」裡聚集了一大批左翼文化人士。前來這裡的人，有中共地下黨員，有愛國主義者，也有自由主義者。雖然大家在思想意識上各有各的觀點，但共同的是，大家都懷有憂國憂民的反滿抗日思想，都有著不甘做亡國奴的愛國心。當時，這些進步人士每週都聚會，或寫詩作畫，或分析時局，或商討創辦報紙副刊以占領公開的文藝陣地。這個名字聽起來浪漫無比的「牽牛坊」，漸漸發展成了黨開展地下活動的秘密聯絡點。1933年至1934四年，哈爾濱「牽牛坊」是東北作家進行文學藝術活動的黃金時代。在這短暫的鼎盛歲月裡，蕭紅、蕭軍、金劍嘯、白朗、羅烽、舒群、白濤、劉昨非、方未艾、吳案萍，王關石、唐達秋等著名的「東北作家」都經常在「牽牛坊」從事文學藝術活動，極大地吸引了哈爾濱的一些職工、教師和學生，使「牽牛坊」成爲當時哈爾濱文化界人士的活動中心。在東北淪陷時期，牽牛坊是進步的東北作家群的基地。蕭紅曾描述這裡：「夏天窗前牽牛花爬滿了窗門，因爲這個叫『牽牛坊』！」「牽牛坊」帶給二蕭的不僅僅是溫暖與友情，還有無邊的快樂。在蕭紅短促的一生中，牽牛坊是少有幾個給她充分帶來快樂的地方。在這裡，她結識了許多 新鮮而富有個性的人物，開闊了視野，慢慢從一己的痛苦與哀怨中走出，有了更多參與社會的機會，創造力亦在漸漸被激發、點燃。

Scene 85

金劍嘯、白朗、羅烽三人在當鋪外的一個角落裡，一人拿著一件衣服。在「剪刀、石頭、布」的划拳，誰輸了誰去當鋪裡當衣服。他們這是爲了湊錢出版蕭紅與蕭軍的文集《跋涉》。

拍攝排劇的劇場，是松光電影院，它因爲一場大火被廢棄了，哈爾濱人無比自豪的說，它是哈爾濱的第一家電影院，也是中國的第一家電影院。

2012.12.30

Scene 71/72

蕭紅也有演劇的夢想，大家都感到哈爾濱文藝活動沉寂的時候，蕭紅提議組織一個劇團。後來金劍嘯和羅烽等人組織了一個半公開的抗日演劇團體，取名「星星劇團」。金劍嘯擔任導演和舞台美術設計，羅烽負責一切日常事務性工作。主要演員除二蕭外，還有白朗、舒群、劉毓竹、徐志等。劇團先後排演了美國進步作家辛克萊的《居住二樓的人》（又名《小偷》）、白薇的《婕娘》和張沫元的《一代不如一代》（又名《工程師之子》）。在《小偷》中，蕭軍扮演受律師誣陷被迫做了小偷的杰姆，白朗扮演律師太太，劉毓竹扮演律師。蕭紅在《婕娘》中扮演生病老婦，舒群扮演家庭主婦的丈夫；而在《一代不如一代》中擔任主角的徐志還只是二中的學生。劇團排演地點起初在三道街的民眾教育館，後來遷至牽牛坊。排演戲劇給這群心懷進步志向的年輕人帶來充實與快樂，在嬉笑打鬧中留下一些日後頗堪回味的趣聞軼事。排練《小偷》時，每當扮演律師的蕭軍舉起手槍，對準扮演律師太太的白朗，要她「舉起手來」時，白朗便禁不住大笑起來，怎麼都難以入戲。多年後，蕭紅還清晰記得當時的滑稽情形，認爲是「最有趣的事」。經過三個月的排練，劇團準備在民眾教育館演出，沒想到對方提出要他們在「九一五」僞滿洲國承認紀念日上演，以此表示對僞滿洲國成立紀念的祝賀，大夥一聽非常氣憤，堅決拒絕。後來，羅烽又聯繫巴拉斯影院，最終仍然遭拒。恰在此時，朋友徐志突遭被捕，一周後假釋出獄，旋又失蹤。很顯然，他們的行動已遭到敵僞警特的盯梢，風聲日緊，環境日趨險惡，劇團被迫解散。

蕭紅很是爲那些已經排演熟練而沒有上演的劇目惋惜，然而，讓蕭紅更沮喪和煩惱卻還是爲著難以克服的飢餓。那時他們經常進出牽牛坊，先前是排劇，之後是不少聚會。住慣了商市街潮濕陰冷的半地下室，初進入溫暖明亮的牽牛坊時，蕭紅反倒先是難以消受，她凍傷的腳遇熱在鞋子裡作癢得厲害，只好強忍著。

有一次二蕭來到牽牛坊正是新年前夜，主人約他們明晚前來過年狂歡，新結識的朋友們也都熱情歡迎他們加入：「『牽牛坊』又牽來兩條牛！」夜裡，大家在一起歡鬧的時候，女僕拿著主人給的三角錢去買松子，蕭紅見後很是爲那三角錢可惜，想到自己和蕭軍幾天來連飯都吃不上。聚會結束前，牽牛坊的朋友遞給蕭紅一個信封，並告訴她回家後再拆開。從牽牛坊出來，人們紛紛想像著明晚在這裡過舊年，將會比起今晚更有趣味。二蕭卻一點興致也沒有，他們眞不知該如何應對每一個滾滾而來的飢寒交迫的日子。肚子依然飢餓，回家不知可以吃點什麼。劇團擱淺的煩惱也此時也就不値一提了。走在回家的路上，兩人交流著剛才吃松子的感受。在人家當吃松子是吃著玩的時候，飢餓的二蕭卻視作充飢，蕭軍告訴她吃松子的感覺就像吃飯一樣，而這也是蕭紅最想告訴他的經驗。意外的驚喜出現在他們秉燭拆信那一刻。細心而善解人意的朋友爲了讓他們過上一個稍微輕鬆的新年，在信封裡放了一張十元的鈔票。它驅走了二蕭心頭的所有焦慮，讓他們感到一份久違的溫暖，同時也沉浸在難以言說的感動中。第二天晚上，「牽牛坊」大宴賓客，二蕭不可多得地飽餐一頓。飯後大家盡情狂歡，直到後半夜才星散而去。出門後，蕭紅一想到家裡有張十元的鈔票在等著她便有說不出的喜悅和力量，她描寫著那一夜的感受：「被十元票子鼓勵得膚淺得可笑」。

Scene 72

二蕭、白朗、羅烽、金劍嘯、舒群六個人在人跡寥寥的大街上晃蕩。他們的身後鬼祟地跟著一輛插著日本國旗的摩托車，上面坐著兩個日本憲兵。一群喝醉酒的俄國人，向他們走來，遠處的夜空裡傳來教堂新年的鐘聲，蕭軍扯起嗓子用俄語吼了一句：「新年快樂！」像是要發泄吶出什麼。酒氣醺醺的那群俄國人聽到都興奮地跳了起來，也紛紛用俄文喊道：「新年快樂！」並朝他們走來。他們看到一個中國姑娘混在俄國人中，王林，她看到蕭軍蕭紅，開懷地用俄語朝他們叫著：「新年快樂！」兩幫人面對面交會而過，那輛摩托車也掉頭走開了。摩托車油門的聲音由近至遠，隨著車子消失在夜色裡。

在零下三十五度的哈爾濱室外拍夜戲，攝影組在夜色的大街上鋪著軌道，他們的手套與鐵軌總是輕易的就黏在一起。這條街就在白天拍攝的牽牛房外，幾乎所有人，不分部門都幫忙把拍攝需要的東西，從屋裡搬到街道上。整條街，從冷清變得熱鬧，燈光組把燈光架好，光亮照在每個人臉上，在黑暗裡閃著《黃金時代》獨有的表情。

2012.12.31

Scene 89/99

「帶著顏色的情詩，一只一只是寫給她的，像三年前他寫給我的一樣。也許人人都是一樣！也許情詩再過三年他又寫給另外一個姑娘！他又去公園了，我說：『我也去吧！』『你去做什麼？』他自己走了。他給他新的情人的詩說：『有誰不愛個鳥兒似的姑娘！』『有誰忍拒絕少女紅唇的苦！』我不是少女，我沒有紅唇了，我穿的是從廚房帶來的油污的衣裳。為生活而流浪，我更沒有少女美的心腸。他獨自走了，他獨自去享受黃昏時公園裡美麗的時光。我在家裡等待著，等待明朝再去煮米熬湯。」這是蕭紅寫給蕭軍的詩句，而這些來自的正是她在《商市街》系列散文中的那個「一個南方的姑娘」給她內心帶來的不愉快。

「她很漂亮，很素淨，臉上不塗粉，頭髮沒有捲起來，只是紮了一條紅綢帶，這更顯得特別風味，又美又乾淨」這是蕭軍新認識的，年僅十六歲的異性朋友上海姑娘程涓。她來的這天，剛好是下午，蕭軍溜冰去了。在蕭紅面前，程涓落落大方地告訴她與「三郎」認識的經過。程涓是來哈爾濱看望哥哥的，她無意間發現了正在代售的《跋涉》。新書封面上「三郎」這個名字引起她的好奇，原以爲是個日本作家，朋友告訴她是個中國人，而且他們還是朋友，書亦不用買，可以讓三郎送。稍後，她還讀到蕭軍發表在報紙上的一些文章，對這個署名「三郎」的人更加佩服。不久，在朋友介紹下，與蕭軍本人相識了。爲了等到與蕭軍見上一面，程涓「到晚上，這美人似的人就在我們家裡吃晚飯。」

此後，程涓與二蕭的交往多起來，一天比一天熟悉，與蕭軍更爲親近，雖然常見面， 但二人還不時通信。蕭紅甚至發現程涓似乎還總避著她與蕭軍談些什麼，這讓她很不舒服。但十六歲的程涓並不覺得自己與蕭軍的交往有問題。「……只怕你曾經講給我聽的詞句，再講給她聽，她是聽不懂的。 你的歌聲還不休止！我的眼淚流到嘴了！又聽你慢慢地說一聲：將來一定與她有相識的機會。 我是坐在一塊大石頭上的，我的人兒怎不變作石頭般的。」蕭紅寫道。

但慢慢地程涓經朋友提醒，也知道自己給蕭紅帶來了困擾：「漸漸地我也從她那掩飾的眼光中間覺察了些什麼來。是的，她憎嫌我，她對我感到不耐煩……」蕭紅意識到程涓不再那麼頻繁地出現在她家了，「大概是她怕見我」。

程涓即將「離去了這可懷念的松花江」前，來商市街向二蕭告別。當時是黃昏時分，舒群在蕭紅家，與蕭紅聊天，蕭軍不在家。蕭紅見到程涓的到來，只是淡淡地接待了她，姑娘說明來意後就走了。第二天早晨，姑娘再次前來，想在離別前和蕭軍見上一面。蕭紅大約買菜去了，蕭軍與之隨便交談了幾句，聽見蕭紅回家打門的響聲，慌忙將一封信塞給程涓。這時蕭紅進到屋內，看到二人極不自然的表情佯裝沒有看見，姑娘搭訕著告別而去。回家後，程涓拆開信封，裡邊除一張信紙外，還有一朵枯萎的玫瑰花。雖然蕭軍在信中「絕無有一字涉及這朵奇異的玫瑰花」，但那朵枯萎的玫瑰花所寓含的弦外之音「當然也能明白一二」。

收信後的當天下午，程涓帶著自己的「戀人」一同到商市街，企圖證明她那「戀情是戀情，友情是友情」的理念，也消除上午蕭紅看到那一幕的誤會。她用俄語向蕭紅和蕭軍正式介紹：「這是我的愛人」。然而，程涓感覺蕭紅、蕭軍聽罷，「好像也心裡覺得委曲，不大起勁」。隨後，主人雖買酒在商市街餞行，但氣氛沉悶。

關於這段情感糾葛，程涓日後始終敘述自己處於懵懂、無辜的狀態。她在蕭紅死後寫了萬字長信〈蕭紅死後——致某作家〉公開這樣寫道：「我並非說我是一個矯情的人。相反地，我還是一個在情場中浮沉過的人，不敢說懂得情之眞諦，也自有我偏執的觀念。我總認爲男女之間是不能太隨心所欲的。所以對於任何人的感情也都是『發乎情止乎禮』，同時把情與欲的界限也分得相當嚴格。我總覺得『情』是一種高貴之極的東西。假使這個『情』要發出去是很不容易，既然發出去了，是絕不希冀對方有所報酬，好像打牌一樣，輸是名分，勝是意外。但『欲』就不可同日而語了。它只是向對方『要什麼』，若對方眞給了什麼，欲望已經達到，也就什麼都完了……因此，她（蕭紅）對於我的誤解，我認爲很痛心，不要說我從來未向你們表示過友情以上的言行，居然會要奪人之『所愛』。即在我熱戀過的情人中，也有是有過太太的，當我對他們的感情高升到九分九的時候，就自動壓制了。所以這樣做的緣故，是因爲我個性如此：同情另一女人命運的心勝過一切，絕不作『把自己的幸福建築在別人痛苦的身上』那樣自私自利的夢。也許你會嘲笑，『那樣你還是別和人發生感情的好』，但我要說：人總是人，能無情更好，若避免不了，則發乎情止乎禮，又有什麼不可呢？」

然而，蕭紅卻以女人特有的敏感，看出南方女孩當時雖有「愁」，但其中更夾雜著情竇初開的「興奮」，只不過因她的存在，來不及把要訴說的惆悵盡情說出，就「終於帶著『愁』回南方去了」。

Scene 89 / 99

蕭軍、蕭紅已經離開了商市街去了青島，蕭軍的學生王玉祥抱著蕭軍的寶劍站在他們房門口，他把電燈拉亮，燈光照著空空蕩蕩的房間，幾根木柴、曾被蕭紅畫過的蕭軍的那雙破鞋，還有蕭紅曾經喝水用過的那只破臉盆。工玉祥彷彿看到，蕭紅正戀戀不捨地撫摸著睡過的床，牆壁和地上那只破臉盆。

這是2012年的最後一天，哈爾濱的拍攝還剩下一週，整個劇組幾乎沒有一個人沒有感冒過，沒有發燒過，沒有被凍到過。

2013.01.02

Scene 68/75/78

商市街二十五號，對蕭紅和蕭軍來說有著重大的意義，這對流浪兒在哈爾濱開始有了屬於自己的「家」。當時中東鐵路哈爾濱鐵路局一個汪姓科長請蕭軍給兒子當家庭教師教授武術和國文，每月付酬二十元。不久，蕭軍與汪家商量不收學費，「房租與薪金兩相抵消」，由汪家給自己提供一個免費的住處即可。汪家隨即把一間半地下室的空房間免費提供給二蕭暫住。蕭軍從街上買回水桶、菜刀、飯碗等日常用具，還買回木柈和白米，簡陋的幾件傢俱稍加布置，家裡該有的便基本齊備了。蕭紅也開始當起家庭主婦，雖然大戶小姐的出身讓她對洗衣做飯非常生疏。聽說她第一次下廚，油菜燒焦了，白米飯半生不熟，但二人吃起來仍十分香甜。流落哈爾濱整整一年來，終於在這個城市有了落腳之處，享受著雖然貧困，但稍稍安穩的正常、向上的生活，讓蕭紅在哈爾濱這個城市有了一個追夢的起點。雖然暫時有安身之所，但如何度過哈爾濱漫長的冬天卻是巨大的挑戰，寒冷、飢餓的威脅無時不在。蕭軍當時同時做著好幾家的家教，但困窘還是常常讓二蕭陷於沒錢買米、買柴的境地。

Scene 68

這是2013年開工第一天，劇組拍到深夜。湯唯和馮紹峰在戲裡戲外喝的都是眞酒，不善酒的紹峰都硬給自己灌了不同的三種酒。作爲二蕭住所的西十四道街那間房子，是快要拆遷的危房，二樓，樓上不能站太多人，除主創人員外，大部分工作人員只能有需要才能上樓，其餘時間站在樓下等待。哈爾濱的夜風裡，紹峰帶著酒意哭腔的大吼穿透了整個院子，工作人員都被震得不敢動彈。這場戲結束，紹峰看著哭到不能自己的湯唯，不忍離去，走過去抱住她。許鞍華導演和王昱老師默契地在對講裡讓攝製組又打開了攝影機，對著還在相擁而泣的二蕭。

2013.01.03

Scene 80/46/79/99/40/42

「但我知道她不眞正欣賞我這個『厲害』而『很有魄力』的人物；而我也並不喜歡她那樣多愁善感，心高氣傲，孤芳自賞，力薄體弱，……的人，這是歷史的錯誤！歷史也做了見證，終於各走各的路，各自去尋找他和她所要尋找的人！……我愛的是史湘雲或尤三姐那樣的人，不愛林黛玉、妙玉或薛寶釵……」1978年蕭軍如是注釋。

「從來沒有把她做爲『大人』或『妻子』那樣看待和要求的，一直把她做爲一個孩子——一個孤苦伶仃，瘦弱多病的孩子來看待的，……由於我像對於一個孩子似的對她『保護』慣了，而我也很習慣於以一個『保護者』自居，這使我感到光榮和驕傲！」

作爲二蕭實錄文字的〈燭心〉，對這一切做了充分而坦率的敘述，明確指出，此前「冷漠」的三郎，見到蕭紅後，之所以剎那間改變主意，卻是因爲看到眼前落難女子寫在紙上的一首小詩還有半幅素描。

蕭軍的到來，讓蕭紅看到了重回世界的希望，她覺得自己等到了一個能夠拯救自己的男人。「像春天的燕子似的：一嘴泥，一嘴草……終於也築成了一個家。」蕭軍盡其所能給予蕭紅物質呵護，同時他也沒有忽視她作爲一個知識女性的精神訴求。1932年底，陳稚虞接替裴馨園編輯《國際協報》副刊，方未艾爲其助理。《國際協報》舉辦新年徵文，考慮到蕭紅一個人長時間待在家裡不免空虛、自閉，而舉辦方有熟人，蕭軍和周圍朋友鼓勵她動筆試試。不久，蕭紅以小說〈王阿嫂的死〉應徵，深得方未艾贊賞，發表在〈國際協報〉新年增刊上。蕭軍認爲這是蕭紅「從事文學事業正式的開始」。〈王阿嫂的死〉順利發表後，蕭紅重獲表達的自信，找到了體認自身價值的方式以及生存的意義，表達欲望因此點燃。緊接著，她將自己從懷孕被棄東興順旅館到產後出院這段噩夢般的經歷，於1933年4月18日寫成長達萬餘字的紀實散文〈棄兒〉。長春的〈大同報〉是僞滿洲國的官方報紙，副刊編輯陳華是蕭軍的高小同學。蕭軍把〈棄兒〉投寄給陳華，5月6日至17日連載於〈大同報〉文藝副刊〈大同俱樂部〉。這篇長文發表後，蕭紅寫作熱情高漲，一發不可收拾。

〈棄兒〉，這初始的寫作是蕭紅開始文學活動的第一步。這第一步同樣源自蕭軍的鼓勵與導引。寫作使蕭紅逐漸發現自己的天賦和熱愛，端木蕻良晚年憶及蕭紅對待創作的態度時曾說：「創作，是蕭紅的『宗教』，她經常流露出她對創作有一種宗教感。」

蕭軍在寫作上的引導與鼓勵，讓蕭紅獲得了一個寫作者的角色定位和實現人生價値的方式。寫作爲她贏得尊嚴，隨著大量文字在長春、哈爾濱的報紙上流傳，她的原名張迺瑩這個名字逐漸被人們淡忘，取而代之的是她給自己的筆名：悄吟。

「她單純、淳厚、倔強、有才能，我愛她。」蕭軍曾說。

2013.01.04

Scene 96/83

蕭紅安家商市街，房東家「三小姐」是與蕭紅是東特女一中的校友，日後她成爲蕭紅散文集《商市街》裡稱爲「汪林」的姑娘，她也是蕭軍眾多有感情瓜葛的曖昧對象之一。

她搬家到商市街的當晚，房東三小姐亦在弟弟的帶領下前來看望蕭紅。與蕭紅同校的她，對「張迺瑩」這個名字耳熟能詳，而且說從前差不多每天都能見到她本人；蕭紅比她高一年級，實則三小姐比她還大一歲。汪小姐漂亮時髦、引領時尚，抽煙、喝酒，俄語流利，心直口快。家境優裕、做派洋氣的汪小姐「少女風度」十足，相形之下蕭紅頗感自卑。在蕭紅的零星記述裡，汪小姐好像也參與了劇團和牽牛坊沙龍的一些活動。隨著交往的頻繁，她與蕭軍越發親近，可以隨便說些玩笑話。有一日，蕭軍見從外邊回來的汪小姐將夾在腋下的信件迅速塞進衣袋， 蕭軍便開玩笑說「大概又是情書吧」，對方不置可否地跑進屋裡，香煙的餘縷還飄散在門外。這些最平常不過的交往被敏感的蕭紅看在眼裡，常常不自禁地感懷身世。想到蕭軍那露骨的「愛的哲學」，不免隱隱生出焦慮和無奈。

直到有一天，蕭軍坦率告訴她有姑娘愛上了自己，並說那眞是少女的心思。而當蕭紅問起對方是誰，他卻回答說：「那你還不知道？」蕭紅極其苦悶、受傷的內心只有她自己最清楚，不無幽怨地想：「很窮的家庭教師，那樣好看的有錢的女人竟向他要好了。」不過，這位汪小姐最後和另外的人墜入愛河，蕭紅的情感煩惱暫告一個段落。

〈夏夜〉裡寫到夏天三人常常下午一起在松花江上划船，夜裡在院子裡乘涼聊天。汪林有訴說不盡的「少女的煩悶」，「我」卻瞌睡難耐，早早回屋睡下，院子裡就只剩下傾談的郎華和汪林。F

工作日誌

FILMING WORK LOG

資料來源／劇組提供

山西
SHANXI

2013.01.15

「警報解除，人們螞蟻似的又開始從各個洞窟，各個縫隙裡走出來，紛紛地向前面去集合。」蕭軍在〈從臨汾到延安〉文中這麼說。

這也是1938年山西民族革命大學的尋常畫面。那年，日本飛機隨時盤桓在山西腹地上空，日軍不僅在占領大同後舉行慶祝活動，更加快攻占山西的步伐。

劇組選擇在山西太原距離賓館二十六公里的店頭村拍攝這一場戲：日軍攻陷太原，還在山西民族革命大學的人們開會決定去留，蕭紅要離開，蕭軍要留下來打游擊，他們堅持了各自的選擇，兩人的路從這一刻起，漸行漸遠。

這也是朱亞文和王千源在劇中的第一場戲：朱亞文穿著褐色的皮衣，馬靴，戴著時髦的貝雷帽，臉色蒼白，棱角分明，話不多，只是悄然跟隨在蕭紅和蕭軍的身後，他是初出茅廬的端木蕻良；王千源則是儒生打扮，將近一百九十公分的身高，套著藍布長衫和圓框眼鏡，他是聶紺弩，蕭紅的良師益友。

2013.01.16

山西。太原。店頭村。晴。

飾演丁玲的郝蕾帶領團員走進土窯洞的前院，她帶著東北女人的直爽，連臺詞都念得鏗鏘擲地，這是蕭紅和丁玲的初遇，她們一見如故，丁玲的豪爽和蕭紅的內斂，是互補的，正如郝蕾的開朗和湯唯偶爾的侷促不安。

場景移到窯洞內，丁玲用線刮腳上的水泡，蕭紅別過頭去不敢看，丁玲對著鏡頭說：「當蕭紅與我認識的時候，是在春初，那時山西還很冷……。」

她們談心，說到長征，丁玲被一種理想主義的熱情所打動，蕭紅默不作聲，團員在木板床上翻身，脆弱的床板嘎吱響著。1938年的冬天，一切都變了樣。

2013.01.16

下午拍攝的地點依然在首日寒冷的窯洞。蕭紅和蕭軍為了去留爭執不休，蕭軍決定留下來打游擊，蕭紅的淚水無

ARC'TERYX

聲的流下來。丁玲團員躺在鋪上，聶紺弩在外屋，他們都安靜在黑暗的油燈裡。湯唯的淚水眞的掉了下來，浸濕了道具的枕套。

幾個躺在鋪上的團員，是在山西全程跟組的演員，他們躺在那裡，嘴裡唸唸有詞，是《突襲》的臺詞。1938年，蕭紅與丁玲等人爲抗戰寫了《突襲》的劇本，轟動西北。他們準備重新演繹這部戲，是《黃金時代》中爲數不多的戲中戲。劇本是完整的，演員是新鮮的。

2013.01.22

Scene 26

山西。磧口。晴。

丁玲、聶紺弩和蕭紅告別，他們要去延安。蕭紅送他們出門的時候，聶紺弩在門口，張開雙手，做出飛翔的姿勢，這是因爲他知道，蕭紅是一隻大鵬金翅鳥，她遲早是要飛的。

然而此時，她猶不自知。

2013.01.22

Scene 215

山西。磧口。午。

蕭紅和蕭軍將上演一場平靜的分手。飯後，場佈還在繼續，馮紹峰已經在客棧旁邊的欄杆上趴了半個小時。他穿著蕭軍的灰色大衣，望著眼前依然飄著浮冰的黃河，神色黯然。自從來到磧口，他甚至在私下一句話都沒有和湯唯說過。他的微博寫道：愛一個人，就是拯救一個世界。然而眼下，他拯救的世界建立起來了，他自己的世界卻快要坍塌。

導演喊了開始，他在院子中間洗著臉，蕭紅過來說，三郎，我們永遠分開吧。他平靜的說好。若干年後，老年蕭軍回憶起這次分別，說它平凡而又了當，沒有任何廢話和糾紛就確定了下來。

馮紹峰身體裡住的蕭軍，在蕭紅離開後，端起臉盆，突然就將　盆水澆在了自己的頭上，水珠灑滿了全身，鏡頭上和話筒上都沾了水，現場的人大吃一驚，梳化服急忙上前吹頭和吹衣服，他默默地看著遠方，站得筆直。此時的

他，就是蕭軍，一個剛強的男人，被觸碰到了內心最柔軟的地方。

導演默默地看著監視器，一句話也沒有。

2013.01.27

磧口。晴。

王千源和湯唯讓道具組在酒壺裡裝上真的白酒，邊喝邊聊，湯唯帶著哭腔說，女性的天空是低的，多麼討厭，這種長期無助的犧牲狀態中養成的自我犧牲的惰性。她愈演愈真，就快要掉下淚來，導演悄悄讓人將酒壺裡的酒換成了水。

聶紺弩讓蕭紅一起去延安，蕭紅說端木膽小懦弱，自己又害怕在延安遇見蕭軍。此時的二蕭離正式分手，只剩下一句話的距離。

狹小的空間裡擠滿了人，磧口的晚上陰冷，巷子裡一片寂靜，遠處沒有任何光源，偶爾的犬吠聲，瞬間就傳遍了片場，旁邊的民居裡，咿咿呀呀的唱戲聲傳出來，門一開一闔，吱呀作響。成就蕭紅的，或許不止是那些同時代的文人，還有民國的水土風情。F

工作日誌

FILMING WORK LOG

資料來源／劇組提供

北京
BEIJING

2013.02.01

告別了山西的塵土，劇組回到北京。

第一天的拍攝地點在景山，崇禎皇帝曾在此自縊，如今此地已車水馬龍；旁邊就是筒子河，東南角樓，是1930年的北平。蕭紅和陸哲舜各自拎著一口柳條箱，神采飛揚的走過來，一陣風鼓蕩起他們的衣衫。他們朝鏡頭燦爛一笑，驚鴻一瞥似的一閃而過。陸哲舜是那種陽光青年，未經風霜，驕傲自信。這是宋寧的第一天演出，他鼻樑高挺，眼睛細長，穿著藏藍色的中山裝，一副未經世事的學生打扮。

天還未亮，雪也未化，四處都帶著古老京城的微薄寒意，眼前是一片深藍，映在雪地上，彷彿看到各種設備的倒影，剛開始拍攝，突然就起了風，原本準備的風機也不需要了，導演說，這就是天意。

2013.02.06

Scene 8

北京。中影懷柔影視基地。

1930年冬天，蕭紅租住的四合院，西邊的廂房裡，第八場的景正在佈置。這年，蕭紅剪了男子一樣的短髮，她擺好姿勢，留下了唯一一張穿著男士西服的照片。那時她尚且在呼蘭河，正準備和表哥陸哲舜逃離到北京。F

工作日誌

FILMING WORK LOG

資料來源／劇組提供

武漢
WUHAN

2013.02.14

武漢。同仁里。棉花大王故居。

大年初五。四處還瀰漫著鞭炮的味道，沒有回家的人，在劇組和導演度過了難忘的年夜，很快又進入工作狀態。

江城武漢，帶著南方城市特有的潮濕氣息，街道里弄都泛著老舊的調調，人的嘴裡說出來的話，都像崩豆一樣，一字一字，跳著出來，連成串，還帶著轉音。水是武漢城市的根，不同於濟南的小氣泉眼，也沒有沿海的一望無垠，就是一條江，沿著城市的所有脈絡，直端端殺下去，把古楚國的巫覡文明和民國時期的紫磚灰瓦，嚴絲合縫地接連起來。

同仁里的棉花大王故居，離劇組住宿的賓館只有五分鐘的腳程，緊靠著碼頭，是第一天的拍攝地。

天氣預報說武漢七度，天空灰濛濛，下起了小雨。

下午的戲在室內，燈光師郝峰突發奇想，在玻璃上貼滿黃色的濾紙，光從室外打進來，蕭紅和端木的臉上都籠罩了一層昏黃的光，機器架在搖臂上，從空中搖下來，突然有種聖潔的感覺，彷彿蕭紅在天上看著所有人，看著湯唯寫字，看著她抽煙，看著她內心的惶惑不安。湯唯極度入戲，休息時，她坐在書桌前，眼睛盯著手中的筆，不停的寫著什麼，許鞍華讓人不要打擾她，直到她安靜的寫完：魯迅先生的笑是明朗的……。

另一場戲。蕭紅穿過巷子去找梅志。下午四點四十，湯唯換上初春的旗袍，打著淡黃色的油紙傘，手裡拎著小坤包，在鏡頭裡越走越遠。咸安坊的牌樓讓畫面有了立體的空間，她的墨藍色旗袍在雨中，隨著身形左右搖擺，霧濛濛的光線，讓人想起戴望舒筆下，穿過雨巷的，那個丁香一般的姑娘。

2013.02.15

Scene 238

武漢。同仁里棉花大王故居旁，拆遷的幾棟樓房被打造成戰亂後的廢墟。廢墟的佈置花費近一個星期的時間，在原本拆遷的基礎上，調來挖掘機，挖了兩個彈坑，用黑漆噴地上的石子。道具組在廢墟就地取材，撿許多破扇子、破凳子準備扔在磚石堆上，還找到了一塊靈芝和一整瓶白酒，道具趙猛拿著酒瓶子往石堆上一摔，就有了現成的碎玻璃。

1938年的夏天，回文協的路上，蔣錫金埋怨蕭紅花錢大手大腳，蕭紅卻認爲，幾塊錢，在逃跑的時候並不起什麼作用。此時的武漢已經戰火紛飛，所有人都想著逃離，轟炸過後，大量的流民在廢墟裡，面無表情，或許他們已經習慣了這樣的日子。

開拍後，場務在廢墟後點起煙筒，黑色的濃煙冒出來，四個方位都有人放煙，兩台攝影機架在廢墟的前面，一台架在搖臂上，一台放在軌道車上，木質的電線桿傾斜在攝影機前，地上被點了火，除了沒有人哭喊，戰爭的淒慘景象直逼人心。廢墟上坐著三兩個警察，兩個女人躺在地上，身下都是石頭磚瓦，身上不停被蓋上了門板和木條，旁邊的人笑道，這樣演下去，回去身上都膈傷了。

之後拍攝蕭紅坐在黃包車上遠去的場景，她拿著鋪蓋捲，懷著身孕，硬是去文協住了下來。當時蔣錫金等人詫異非常，爲何端木先走，讓懷著孕的蕭紅留下，後來的一次訪談中，老年端木解釋說，他們當年只買到了一張船票，蕭紅認爲自己懷著身孕，不方便讓羅烽他們照顧。然而去文協讓蔣錫金等人照料，和讓羅烽等人陪伴，有何區別呢？蕭紅是個太敏感而有主見的女人，端木是個膽小而懦弱的男人，她的選擇，或許只是爲了短時間的避開端木。

湯唯肚子上包著孕包，隆起如八個月，她坐在黃包車上，車夫拉得平穩，導演許鞍華只好讓湯唯自己做出顛簸狀，還開玩笑的告訴車夫，千萬別把我的主角摔了。黃包車是今天臨時決定的選擇，原本劇組在黃包車和滑竿之間猶豫許久，甚至試戲時還在使用滑竿，後來有人提醒滑竿其實是川地爬山常用的工具，導演便果斷放棄了滑竿，選擇黃包車。

2013.02.18

Scene 231

武漢。十八號碼頭。

這是劇組開機以來的最困難的一天。三百九十七位群眾演員的流動場面，讓每一個人都撐足了精神。

凌晨四點二十，所有演員來到現場，張梅林和羅烽在逃難的人群當中，引頸眺望。他們在等待蕭紅。然而拎著行李擠在人群中的，卻是端木，他在這種時刻依然衣衫得體，毫無不潔，小竹棍還在手上拿著。在梅林和羅烽詫異的眼神中，他走到了他們面前：「只有一張船票了，蕭紅讓我先走。」洶湧的人潮將他們裹挾而去。

開到岸邊的船是「公主號」，一艘已經退役的客船，船艙裡裝潢依舊，牆上貼著斑駁的老照片，顯示過往輝煌。

攝影機佈置完畢。一台架在大搖臂上，搖臂架在碼頭上，另一台架在三米高的箱堆上，木箱是道具準備的，裡面中空，人在上面稍微一動，機器就搖搖欲墜，三個人緊緊扶住機器，後面的人緊緊扶住箱堆。

一喊開始，群眾像水流一樣湧到船上，將張梅林和羅烽等人擠到公主號上，男人拿著大包小包，女人尖著嗓子喊叫，老者勸架，小孩哭鬧，一副活靈活現的逃難景象。

收工時，導演慢慢走上碼頭，她膝蓋凍傷，剛抽了積水，走路總是步履蹣跚，卻還是堅持自己走上漫長的臺階。

2013.02.19

長江九號一早就停在碼頭，上午九點一刻，船駛離了碼頭。

1938年夏，正是蕭紅懷孕快足月的時候，她的身形更加明顯，攝影機架在船沿，湯唯忍住寒冷，唸出蕭紅的心聲：「我沒有一個自己的朋友，我的朋友都是蕭軍的……」然後突然明朗起來，找張梅林要入川的船票，要和這幫「蕭軍黨」一起走。儘管她終究未能和他們一起走成。

船在江上來回打著轉，開了兩個多小時，換了三個機位，停在了另一個碼頭，下了船，眼前是一艘斑駁的老船，船身上的白色油漆斑駁如同老舊的照片，讓人分不清楚是錯覺還是眞實，只隱約認出「人民一號」幾個大字，有人說這是一艘參加過戰爭的老船，於是船艙內連狹小的巷道都充滿了陳舊的味道。下午的戲是蕭紅蕭軍以及張梅林在船艙裡，蕭紅乾嘔，蕭軍給她拍背，1934年，已經四處是轟隆的炮火聲，每個人都倉皇逃命。

船的側身有圓形的出水口，導演讓紹峰往外看，場務朝船身灑水，一下子潑在了紹峰臉上，導演哈哈大笑，說，戲有了。

導演想要暈眩感的鏡頭，停的安穩

的老船無法動彈，只得用攝影機的搖晃換得效果，船外的三架燈被鬆了架子，工作人員舉著沉重的燈頭，一上一下，試圖製造眩暈的光感，三條之後，他們的手臂都酸得舉不起來。

2013.02.20

武漢。港申碼頭。陰。

爲了在傍晚帶著密度拍攝蕭紅在宜昌碼頭摔倒的戲，今天的拍攝從中午開始。天空依舊是陰沈沈的灰色，前幾天的雨水浸透了碼頭肥沃的河泥，和著岸邊新長出的草芽散發出一股甜腥味。旁邊的軍港不停的有船進進出出，船隻攪起的浪花不斷的拍打著鏽蝕的躉船。深綠色的棧橋孤零零的架在中間。這是戲中的「民本實業碼頭」。

1938年，蕭紅懷著八九個月的身孕從這裡坐船去重慶，在黎明時分走向碼頭乘船，卻不小心在濕滑的棧橋上滑倒，人和箱子翻倒在地，四周一個人都沒有，自己也無力翻身。於是只好在這個冰冷的棧橋上躺著睡到了天濛濛亮。直到一個被炸斷一條腿的國民黨老兵拄著拐杖捅醒了她，才把她救起來。

劇組爲這場戲請來了香港的武行進行動作指導和設計，以便在狹窄的棧橋上做出一個適合攝影機角度又保證演員安全的動作。副導演們和武行在棧橋上做了多次測試，最終決定將劇本原本描述的被纜繩絆倒，改爲在棧橋上滑倒；同時爲了避免演員摔倒時傷到自己，服裝上特別準備了厚實的衣物。置景也專門在表演區域用海綿墊和橡膠皮製作出以假亂眞的回力膠假地面，讓演員踩在上面，地面不至於塌陷，摔倒時又跟倒在席夢思上面一樣。

劇中駛往重慶的客輪是「江裕號」，這艘船由武漢港一千兩百匹馬力的大型拖船改造而成，全長將近三十多米，能拖動長江上的千噸巨輪逆水而上，隨著它一聲高亢的汽笛，蕭紅帶著無限愁思的心緒孤獨一人前往陪都重慶。

氣溫一點點降低。湯唯已經在冰冷的棧橋上摔倒了無數次了，導演對鏡頭的苛刻要求，加上湯唯對表演狀態的無限追求，讓這個短促的瞬間一遍又一遍的重演。當湯唯看到監視器上重播的自己躺著的畫面，悄悄小聲說了一句：「我看到這個鏡頭，都想哭了。」F

工作日誌

FILMING WORK LOG

資料來源／劇組提供

上海
SHANGHAI

1934年12月19日，魯迅先生在日記裡這樣寫到：「晚在梁園邀客飯，谷非夫婦未至，到者蕭軍夫婦、耳耶夫婦、阿紫、仲方及廣平、海嬰。」

谷非夫婦代指胡風、梅志；耳耶夫婦是聶紺弩、周穎；仲方是沈德鴻，字雁冰，別名仲方，筆名茅盾。如此隱晦記載，是因爲此時上海政治敏感，除了各國租借地之外，就是國民黨統治區，國民政府採取高壓政策，魯迅遭通緝四年，過著半地下的生活，加上他又是文壇領袖，在文學流派眾多、論證筆戰不休的上海，處於風口浪尖之上。

梁園豫菜館對於風暴中的魯迅而言，是個難得的愉悅之地。這家開業與1920年的河南菜館，本名「梁園致美樓」，在三十年代的上海頗有名氣，魯迅雖是江浙人，平日也多以江浙口味居多，但他對河南菜似乎頗感興趣，尤喜這裡的酸辣湯、炸核桃腰、溜魚焙麵、桶子雞等，在魯迅先生逝世前兩個月，還爲吃到這裡的扒猴頭而欣喜。因此魯迅常在這裡設宴，飯店老闆因魯迅是滬上名人，也給他打開方便之門。

1934年12月的這一天，魯迅邀請蕭紅和蕭軍赴宴，一是爲了給胡風幼子做滿月，更重要是，知道這對年輕人初到上海，生計不佳，介紹他們認識朋友，期望能打開兩位東北年輕人的交際圈，希冀他們有機會多寫些文章，此時的魯迅已經看過二蕭文章，知道他們才華。

如編劇李檣所寫，這一晚的桌上「都是可以隨便談天的」人，他們更是一群曾經影響中國文藝走向的名字。

早在籌備之初，梁園豫菜館就是美術、製片最頭疼的景之一。

原本木建築的梁園致美樓，是典型兩層中式建築，一層爲烹飪、大堂，二層雅座，但這種建築如今遺留不多，勉強保留下來的經過現代化改造也早已面目全非。2012年七八月間，外聯製片就踏遍上海各種飯館，但導演都不滿意。最終選在楓涇古鎮一所農家菜館唯一的包間。這處典型江南中式宅院的包間爲四方結構，西北方各有一門，西接宅院、南通窄廊。院內苔蘚黏角、綠植繞牆；宅廊東西走向百步、僅可一人通行，廊壁石窗疏隔，光影婆娑、變化莫測。如此移步換景的所在，空間結構多變、光線每每不同，且老闆願意耽誤生意提供給劇組使用，對《黃金時代》再幸運不過。

選景既定，導演對於這場戲依然惴惴不安，扮演茅盾的張魯一和扮演周穎的張瑤初次亮相；王志文從未與王千源對戲；蕭紅蕭軍又要表現初遇文壇前輩的欣喜與不安；海嬰的扮演者是個孩子，當天開工早，他如何能適應這一群成年人……每個未知都是定時炸彈。

最難在於要拍出這場戲的「feel」。這是一群文人，每個人各有不同，但彼此熟悉，他們在一起時想必有著默契、愉悅但又不同於酒肉之情的輕鬆，可這些演員彼此並不熟悉，劇組也沒有條件讓他們早早入組先行熟絡，只能押寶他們的專業和本能。

當一聲「開機」響起，攝影機從王千源（聶紺弩）的特寫搖入屋內，海嬰自顧自玩得起勁，張瑤（周穎）隨意跟丁嘉麗（許廣平）聊著家常、點起煙，張魯一（茅盾）入畫摸著海嬰頭遞上蘋果，進而自顧自抽起煙來……王志文（魯迅）一入，大家恰到好處的點頭、微笑……丁嘉麗出門迎來湯唯、馮紹峰，「二蕭」緊張落座，不一會放鬆下來……那麼恰到好處，自然的讓人渾然忘記這是2013年的楓涇，而以爲是1934年的漢口路（梁園所在地）。

當天收工後，許鞍華說：「這眞是一件神奇的事！」當初在哈爾濱拍畫室的群戲，初次見面的演員們一見面就默契異常，今天又是如此。讓人想起劇組一句玩笑話：「蕭紅在天上看著我們呢！」——《黃金時代》三個多月的拍攝簡直有如神助，要雪得雪、要雨有雨，順利得讓劇組覺得奇異，故有如此調侃。

III

屋子裡的拍攝安靜進行著，現場最讓副導演和場記、道具頭疼的，是一天都是吃飯的戲，八個人每雙筷子、茶具、餐具、酒杯、煙灰缸、菜肴多寡、椅凳方位，都得連戲（跳拍好幾場戲在同一景），搞得場記和副導演焦頭爛額。群戲也就罷了，還拍群戲吃飯，大家只能默默在心裡吐槽編劇李檣老師了，眞是敢寫。可組裡大多數人，又都是衝著許鞍華、李檣而來──他們的東西有品質保證。也就只好認了，收工時抽上一根煙，一切就過去了，拍電影歷來如此，如庫布里克所說：「電影是解決問題的實踐」，有煙頭的問題、有吵鬧的問題、有打燈沒有位置的問題……但所有問題，比不上拍一部好電影重要，於是所有的問題，也就不是問題。F

訪談錄（節選）

INTERVIEW

資料來源／劇組提供

收錄

【編劇】李　檣

【導演】許鞍華

【演員】湯　唯（飾蕭紅）　田　原（飾白朗）
馮紹峰（飾蕭軍）　袁　泉（飾梅志）
郝　蕾（飾丁玲）　王千源（飾聶紺弩）
朱亞文（飾端木蕻良）　沙　溢（飾舒群）
黃　軒（飾駱賓基）　王紫逸（飾張梅林）

編劇

李　檣

為什麼寫蕭紅

・一個藝術家永恆的命題：你的生活是成全了你還是阻礙了你？

李檣：蕭紅本來也是我比較喜歡的現代文學的作家之一，提起這個項目是許鞍華導演特別喜歡她，其實在我們合作第一部劇《姨媽的後現代生活》之前，她就跟我提過蕭紅的，然後第二部合作的就是蕭紅；她一直覺得蕭紅的作品，包括她的命運，跟別的作家不一樣。很多作家的身世和作品是不能合而為一的，畢竟一個是虛構的東西，一個是眞實的經歷。但是蕭紅似乎是作家裡面最例外的，她的作品跟她眞實的經歷是重合的，她是非常罕見的一個作家，她寫的也實際上是她發生過的東西，她的作品與人生之間的界限已經融合了，所以她是特別罕見的一個作家，就是我覺得很「誠實」，這個誠實是帶引號的，也是一個不帶引號的誠實的意思。許導演找我寫關於她的影片，我很有興趣，就接了這個戲。當時我問許鞍華導演為什麼要拍蕭紅這個電影，她說最主要的原因是，蕭紅在生活中與愛情的關係以及她的創作力讓人覺得有意思。她說蕭紅三十一歲就死了，經歷了很多段感情，然後也天才般的寫作，在那麼短的有限時間裡寫了一堆東西。許導演說，如果她的愛情不是這樣的一個遭遇，或者說她對愛情不是這樣的一個態度，作品會不會更多？就是說她的愛情和命運是使她成為一個剛好的寫作動力呢，還是阻礙了她的寫作？

導演覺得這是很多藝術家都會碰到的命題，非常具有普遍性的東西，就是：你的生活是成全了你還是阻礙了你？蕭紅身上特別明顯，因爲她英年早逝，在短短的三十一年裡經歷了很多人一生都不見得能經歷的東西：戰亂啊、愛情的顛沛流離，對理想的追求、政治的變革、動蕩的人生……，反正她是濃縮一生精華的人，三十一歲就把很多人很多年要經歷的東西，幾乎都經歷了。所以她的人生既是傳奇的，又是非常樸實的具有普世價值的。

所以她是非常有趣的一個故事，不只是蕭紅，她命運中所經受的命題似乎跟每個人都有關係。無論你有文化沒文化，你是男人是女人，好像她經歷的問題我們都有共鳴，好像是一個人生的濃縮精華版一樣。

歷史是什麼

・歷史是任人紛說的

李檣：其實我覺得人無論在什麼時代，人的命題大概是差不多的，就是要對時代進行單獨思考。閱讀的過程中，我想民國到底是什麼？民國是被別人述說的，基本上你對民國的接觸都是二手、三手、四手的資料了，因爲那個時代已經煙消雲散了。

那個時代只是當事者他們的感受，歷史應該是任人紛說的一個過程，即使身在那個時代，那個時代到底是什麼樣子，我相信每個人的感受也不一樣。所以我寫蕭紅這個年代，我只能通過閱讀，尋找我對那個時代的感受。因爲我沒法把一個公共的感受呈現出來，因爲這個公共感受是由個人的心理歷史組成的。所以我只能寫我感受到的那個時代，以及蕭紅他們有可能感受到的那個時代的樣子。我沒有特別覺得這與寫當代戲有本質的區別，因爲即使現在再想70年代或80年代，只要是在你生活中流失的時光，那個時光已經是一個比較主觀的記憶了。即使我寫《孔雀》那個時代，也有我對那個時代主觀的一種思考和對它的一種自我的認知。

經歷過和沒經歷過，我覺得最終都是殘存在你主觀經驗當中的一種東西。一個經歷過的時代和沒有經歷過的時代，其實就是分兩種，一種直接經驗和間接經驗。我們身處一個時代的經驗，很多是間接經驗的，有時候間接經驗是轉化爲直接經驗的，我覺得這裡面有一種很微妙的辯證關係。

通過閱讀和我對那個年代的感受，我覺得最後寫的時候，那個時代基本上像日常的焰火一樣，已經在我的身邊了。而有時候我經歷過的一些東西，我發現都是經過自己主觀記憶選擇的，是你願意記住的，那個東西也是被篡改過的，所以我不覺得有特別本質上的區別。

‧歷史是由很多永遠揭不開的秘密組成的

李檣：你所身處的時代，你只代表你主觀的私人視角對歷史的解讀，而那個歷史的全貌不會因爲你是親歷者而盡情的展現，或者一覽無遺的在你身上呈現。就是你也不可能成爲一個歷史的最正確和唯一的見證者，你是恒河之沙，是無數親臨那個時代當中的一個非常微小的這麼一個視角。那對過往的時代呢，我們所謂的歷史是什麼？歷史其實是不能還原的，是根本沒法還原的。唐朝是什麼樣子？或者說民國什麼樣的？甚至沒有經歷過文革或者沒有經歷過50年代運動的人，現在他們所認知的那個時代，其實就是兩部分，一個是野史的東西，就是私人記憶；一個是公共意識形態的記憶。也是通過這些來組成對歷史的認知，其實歷史是由很多永遠揭不開的大的小的秘密組成的，你很難看見眞相，你看到的都是表象的東西。我認清這個，去寫《黃金時代》的時候，我就沒有再堅持用以往寫人物傳記的寫法，我希望把這個歷史觀帶到電影裡面，不是單純的還原一個民國啊、旗袍啊之類的東西。

・我們每個人都是隱姓埋名的人，連我們自己都不知道我們自己的真相

李檣：《黃金時代》有一場戲，是蕭紅在香港快彌留之際，跟駱賓基有過一段談話，這當然不是蕭紅寫的，是我寫的，就是我是託了蕭紅之口，說了這個人物核心的一段話。她說：「駱賓基，我在想我們每個人都是隱姓埋名的人，我們並沒有人能知道我們的眞相，連我們自己都不知道我們自己的眞相。」就是誰都是隱姓埋名的人，她說「若干年後我不知道我的那些作品還有沒有人翻開，但是我知道我的緋聞將永遠流傳。」我覺得恐怕這就是我寫人物的一種觀念，別說歷史人物，生活中一個眞實的人，每個人都是隱姓埋名的人，別人或者知道他們一部分，但不可能知道他們全部，連他自己也只知道自己的一部分，或許這種知道還是主觀認知的錯誤，就是他自己是什麼？人從哪兒來？從哪兒去，究竟怎麼樣？這個大的人類原始性終極的話題，和個人的這種結合，就是人既可知又不可知，但是處在這種否定之否定當中的觀念。

假裝眞實的扮演一個歷史人物，哪兒都像，化妝也像，難道他眞的就是那個人物嗎？我覺得這是徒勞的。你特別想接近一個事物的本來面目，有可能你反而更不接近或更接近虛無，其實它是一個悖論。所以電影會有客觀的呈現，也有被客觀否定過的一種呈現，也有主觀的呈現和對主觀否定一種呈現，也有主客觀互相抵消也互相融合的這麼一個過程，它有很多種視角在裡面。

《黃金時代》如何解構歷史

・不是還原，而是告訴你我力爭還原

李檣：我們拍歷史題材的東西，老是力爭還原，應該怎麼喝茶應該怎麼禮儀應該什麼樣言談方式，就是老是力爭還原一種外在的、所謂公認的、一個意識化的或者準確性的東西，然後就很累。比如還原一個人物，儘量博採眾意，把這個人物還原成什麼樣子的？有各種說法，然後我們就會聚在一起

考證這個人物究竟是什麼樣子的。後來我在想，在我的認知裡，人和歷史是不可復原的，這是我對以往傳記片歷史片區別非常大的一種個人態度。你弄的細節再像、質感再像，那個時代眞的是這樣嗎？我覺得很虛妄，他並不是眞的就可以達到這個東西，無非就是外在很像，那也是物質的東西，而精神層面的東西你是根本不可能復原的。

我這種對歷史虛妄的觀點，使我找到了寫作《黃金時代》的辦法，就是說我一定要把這種虛妄性帶到電影裡面。我不是還原，我是告訴你我力爭還原，還原裡面是有主觀性也有矛盾性，也有虛構性的。所謂歷史是這樣的，其實帶有一種對歷史的態度，找到這個結構。我的結構是對那個時代進行一種解構，就是我要讓觀眾知道我們是在扮演這段歷史，這個歷史是由我們扮演的，但我們力爭扮演的很像，這樣觀眾接受它的時候就不是一個完全的被動者，一個觀察者，他會迫不得已的進入一種被動的思考當中，因爲你在扮演一段歷史給他看，並且他知道你在扮演。

那同時他就會像你一樣思考，歷史爲什麼會這樣？因爲不可複製，包括塑造蕭紅，有很多人心目中的蕭紅，也有我們猜測中的蕭紅，也有我們通過她的作品力爭復原她的蕭紅，也有她自己不知道自己的蕭紅，多個層面形成一個人物。這裡面具有極大的主觀和客觀互相交融的過程，我認爲這是一個更科學的人物觀和歷史觀，我是這麼想的，所以他不可能是平鋪直敘的結構。

・每個人物直接對著鏡頭講述的間離效果

李檣：每個人物對著鏡頭去講述，形成了一個對於假定的眞實性的破壞。觀眾會說，啊他怎麼就跟我說了，並且他在戲外。這一層意思首先有一種在表演中的意思，打破表演，讓觀眾有好多心，剛要投入這個虛構性的時候，又被眞實性打斷了，然後剛認爲眞實的時候，虛構性又進行新的一個輪迴。

但是這個間離效果好像跟戲劇的間離效果不完全一樣，因爲戲劇的間離效果是跟眞實在場的觀眾進行人與人之間的交流，你在現場，你是一個活人，你在一個眞的舞臺上演出，公眾也是一個眞的活的人，在一個眞實空間裡面觀看你的表演，這時你由一個角色變換成一個演員跟觀眾說話，這真實性的建立觀眾是一對一能感受到的。但是電影不是這樣的。因爲你看到螢幕中的這個人，在慣常意義上來說，你知道是拍出來的是假的，雖然他復原了現實世界。電影是假的，但是你會把它當成眞的去看。那戲劇是你知道一個眞實的人在演一個假的故事，它跟電影是挺背道而馳的，所以這個間離跟戲劇的不一樣。因爲電影中的這個間離並沒有演員脫離角色直接跟觀眾互動，沒有。他雖然透過鏡頭講述，你發現他仍然是那個歷史人物，他仍然是歷史，而戲劇舞臺上的已經不是了。

蕭紅的虛擬性怎麼處理？當她望向鏡頭的時候，這個虛擬性就出現了，她一下就突圍出來了，她就不在自己的故事情景和傳記情景當中了，她是面對觀眾，讓觀眾見識到，你看我是蕭紅，我同時是演蕭紅的那個演員，我是這個歷史人物，我這會兒面對你的時候，我又是一個非常主觀的歷史人物。我們扮演眞實，眞實又解構了這個扮演，它裡面有一種不斷的解構、肯定和否定，否定和肯定之間輪迴的這麼一個態度。

・閃回套閃回，打破時空的線性關係

李檣：《黃金時代》裡的閃回打破了時間的線性關係。我們老認爲所處的時空是線性的單一時空，其實哪怕是三維的呢，可能還有四維、五維、六維的都有可能性。他經常會在當下，就是這樣。《黃金時代》裡面用的閃回，是閃回套閃回，並不是慣常電影的閃回。比如電影的第一幕就是呈現這種主觀性：蕭紅自己對著鏡頭說我是蕭紅，我幾幾年出生在哪兒，我病逝在哪兒，我享年多少歲。就像自己跟自己開個追悼會一樣，這個是超時空的。

・《黃金時代》是對既往歷史片的質疑

李檣：《黃金時代》這個影片，當然是寫人也是寫一個時代，這電影是對很多年的人物傳記影片或者描述歷史事件的電影呈現方式的一個巨大的質疑，《黃金時代》是質疑這些電影的。一個歷史人物其實是眾人打造而成的，即使是人物自傳，也是經過主角加工過的有著過強的主觀性；他人作傳，由於受歷史資料的辯證能力、寫作視角、作者自身情緒的介入太多等各種影響，以及寫作者對歷史價值觀的取向，都會使他所寫的歷史人物有所偏差。

由此而言，一個歷史人物一旦進入傳記領域，他的眞實永遠不是絕對的，這種眞實只能是傳記作者在各種創作過程中表現出來的眞實，而不可能是歷史人物唯一的眞實。但是以往傳記片的電影都是經過寫實的史詩和虛構的結合，呈現他們所認爲的符合歷史人物的故事。而《黃金時代》眞是要打破這個創作道路，將眞實虛構質疑並置在故事當中，然後眞實虛構質疑成了故事的主要內容。

這電影在談這個東西，不單純只是寫蕭紅，我只是藉這題材展示這樣一種態度。不進行這種層次思考的人去看故事也可以的，但是你願意對這個歷史人物和歷史事件本身進行更多思考的人，你也可以在裡面看到一種歷史觀或者對人物視角的這麼一種處理。

作為一個作家的蕭紅

・如何書寫一個作家

李檣：當你寫一個作家，她的作品是她人生最主要的組成部分，甚至說她最眞實的東西可能都在她作品當中，或者說她最不眞實的東西也在她作品當中。所以都說，一個作家，無論什麼樣的文字，都是他的某種傳記。文字，她的作品組成了一個作爲作家的蕭紅相當大的比重，她又是爲寫作而生的一個人，寫作占了她特別大的一個分量，我必須在電影裡呈現她的代表作，否則你只是寫一個人物的眞實生活傳記，它不足以呈現出此蕭紅和彼蕭紅的區別。這是說，「不是個作家的蕭紅」和「是作家的蕭紅」，她們本質上是不同的。她是個作家的蕭紅，那我就一定要在影片裡面呈現她代表作的某些段落，讓沒有讀過她作品的人，也可以從影片裡面獲知她作爲一個作家的價值和她作品的某種風貌。

但是這很難，因爲文字就是文字，它不是影像。我在《黃金時代》這部電影裡還是把她非常著名的幾個代表作的一部分都融入進去了。比如她的《商市街》、《呼蘭河傳》，還有她跟蕭軍的大量書信，這也是組成她很重要的史料的一部分，這些幾乎都在電影裡呈現了。

所以她的作品對我來說是非常重要的，並不是說我怎麼處理《呼蘭河傳》和處理她的作品或者怎麼看待她的作品，而是我必須首先把她的作品搬到螢幕上，呈現出她的文字，這是必須要做的第一個工作。至於我個人喜歡她哪部作品，這並不是特別重要的。我寫她的時候，並沒有對她的作品進行過多個人化的研究，我會把這些作品都當成組成她血肉之軀的一部分來看待。

‧蕭紅vs.張愛玲

李檣：我覺得她倆首先都是天才，都是很早年間就創作出非常成熟的作品了，直接來說我覺得蕭紅的作品更有力量，更泥土更大地。然後更直接，更熱烈，更滄桑。我覺得她是泥土的，她有點像野生的東西，就像野生的某種植物在一個大的天地裡自生自滅的這種感覺。蕭紅的東西更天然，她的作品，好的東西非常好，有些東西很粗陋，是泥沙俱下這麼一種感覺。

‧蕭紅vs.丁玲

李檣：其實丁玲也是一個非常好的女作家，只不過個人的價值選擇不一樣，丁玲自己說過，她願意放棄純粹的文學寫作，而用她自己的人生書寫一本大書。她覺得一個作家投身到時代的洪流當中是更有意義的，勝過作爲一個單獨的作者去寫作，她認爲寫作對她來說是個小事情；她對於意識形態的熱情，多於對文學本身的熱情。可是蕭紅是一個把寫作當成時代洪流的人，她是在寫作當中尋找自我並獲得安全感，靠寫作抵禦人生給予她那些不能承受的東西的人，寫作成了她所有的支撐，成了她有限的天地的這麼一個人。她一生在尋找一個寫作的環境，尋找一個能夠讓她安心寫作的生活方式；而丁玲是不把寫作當成一回事的，寫作只是她的一種工具，或者是她追求理想的一個非常微小的部分。她們的才份可能都很高，但是對寫作本身的價值觀的不同認知，導致她們有一種非常反差的選擇。

文學是蕭紅唯一的或者最重要的一種追求，可是丁玲已經不是這麼認爲了。丁玲是時代的一棵大樹，她要設身處地在裡頭參與其中，用她自己的身體書寫這個時代大的著作，她是一個熱衷於政治和意識形態的人，而蕭紅依然是個人主義的文學寫作者，這就很明顯的就是兩個完全不同的人，她倆的不同除了性格上的不同，更多的是世界觀、價值觀、人生觀是完全不同。

愛情既成全了她，也銷毀了她

・蕭紅與蕭軍：彼此的締造者

李橋：蕭軍欣賞她的才華，從她身上看出很罕見的寫作天分和藝術天分，然後因爲才華而去愛她，蕭軍和那些朋友促成了她才華的爆發。他們就像點燃蕭紅寫作的煙火的人，就是把那個炮杖的那個捻兒給點燃的人，蕭紅借助於他們，借助於蕭軍變得很絢爛。但蕭軍既成全和促進了她的才華，同時也因爲她跟他之間這種非常痛苦的愛情，使她成爲一個非常抑鬱，甚至於有一些委頓，消磨了很多時光的人。很難想如果她不碰到蕭軍，她的生涯是怎麼樣的？就是她跟蕭軍並不是慣常意義上的男女相會，而是因爲寫作。她的愛情跟她的文學寫作是合而爲一的，蕭軍恰巧也是個作家，是因爲發現她的寫作才華而愛上她，促成她成爲一個非常出色的作家。但同時她又跟這個男人之間有著超越寫作和文藝之外的世俗男女關係。這個關係給蕭紅帶來極大的痛苦，非常灰暗的一種精神面貌。她的愛情和寫作，成了勢均力敵的兩個部分，就看當時哪邊占上風了。對蕭紅來說，是一種愛情和寫作兩軍對壘的狀態。

〔在蕭紅人生最絕望的時候（被未婚夫拋棄，又懷了孩子）遇上蕭軍，他們兩人的關係〕你說它不平等也對，你說它平等也對。她的確是個孕婦，又是被囚禁的這麼一個籠中之獸，然後是蕭軍成爲解救她的人，這好像蕭軍是強勢，她是弱勢。可是某一方面來說，蕭軍可以跨越所有最世俗的情感的界限，而跟一個孕婦——甚至當時看起來並不怎麼好看，滿臉妊娠斑，處在孕中的這麼一個女孩——在一起，他並沒有因爲外在的東西而掩蓋了他對這個女性最優美的一種認知，也挺了不起的。所以從某種程度來說，他們彼此是對方的締造者。

・蕭紅與端木蕻良：另一個問題的開始

李橋：蕭紅在蕭軍身邊呈現出來的狀態，和在端木身邊完全不同，就如同一個鏡像。在蕭軍這個鏡像裡面折射的蕭紅和在端木這個鏡像折射出來的蕭紅有時甚至是截然相反的，但這種分裂性也是一個人性最常態的東西，所以我寫端木蕻良的時候，我並不是要寫端木蕻良，我要寫在端木蕻良這個鏡像裡面的蕭紅，是這樣的。

端木喜歡蕭紅當然有部分是才華，也有仰慕吧，因爲當時蕭紅比他有名，他喜歡一個有才華的，比自己大的這麼一個著名的女作家，我覺得可能包含了愛慕、傾慕、羨慕以及仰慕很多種心理，不單純是愛情。

一個作家被人喜歡她的作品，這是對一個人最大的讚美，而恰巧蕭軍並沒有過多讚美蕭紅，但是是他發現了蕭紅身上的文學天賦，也是一個引導她，啓蒙她，成全她的人；但端木完全是以一個仰慕者、欣賞者和讚美者的姿態出現的。我想蕭軍和端木兩個男人投射給蕭紅心裡的這種感受是完全不同的，可能一個人的需求是多樣的，她在蕭軍身上所得不到的東西，可能暫時性的在端木身上就得到了，以至於導致她感情天平的傾斜。可能她覺得這個男人身上有她當時所缺乏的東西，也有一種補償。蕭紅從來沒有正面說過她到底如何看待蕭軍與端木的，她只說過一句話，這還是駱賓基記述的，駱賓基在〈蕭紅小傳〉裡寫到她說，「我跟蕭軍的分開是一個問題的結束，和端木是一個問題的開始。」

・蕭紅與駱賓基：一條垂死之前的獨木舟

李檣：她對駱賓基的態度有點把他當成一個獨木舟，她要靠他擺脫什麼，達到什麼。駱賓基是一個無意間闖入到一片禁忌之地裡面的人，由此獲得了他人生最重要的資源，他是不期而遇，無心之得。說難聽點，他成了蕭紅的見證者之後，他某種程度上成爲蕭紅在那個時間的唯一的代言人。

・蕭紅與魯迅：發乎很多情，止乎很多禮的多義關係

李檣：他倆應該是很難界定的，只說是一種導師或者是追隨者的關係，或者說文學上的伯樂與千里馬，或者忘年交，或者亦師亦友的這種關係，我覺得這都簡單化了。他們倆身上有我剛才所說的所有關係，同時又可能有我們所不知道的，最隱秘的一種關係。發乎很多情，止乎很多禮，是這樣一種

多義性，才使我覺得他們倆的這種人世際遇，讓我特別感動。我沒有單一看他倆是哪種關係，因爲我相信人與人之間的情感是相當幽微，複雜隱微的。我並不想在這個電影的有限篇幅中，去總結出一種既定的結論。我覺得這種一錘定音式的東西，是一種極大的冒犯，其實是某種狹隘。

我覺得〔寫他倆的戲〕一定要極其人情世故，極其日常，這是我掌握的兩個方向；也就是人間煙火氣，日常性，也就是世道人心，人情世故。我要寫出這種東西，因爲這是眞正人間的東西。

所謂的「黃金時代」

・片名的來由

李檣：片名最早其實一直沒有決定，有過很多種想法，我跟許導演想了很久，它是寫蕭紅，但它又不完全是寫她，而是寫了一個時代和一群人。蕭紅是一個穿針引線的人，但是同時這些人也是組成蕭紅歷史的一群人，如果沒有這群人也不叫蕭紅了。所以我們想了半天。當然我們現在常愛說民國某一個時間是中國的黃金時代，那時候的藝術很蓬勃啊，思想很自由啊，而這次我們片名是取材蕭紅在日本的一篇書信裡寫給蕭軍的話，她說現在我在日本，有麵包吃，有爐火可以烤，但卻是在時間的牢籠裡面渡過的，她說這眞是我的黃金時代。但是這段話又不僅僅指的是蕭紅所描述的黃金時代，既是她個人主觀情緒的表達，其實裡面也有一種反諷，就是說，我處在這樣一個牢籠般的寂寞孤單當中，卻是我的黃金時代。可是她的確是生在那個時代，使她成就爲蕭紅的也的確是她人生的某個黃金時代，也是我們所共同認知的對於民國一個時間段的黃金時代，我覺得有好多種黃金時代的意義並置在一起。

・1949年前的民國，個性風稜，最浪漫最自由的時代

李檣：民國是我認爲除了春秋戰國時代之外，最斑斕多彩的時代，風雲變幻，然後泥沙俱下，眞是人間百態。就是大江大海的一個時代，它所包含的意識形態的豐富性與複雜性、社會階層的豐富性與多樣性、政治模式的變幻無窮……。我們面對民國這樣一個波瀾起伏的時代，你一旦去評論它，就像

一滴水融入到大海裡面，你永遠是被它裹挾而下的，你很難跳出來對它有一個冷靜的、旁觀的、宏觀的認知，面對它你是很乏力的，它的豐富性永遠使你難以跳出來去評述它。你怎麼說它？你都身在其中，就是你在裡面淪陷的感覺，我用這種比喻更準確。就像一滴水融入大海當中，你沒法折射它的。

我覺得那個時代非常理想主義，真是斬釘截鐵的。是對於美好生活，對於國家的興亡，對於自己所熱愛的事業的追求，那個純度特別高，就像酒精度很高，純度非常高的。我覺得那是最浪漫的一個時代。可以盡情的追求自己的精神與心靈的世界，是那樣一個令人羨慕讚嘆的一個浪漫主義的時代。

1949年以後的文人已經沒有了個人的質感與個人的心靈，已經成了政治意識形態下的一個螺絲釘了；可是在民國時期的文人，也意識形態化，但是他們個性風棱，彼此的識別度非常高，真是群英會，真是龍鳳呈祥的這麼一種花團錦簇，是這樣一種狀態，色彩極其豐富，而到了1949年之後，統一的一個調子，就使每個人都變成了模糊不清的這樣一張臉，每個人面目漸漸趨於一致，或者說變得面目全非，我覺得裡面有很多隱身的東西，是無法言說的一種被囚禁的狀態。就是大家被一個宏大的東西所籠罩著，都懷揣著曾經嚮往的東西，卻被這一個既看的見又看不見的東西所遮蓋了，我覺得是這樣的。可是在民國時代，也是有一個一個大的壓迫性的東西存在，但這個壓迫倒使每個人產生反彈力，這是最大的區別。1949年以後是主動追求的不自由，民國是被動追求的自由，我覺得這就是本質區別。

導演

許鞍華

劇本・書名與拍攝

・初見劇本

許鞍華：一看我就覺得這個劇本很好，可是太長，那個時候比現在還要長，有六百多場，我們現在拍的已經刪掉差不多一半。不過李檣說，他習慣寫得很長很長，然後讓我給意見，怎麼刪，刪了兩趟，才刪到現在這個長度。我感覺敘事特別特別過癮，時空關係特別複雜。其實我第一次看，自己也搞不清楚，我只是覺得就是這個複雜的時空關係特別有魅力。

・最好的時代，就是最壞的時代

許鞍華：大家都很喜歡「黃金時代」這個片名，因爲是講一代人的眾生，各種各樣的文人。蕭紅自己寫的東西裡頭，有句話說她的黃金時代的那個概念，特別特別的獨特，是人人都記得的，所以用「黃金時代」，我覺得非常恰當。她一個人獨居日本的時候，非常非常的孤獨，懷念蕭軍，她發現那是她唯一安安靜靜寫作，而且生活無憂，她說原來這就已經是她的黃金時代了，可是是在籠子裡過的，這是她的原話。很少人是在自己很幸福的時候感覺幸福，或者有對自己狀態的認識。我覺得眞的可能是像蕭紅這些人，才能把自己的狀態說得那麼到位。這裡頭也有一個比較複雜的概念，就是最好的時代就是最壞的時代，這跟藝術是密不可分的，如果你在說一個東西的時候，同時能提供相反的東西，那這個概念就非常豐富，就不會是平面的東西。這就是蕭紅作爲一個藝術家的敏銳、直覺跟感受。所以我特別注意這句話。

・拍實景，特別安心

許鞍華：我不擅長拍場景，我的想像力很多時候去不了，我看見一個場能移動的，我就不大相信這個景，我覺得一般場景其實沒有做到我希望的質感，拍出來都是像個景，越架構道具，就越像個景。所以我從開始拍戲，就非常排斥拍場景的。我一拍實景就特別安心，就算它不是我們想像中的東西，比如突然出現一個很現代的三十年代的房子，但因爲我知道它是三十年代的，然後就沒事了。可是如果你搭一個這樣的景，就會到處琢磨，你造出來的東西，就是一般人想像的三十年代的東西，就沒那麼好。

〔《黃金時代》〕現在應該60%是實景，40%是場景。我覺得東北跟西北特重要，因爲東北的天氣那麼冷，你整個人的狀態一定給你很多戲的，哆嗦著說話等等，這些在別的天氣做不出來的，你整個狀態都進不了。你會特別亢奮，因爲你要抵擋那個冷，所以你整個狀態是不一樣的。西北也是，雖然是窯洞，如果搭一個景，外頭不停地狂吹沙，我自己就不相信，就擾亂我，我老是怕這個聲音，又要等這些沙，又要等那個雨，全都是假的，我自己就不能進戲。〔眞的到了西北，〕都是沙，到哪裡都是沙；可是如果你在別的地方（也是北方）拍西北，你吹這些沙，你得擋，都不是自然的狀態，我感覺是這樣。

〔《黃金時代》的拍攝是一個相對長的週期〕這必要性是因爲去很多景，我們一共轉了五六個景，先在東北，再來哈爾濱，接著就去山西兩個點〔臨汾和西安〕，再去武漢〔拍武漢和重慶〕，然後是上海〔電影中的日本、青島和香港也是在上海拍的〕。這是五個大點。

〔我和王昱一同勾勒了電影中幾個區域不同的影像處理方式，〕一開始本來他是想整個哈爾濱是白的，然後到了上海有點黃黃的，到了武漢顏色比較淡，然後上海是戰亂的一種超現實的感覺。可是後來哈爾濱越看越多顏色，我們也覺得挺好的，就沒改，就照我們拍的那個方向，哈爾濱變成很多元，很多顏色的有點混亂的感覺，質感很強烈。它都是實景，我們都很喜歡，有各種各樣的房子，也沒有說這個線條是怎麼出來的，都沒有，就是拍了下來。

角色與演員

・以明星演員的性格魅力演繹作家

許鞍華：當然一方面是因爲他們的演技，另外是爲觀眾考慮，尤其是國內觀眾，如果你找一個不知名的人，雖然很像白朗，來演白朗的話，人家記不住他的，必須得找一個知名演員，希望他能發揮他們本身性格的魅力，賦予這個作家他的魅力。我們用各種方法讓人認得他們，其實挺不容易的，因爲〔人物特別多，出場時間相對較短〕比如隔了半個小時以後再出場，如果穿了別的衣服又沒有特寫，你就不認得他了。就算不知道這些角色的背景，這些演員也讓人覺得這個人很有氣質，很有性格，這樣子。

・掌握人物的靈魂，更勝於考據時代

許鞍華：其實我跟演員說的很少，我根本就不願意準備一大堆東西讓他們要怎麼

樣出神入化，我只是說你看劇本，我的理解是這樣子，這個結果是這樣子，然後告訴你怎麼樣，我們才知道演得對不對。而且很多時候現場的氣氛，你跟另外一個演員的交流，這些都是重要的事，而不是一開始你定了這個角色是怎麼樣的，我覺得我越來越沒有這種概念，我不喜歡把東西定了，我也是摸著石頭過河。

我希望他們不要想他們是那個年代的人，我希望他們只是想當時這個人的感覺是怎麼樣的，跟那個人的關係是怎麼樣的。當然他們的關係跟他們的態度，很多時候是處於那個年代的人物關係，比如那個年代男的跟女的關係沒那麼平等，那他們肯定是要表現到這個，可是也要同時想，他們是當時社會裡的異類，比如蕭紅跟蕭軍根本就沒結婚，那個時候是不允許的，可是他們還是很自然的生活在一起。那麼你怎麼表現現在人家能接受的那種關係？在那個時候沒有接受，我們也沒有刻意描述他們怎麼特殊，沒有一場戲是說你們怎麼不結婚，沒有，就過去了。我希望儘量把這個丟掉，當然基本的準確性還是要的，不要考據到那個地步。考據好了，還是很多東西可以丟掉，這樣子你就能直接進去他們的生活，要不你就再拍一個時代劇，老是時代、時代這樣子，可是是空的，這些人沒有感受，沒有靈魂，你只是要懂那個時代；我覺得還是懂這些人物比較重要。

・蕭紅與湯唯

許鞍華：蕭紅很年輕，死的時候三十一歲，很多人還沒開始寫第一本小說呢。這肯定是天才，二十幾歲，沒有學過，一寫就寫得那麼好。她的語言和各種文字都是新鮮的，可以給人很大的感受。

你得想像投入她的生活，她所有的動作都是順其自然的，是順著她的性格走的。比如她喜歡蕭軍，很快就跟蕭軍同居了，完了呢，她也對蕭軍失望。跟端木在一起，半是刻意的，一半故意的，一半也是覺得他這個人挺不錯，以爲這個可以代替她跟蕭軍的愛情，然後發現其實是不行的。而不是說她刻意做什麼，不是一下一下的決定，跟著她自己的劇情走，而是她根據當時的自然反應，跟著那個環境然後做出這些決定。所以她做的事情到底對不對，錯不錯，其實就不在討論的範圍了，因爲她從來沒有說過她自己是對的，她只是按照她當時的需要，然後做出一些決定，有些是爲了求生，有些是因爲她寧願這樣子。她跟人家從來不說這些事，她就是自己負責，自己做了。我覺得這就夠好了。

湯唯是一個本身很有性格的人，她的演技也好，態度非常專業。她也是一個很有熱情的人，她的樣子也是可以很普通，可是某些角度很多變化，演蕭紅應該是最好的了。

‧蕭軍與馮紹峰

許鞍華：蕭軍人特別簡單，他說什麼他都會做，比如他知道自己就是個大男人，比如他生活很健康，他以前很多經歷，然後他對女人很有吸引力，他全都認了，可是他很喜歡女人，他也說了。所以其實他很好理解，他對自己的瞭解那麼準確，也有認知不好，不過他的好處可多了。你就想像一下蕭紅那個時候有病，老是要去輸氧等等，他不停地照顧她好多年，這個感情其實已經是非常深的。

我看過馮紹峰本人和他的戲，第一部看的是《鴻門宴》，我看到他本人的時候，跟這個戲完全不一樣。我發現他無論是體型、聲調，都可以隨意轉變。有時候人的外形都變了，高大不高大都是根據他的戲，所以我覺得可以讓他來。尤其是他特別有信心演蕭軍，我就感覺他能演，因爲很多時候你看他本人，再看他的戲，戲跟他的本人反差很大很大的，我覺得他是這樣的演員。他特別有腦袋，很懂整個戲在講什麼，不光是懂得表演，還都知道整體是怎麼樣的，他要怎麼配合，所以我就覺得他能演。其實當時我也有點害怕，因爲我看見他平常眞的很不像，這樣很恐怖。

〔現場的紀錄片花絮裡，有一場在山西，他和蕭紅分手的那場戲，本來劇本裡寫的是他洗手就完了，突然他拿起一盆水就倒，倒到自己身上。〕那個是他的創作，他臨時做的，我覺得特別好。他事前沒跟我說。他怕如果他說了，我不讓他做，因爲水很冷。其實我有這個毛病，我很怕演員受傷的，到了歇斯底里的地步，比如他會趴下來，不用鋼絲，我是尖叫說你必須有那個鋼絲，所以他感覺我會阻止他。

民國文人

・充滿個性，為理想赴湯蹈火

許鞍華：我特別羡慕他們，他們每個人都有個性，是有點不自覺的，他們有一種天然的素質。他們的選擇特別多，就是生活方式、理念，不光是單一的理念；然後做事特別有熱情。他們給我的感覺是這樣子，說出來非常簡單，爲了理想可以赴湯蹈火，這樣子。現在我們都太世故了，我們就是不會的，我自己就不會。可是我很羡慕他們。

〔至於身爲作家〕丁玲跟蕭紅是兩個對立的狀況，可是她們是那個時代的文藝的兩個路線，一個是堅決的守著個人表達，另外一個就是變成政治工具，她們各有各的說法，都是一些趨向非常大的命題，這是那一個時代的作家，甚至是這個時代的作家，全都要面對的。我就是把這個命題提出來，通過這兩個女作家討論一下，也不是說哪一個路線一定對，一定錯，而是說很多人趨向是這樣子，這跟這個戲的主題也有直接的關係；像魯迅他的大命題，就是那個時候他作爲一個文人這麼無私地去幫助一個新的作家，也是一個非常偉大的事。這些連接起來，還有蕭紅對她自己寫東西的看法，也是我想表達的，就是非常堅決的一個純文學的路線，這是文學的本質。因爲你的意圖是特別重要的，有些宣傳文章跟文學可能寫得非常好，可是你本來一開始不是要寫這個東西，而是要用這來宣傳某一個東西，我感覺就不是純的文學了。那個差距非常小，比如我們拍一個戲，也許是寫一個文章，通常都要賺錢，一定不純的，除了完成一個工作，同時也是爲這個。可是主要的還是在於你是爲了這個創作而做，這是有一個很大的分別的。

・我對這些作家的看法，跟這個戲沒有絕對關係

許鞍華：如果觀眾看這個戲，不瞭解這麼多文人的背景，直接看也可以的。你試想想，他們全都要知道蕭紅寫什麼才能看嗎？我覺得這是一個誤區，變成國文課裡頭的介紹了。他應該是不完整的東西，就是你不知道他是誰，你也能看下去，尤其是外國觀眾。

我是努力的這樣做，可是我發現自己坐到那裡，不停地要解釋我對這些

作家的看法，其實我對他們的看法跟這個戲沒關係。它體現出來的是一個怎麼樣的人物，就是一個怎麼樣的人物，我也不是要跟歷史說我要翻案，不是這樣子的。

這可能恰恰是一個導演要拍這樣的題材所必須要面對的問題，就是他是個眞實的人物，眞實存在，很多人都知道蕭紅，但是可能沒看過那麼多書，然後會有一些亂七八糟的想法，然後看到你的東西以後，這些東西就會干擾到。我知道他們原本是怎麼樣的，那只能增加我對這個戲的興趣，可是如果我沒看過，我也可以看懂，我也知道這個戲是在講什麼，我覺得後者還要重要些。因爲多少人知道蕭紅？我覺得可能除了知識分子以外，不多的。

你必須當她是一個人物，這樣就完了。因爲她是一個什麼樣的作家，跟你理解這個角色有一點關係，可是不是絕對的關係。包括蕭紅也是這樣，她自己到底是個怎麼樣的人，沒有人會知道眞相的。你不停要我說我對這個人的看法，其實我對這個人眞正的看法，可能也沒有在戲裡體現出來。比如說白朗，我的感覺她是一個高高大大的女孩，因爲種種製作的原因，也可能演員引導我到另外一個方向，我覺得蠻好的，我就接受了，是這樣一個過程。到最後出來的東西跟我想像的也不太一樣，那麼觀眾看的時候更不一樣，你想他們會問這些問題嗎？我覺得他們不會。 F

演員／飾蕭紅

湯　唯

初看劇本

・「你看了以後，會什麼都不想做」的劇本

湯唯：最早接觸這劇本，是聽我的經紀人說：有一個劇本，但先不給你看，你看了以後，會什麼都不想做了。所以那時我印象很深，因爲我非常相信她的判斷，因爲她跟我是通的，我們對一個劇本的喜好特別相似。然後一直等到這個戲開始籌備了，她說現在開始動了，你可以看了。我就眞的是激動的不行了，接過了厚厚的一疊，兩本大紅封面。我看劇本很快，兩天不到就看完了。這是一個導演和編劇的劇本，我在裡面看到，它更大的空間是給一個電影，是一個大時代，是構架，是導演對整體的把握，它有很多給演員的空間，每個人物都已經小到只是爲這個劇本爲這個電影服務的，我能看見對演員的挑戰會更大。所以我當時也就做了心理準備：我是爲這部戲來服務的。我眞的是這麼想的，我就想這是個非常非常棒的劇本，很少見。就從導演的角度來說，這個劇本誰都會想拍的。

・編劇李檣的幫忙：「扒光了自己來餵給我，幫我完成這個角色」

湯唯：李檣同志，他愛他的劇本，愛惜他的每一個人物，愛惜他的每一個每一段戲的描寫。只要跟他的劇本相關的任何一丁點，你有任何要求，任何資訊任何問題，他可以無限制的，無條件的跟你聊到半夜三更都無所謂。而且他爲了讓你的心情能夠變好一點，他也願意跟你聊到半夜三更，他是那種人。他就是一心把這戲當他的孩子，他都是說「你快好好演演呀，我這個是用了多少時間，三年吶」。好像交到我的手上，像他把自己的孩子給嫁出去似的那種心情，所以讓我也挺有壓力的。但是壓力這個東西眞的是參半，他給我的資訊對角色的詮釋特別有幫助。他甚至是眞的是不惜講出他自己可能的經歷來激發我，鼓勵我，刺激我。讓我更多的去感受到，我從未可能、可能未來也不可能去感受到的那種他生活中經歷的東西。就像一個經歷過生活艱苦艱寒的作家或文人，他等於把他的內心世界、把他所有東西扒光了自己來餵給我，來幫我完成這個角色，所以我特別感謝他。

蕭紅與蕭軍

・「他是一個優秀的小說家，他是與我在患難中一塊掙扎過來的，但是作為他的妻子是很痛苦的。」

湯唯：表達蕭紅對蕭軍這六年的感情最好的一句話，就是蕭紅跟聶紺弩說的，「他是一個優秀的小說家，他是與我在患難中一塊掙扎過來的，但是作爲他的妻子是很痛苦的。」其實就是這句話，我們是志同道合的追求，對文學的追求。再大一點就是解放戰爭的這種理想。大家能夠過上幸福安康的理想，這是志同道合，但是作爲一個男人和女人之間，我們的性格上區別太大了，這種不和睦導致他們最後性格上一開始就種上的一份因子，最後的分開是必然的。

蕭紅心裡面是眞的是感激蕭軍的，他是她的恩人，也是他把她帶進了文壇，帶入了一個文學的世界，挖掘出了她的才華。雖然後來魯迅先生是她眞正靈魂上的一個導師，但是蕭軍絕對是一個啓蒙者。蕭紅對蕭軍的這種感恩，讓她能夠繼續努力的留在他身邊，而且後來也成爲了一種習慣。

・與馮紹峰努力靠近對方，成就蕭紅蕭軍最幸福時期的樣子

湯唯：記得拍去梅志家的那場戲，那天化妝的時候我突然冒出一句話，我說完就楞住了。那明明就是蕭軍的說話語氣和用詞，一模一樣。包括有一天我們在輪船上，拍完大家就說，你們倆太像了，直接給演成夫妻相了，因爲從一開頭，我們倆就非常努力地靠近對方，在戲裡面、生活中我們就是無話不談的朋友，談自己的生活談自己對這場戲怎麼樣，什麼都談。然後到戲裡面，我們倆就跟雙胞胎似的，跟影子似的，尤其在哈爾濱時期，我在哪，他肯定過一會就過來了。然後他在哪，反正就是倆個人肯定在一塊。我感覺特別像蕭紅蕭軍最幸福時期的那種樣子。我看到有張照片是定妝的時候，他穿著白衣服，我坐在邊上，我一看，哇！他跟現在完全是兩個人。他真的是完全變一個人，有一天他跑去廁所，出來大大咧咧提著褲子出來的那種樣子，完全就是蕭軍附身。他是一穿上衣服，蕭軍的東西就足得可怕。但一換上他自己的生活裝，他就會變回馮紹峰，他這個把握簡直太神奇了。他有非常優秀演員的素質，我也是第一次和他合作，記得蕭軍走了以後，我有一次在網上看到他一些新聞。然後我發現我想從中找到戲裡蕭軍的影子。完全找不到。他在扮演一個角色就真能變成那個人物，特別好，給對手絕對的信任和支持。

演繹蕭紅

・蕭紅，像從一個小動物的眼睛看世界，如此單純

湯唯：在蕭紅的人物性格裡，有一樣東西我特別喜歡，而且是我拚命在尋找的。就是她是一個那麼透徹的人，但是她又那麼的單純，單純的意思是，她不用華麗的詞去描繪她所看到的東西。她沒有一個政治立場，她想做到無黨派人士。她說我對政治不太擅長，不太瞭解，但是實際上她把一切都看得清清楚楚。

她像是一隻小動物，從她的眼睛裡看著這個世界的幸福，美好，陽光，雨雪，困難，疾苦，戰爭和人性的善惡醜陋；所有的一切就像是一個動物眼中的一切，那麼的單純。那時導演跟我說，蕭紅跟張愛玲正好有點相反。張愛玲身上是她的個人經歷非常單純，但是她的思想卻極其的……不是複雜，就是想得比較周密，對於世間的洞悉性也可能更強；但是在蕭紅身上，她經歷的很多，她的苦難很多，但是在她的文字裡面，丁玲也說過，「身世和經歷如此地複雜，但是心性卻如此的單純。」她是這樣的一個人，很乾淨，所以我真的覺得像一隻小動物。

・演繹蕭紅，還想要更好

湯唯：我始終覺得我投入得不夠。我現在在後悔，爲什麼每一天沒有按照蕭紅的行爲舉止去做，這是我眞的沒有做的事情，是我的功課沒有做好。我平時跟你們大家說話方式仍然是湯唯，你應該能感覺的到，我沒有變成蕭紅。很多瞬間我會告訴自己，我要把蕭紅的照片上她那個樣子，用意念貼到我的臉上，我還要貼。她的嘴巴是怎麼動的，她不會這樣笑，她是這樣笑的。然後她看人的眼睛，她不會見人就笑，但是我會。有些時候我是強忍著自己，不讓自己笑，因爲她更多就是看著。但可能是做演員的職業習慣了，我會笑，但是蕭紅不是那樣的。她是一個普通人，一個普通老百姓。她是生活有很多苦的，內心有很多事情的。她是不去訴說的一個人，但這個東西我跟她不一樣。我會訴說，所以我會笑，可能我希望給身邊的人親切的感覺，而蕭紅她不會，所以這點上我跟她有很大的差別。而我在這部電影裡沒有遵循著她的性格來過這五個月，我今天很遺憾。可以更好的，我堅信是可以更好的。但是我沒有做到。

・透過表演，傳達內心的世界

湯唯：我有點排斥跟外界的人分享我的生活，不知道爲什麼，我不願意。因爲我覺得有些東西都拿出去了，大家都收到了，你自己就沒了，就空了。我是有這種感覺，所以我絕對做不了作家，所以我最好的就是表演。我說的是別人的話，做的是別人的事，但我表達的是我自己內心的世界，偷偷的，但是很享受。F

演員／飾蕭軍

馮紹峰

初看劇本

・一個有魔力的劇本

馮紹峰：我覺得不能用好來形容，我覺得是一個神奇的劇本，一個有魔力的劇本。看完劇本以後，你就會著了魔，不管你懂了多少，或者是你理清了這個多少東西，但是你就會覺得它有一種很強大的魅力，說不出來。我覺得我是一個很感性的人，我只能用這種感性的詞來表達。

・我就覺得我是蕭軍

馮紹峰：我看到蕭軍這個角色的時候，特別激動，特別有創作感。對我來說，新鮮上的刺激很重要。整個《黃金時代》的拍攝對我來說，就是一場非常長的夢，而且非常美好，讓我自己不願意醒過來的一場夢。我看到這個角色的時候，我就有機會去做這個夢了。

如果導演讓我演端木，我一樣會來。我就特別想跟許鞍華導演合作一個戲，不管演什麼角色。但是說實話我真的覺得我就是蕭軍，我特別的強烈感覺。我就覺得我是蕭軍，我一定能創造出一個很特別的蕭軍。當我去創造這個人物的時候，我很有感覺，我可以有一次很美妙的催眠過程，不管我外形或是各方面跟他本人像不像，但我一定會把自己催到那樣一個人，那是一個非常大的享受，所以我特別想演蕭軍。非常極力爭取這個機會。

蕭紅與蕭軍

・蕭紅是鳥巢中剛出生的小鳥，每天張著嘴等餵食，蕭軍就像那隻大鳥

馮紹峰：蕭軍對蕭紅肯定是愛的，不愛在一起六年幹嘛？不愛要付出自己的一切去拯救她幹嘛？不可能不愛。但是他也愛別人。他倆是一種命運的碰撞，這兩人在這個非常時期撞見了，蕭紅大著肚子被關在〔東興順〕旅館走投無路，馬上要被賣到妓院；這時候蕭軍出來像個英雄一樣的，被她的才華感染，一定要拯救她。很符合蕭軍的那種大男子英雄救美的武俠情節，而且那時送她去醫院生孩子，那是在我們劇本裡所沒有的，他會用特別粗暴的方式去威脅醫生給她治病。他就是那種人，隨時會動手打人的，隨時準備幹架去。爲了我的女人，殺了你都可以，他就是這樣一種人。這種人好像很難和作家聯繫在一起，在我們感覺裡，作家特別文謅謅，但他完全不是，他就喜歡打仗，所以那個時候他們倆是特別適合的。蕭紅需要別人來拯救，需要一個男人堅實的肩膀來依靠。那時候蕭紅就像鳥巢裡面的剛出生的小鳥，每天待在家特別餓，每天都是張著嘴等著牠的媽媽來餵它。然後蕭軍就像那個大鳥，每天在外面借錢、幹各種體力活回來，然後買一個〔列巴〕給她吃。兩個人都吃得特別高興。所以在那種特別困厄的情況下，這兩個人在一起，就有一個特別共同的生活的壓力，他們非常融洽，非常團結。但他們就是經受不住後來到上海成了名，生活好了，就被打垮了。然後蕭軍就開始又有外遇了。

・感情應該拿出極力修復的精神面對困難

馮紹峰：以馮紹峰的角度，我特別惋惜蕭紅和蕭軍之間的感情沒有走到一起。就像以前的人，生活水準和物質並不發達，買一樣東西壞了，會想著去修，修復好再繼續使用；我們現在的社會生活越來越好，東西壞了最好是換個新的。那我覺得感情不是這麼回事，還是得拿出極力修復的精神去面對它，不管你碰到各種困難也好，至少我的愛情觀是這樣的。

演繹蕭軍

・我就是要把你給滅了

馮紹峰：第一次見到湯唯的時候，大家都不認識，比較客氣。但是我覺得她很有主見，極其認真。她提出一些想法，我平時是一個比較隨和的人，但是不知道爲什麼，那陣子看蕭軍看多了，我就不是我自己了。當時感覺我就是要把你給滅了，今天湯唯我就要把妳給滅了，因爲我也做了大量的功課，我幾斧頭就砍過去了。我可能被自己催眠，變成了蕭軍，就是妳在我眼裡妳只是個女人。當時我看到她，也沒有把她當成湯唯了，我覺得你就是蕭紅，妳在我眼裡只是個女人，妳不懂我懂，我要告訴妳是什麼。已經進入到那種狀態了，我當下就梆梆梆的一說，後來我看到她也很開心的接受。我覺得湯唯是個特別好的朋友，跟她在一起演戲，我被她感染。我當時甚至會覺得我再跟別人演戲都不適應。我們會爲了一場戲，如果是不開心的戲，我們倆早上見就不會說一句話，就是仇人，大家不約而同的有這種默契。拍完這場戲，我們要拍開心的，立刻就開始聊天說笑。這種默契不是所有人都會達成的共識，可能因爲我們創作的方式比較相同吧，所以是一次非常好的經歷。

・透過蕭軍的角色，享受情緒的釋放

馮紹峰：拍這部戲我不是來上課的，我是來享受生活的，我徹底的享受了。原因在於我已經厭煩我自己了，這三十多年我就是平時生活中的自己，我可以煩了，可以完全離開自己，走到另外一個人的世界裡面去。我自己生活裡有一個概念，就是不能傷害身邊的任何一個人。有些情緒我就會壓制自己不去發泄。但是在蕭軍這個角色，他是那麼暢快淋漓的一個人，他可以不顧一切去做自己想做的事情。我都可以在戲裡充分去享受這種情緒的釋放，享受他的那種粗暴，大男子主義，享受他的那種執著，享受他的英雄氣概，那種可以不顧一切去保護自己心愛的人，哪怕是用一種極端的方式。因爲在現實生活當中，我不可能做一些那麼粗暴的事情。

・我要恨你，就從生活裡面開始折磨自己，都得來真的

馮紹峰：〔在山西有一場潑水的戲是馮紹峰自己發揮的，當時很冷，零下二十幾度，嚇壞了劇組。〕這整個戲就是折磨自己，那麼冷的天。一大盆涼水從頭灌下去，脖子全都結冰，我覺得瞬間都能結冰。那種感覺太刺激了，太痛苦了，太享受了。我覺得我當時的情緒就到了那，我就要做。做一點傷害自己的事，那才是一種享受吧，也沒有什麼設計，我覺得很簡單的一個東西，誰不會拿瓶水澆自己啊。說出來也不是什麼特別，就是一種情緒的釋放。那場戲就是我跟蕭紅分手，兩人都已經在壓著自己的怒火，當時蕭軍已經到了那種瀕臨臨界點的狀態了。其實我和湯唯在準備的時候，已經三天沒有互相對看一眼了，就兩個人變成仇人了。她也不說排練，她已經看到我們倆這樣了，她就只想要拍，那個時候我們倆已經醞釀到那種崩潰的狀態了，誰也不想出來了。雖然我們倆還存了一點演員的意志在腦海裡面，但是我已經在那個狀態裡面，讓我再去走戲，我一把走完就沒了，我也不願意出來。但是攝影師想看我們不帶情緒先把戲走一遍，看看這機器會運動到什麼程度，團隊工作上應該互相配合，導演也在旁邊，她說你們能不能走一下，我們就說好。可是導演後來又做了決定，她說我們不走了。我們拍吧，能抓到什麼就是什麼了，我們不走戲了。一條演下來，感謝我們攝影師抓得非常的準，把我們的表演都抓到了，真是委屈他們了。我們倆有這樣的共識，會把自己和對方都逼到那麼一個境地。都得來真的，我要恨你，我就從生活裡面開始折磨自己，到時候那種感覺才能出得來。

那個並不遙遠的三〇年代

・敢拚、敢愛、敢追求的黃金時代

馮紹峰：那個時代有很明確的背景，在那個背景下，每一個個體，他的個人觀和價值觀是不同的，就顯現出了每一個人獨特的個性。比如蕭紅就是希望不要過那麼漂泊的生活，這很諷刺，她不希望有這樣的生活，但她一生都在過這樣的生活。她希望安定，希望有一個歸宿，有一個好的港灣，希望有一個很美好的愛情。但她就是無法得到，但對蕭軍來說，他就是要戰鬥，他不願意過那種安逸的生活，他身上永遠有那種精力和荷爾蒙去面對他的生活，所以每個人的立場是完全不同的，這就是好看和有趣的地方。

我覺得理想主義首先就是有理想，而且願意去付出，願意去追逐他們的目標。哪怕失去一切，放棄一切，他們有那種精神。所以說這是他們的黃金時代：敢拚、敢愛、敢追求。

我覺得每個人都會有屬於自己的黃金時代，生命就是這個過程，就像花會開放、怒放和凋謝。我覺得導演拍這個《黃金時代》，就是希望在那個時代綻放出最光芒的所有人，不管他的喜怒哀樂也好，坎坷、經歷、痛苦、哀傷、喜悅、哭泣都是最燦爛的。

演員／飾丁玲

郝　蕾

初看劇本

・一個用空間寫故事的劇本

郝蕾：我覺得這劇本還是秉承李檣一如既往的風格，唯一不同的就是他用空間在寫故事，至少在中國是沒有這樣的劇本的。是非常棒的劇本。他把所有的人物都用一個非正常敘事的方式交代出來，其實這對演員是一個新的挑戰。因爲有很多東西你不能按部就班的去鋪墊，沒有那個時間，你要一下子抓住那個準確的狀態，其實不是那麼容易的。

劇本最打動我的其實是一個哲學層面的問題了。人大部分的時間是用時間考慮問題，比如說要做的事情，你會說時間來不來得及，或者說用這麼多時間值不值得，或者說你的年齡是否適合去做，年齡也是時間，所以說我們用這樣的時間的價值觀去考慮問題，但從來沒有空間的價值觀去考慮過問題。我個人其實在看到這個劇本之前已經在想，如果你換一種方式，用空間去考慮問題，會發生些什麼？我沒有想到和李檣不謀而合。當然他是一個那麼優秀的編劇，他用他的文字把這個問題呈現出來了，然後劇本化，故事化了，更能讓大多數的人去明白，如果你用空間去考慮問題，其實你會活的很快樂，或者是很自在。好比你置身於當下這個困難，如果你能思考到，其實你的靈魂的解放就是另外一個空間，你就不會那麼困苦，對嗎？當然這不能解釋這個劇本，因爲這個劇本的複雜性太強了，它的哲學性太強，所以只有看到畫面的時候，大家才能理解到這是什麼。包括說到蕭紅這個人物，有人覺得她英年早逝，有人可能覺得雖然活得非常短，但是在她有限的生命裡面，她是非常華彩非常光彩的。但可能李檣用了這樣一個角度去看，你就會覺得，你永遠不是蕭紅，你永遠不是這些人，魯迅、丁玲你都不是，你永遠是用一個「你的眼光」在去看待她們。你其實又可以很接近她，但她又像一個影子又摸不到。這是這個劇本給我的感覺。

・一個「不評價」的劇本

郝蕾：上天安排了一個這樣的人，有了一個這樣的故事。我覺得李檣寫的劇本給我的感覺也是這樣的。在那一個時間，有了那一部分人，然後這一部分人，在他的眼睛裡他們是什麼樣子。我覺得這個劇本寫的比以前我們看到那些關於歷史人物或歷史事件的那些戲還要好的部分，就是不評價，這個是特別好的。

丁玲與蕭紅

・丁玲是早一步的蕭紅

郝蕾：她們更像一種靈魂的朋友，丁玲跟蕭紅這兩個人物在一起接觸的時間也不是很長，可是就是這樣，眞的能溝通的人不是每天打電話的，也不是什麼事情都說的，但可能你幾年沒見到她，她只說了一件事，你已經知道她的這幾年的經歷了，就是這樣一種感覺。我覺得她們倆就是這樣惺惺相惜。但可能不同的是，價值觀不太一樣，我覺得丁玲是早一步的蕭紅，當時她們見面的時候，蕭紅所經歷的，都是丁玲所經歷過的。雖然她比她大不了幾歲。她是早一步的她。所以當我演完這個人物，我會覺得每次看到蕭紅的時候，丁玲是很心疼她的，很理解很心疼。

我認爲丁玲想讓蕭紅去延安，除了希望一起去爲大的愛行動，不僅僅是愛情；也因爲丁玲覺得蕭紅拘泥於跟蕭軍的愛情裡面，她不快樂，所以她應該把這個愛放大。我代表丁玲對蕭紅的這個感覺，所以希望她去延安。但是作爲丁玲這樣一個在那時已經非常成熟的知識女性來說，她肯定會非常明白一個個人的選擇是需要被尊重的，所以說她最後還是尊重了蕭紅，因爲她也理解她，這個是特別重要的。因爲她也是對愛情特別熱烈的一個人，在戲裡也有說，她已經跟比她小十歲的團員在一起了。所以她非常明白愛情，她非常明白蕭紅跟蕭軍當時打來打去，然後又好的那個狀態，她理解的。只不過是作爲一個可能的過來人，她希望蕭紅能把這份愛釋放成更大的愛，她也認爲蕭紅是有這樣一個能力的。

我覺得其實只要是屬於一個完全個人的，而不是攙雜其他人意見的選擇，都無可厚非，都是特別好的，包括蕭紅的選擇。只是對我本人來講，蕭紅跟丁玲的這兩種選擇是人生的階段。比如說熱愛藝術這件事情，做個比方，熱愛藝術這件事情從最開始就是非常個人的，不能說是一個特別集體的事情；確實我個人很喜歡，我想去從事這個行業，久而久之，你到達了一定的高度以後，你眞的會變成集體的。因爲你所有的表現甚至會影響到整個行業。我是這樣認爲的，因爲人要有這樣一個集體意識。因爲我們都是跟前輩學習，那我們現在也逐漸變成了一個前輩，大家都認爲你是一個非常優秀的演員，你的一舉一動，你的演技，你的所有塑造是什麼樣子，那我們是帶有一定的責任的。就像當初的丁玲一樣，就是我不能再個人的寫我《莎菲女士的日記》了。這個時候因爲我到達一定高度，我眞的要把這個愛放大，她在延安的時候，是到達了用大愛去包容所有一切的狀態。

丁玲雖然比蕭紅大不了幾歲，但是她感覺要比蕭紅成熟一些，她的成熟是來源於她整個人生過程要比蕭紅複雜，她們在延安相遇的時候，實際上蕭紅就像曾經的丁玲，我認爲丁玲也是這樣看待蕭紅的，所以她非常喜歡蕭紅，當然蕭紅也很喜歡丁玲。最後丁玲寫〈風雨之中憶蕭紅〉，是一種對命運無奈、惋惜的狀態，是在敘述一個曾經跟她差不多的一個人。一段戲是丁玲在寫這篇文章，給我非常唏噓的感覺，因爲我們沒有辦法去阻止命運的腳步，每一個人都是獨立的靈魂，他自己都會走完他自己的命運，我認爲丁玲就是這樣去對待的。所以她不會像白朗那樣哭了。很傷心或者很憤怒什麼，她都不會，因爲她已經過了那樣的一個年紀。

・堅強或脆弱，只是每個人不同的選擇，丁玲選擇作一個灑陽光的人

郝蕾：人是複雜的，無論是蕭紅看起來很脆弱，還是丁玲看起來很堅強，那只是某一個人選擇了拿什麼來示人而已。人如果沒有七情六欲，沒有所有的情緒，那不是一個正常人，說我堅強到從來不會掉眼淚，那不成了電影《青蛇》裡的小青了嗎？那就不是人了。所以說丁玲只是選擇，她有很多困苦，怎麼會沒有呢？丁玲跟蕭軍有一段戲，她要說很長的一段臺詞，就是在火車站那天，她說我有老母親，我有孩子，只不過我不想去考慮這些，因爲我避免我的靈魂甦醒。所以她只是選擇我要讓人感覺我是很陽光的，我要給人力量。我爲什麼能理解到是她選擇的？因爲我本人也是這樣。但是有的人會示弱，他可能覺得我不需要去示那個強，我現在就是很難受，就像蕭紅一樣，我就想自己待著，我就想自己寫點東西。這無可厚非，這是每個人不同的選擇而已。但生活一定是林林總總，不可能只有一個情緒，每個人都不可能的。

所以說那也是一種選擇，是一樣的，我可能跟丁玲比較像，我覺得那是我自己的事情，其實理由跟蕭紅一樣，就是我現在不想顯得高興，我就是不高興了，我就是想一個人待著寫東西，蕭紅的狀態也是很自我的。但是作爲丁玲的選擇，其實歸根結柢是一樣的，我很不高興，但那是屬於我自己的，我沒有必要把我的不高興跟你分享，我希望把我的快樂跟你分享。我個人的狀態也是這樣，比如說我來這兒之前，我非常生氣或者是非常沮喪或者怎麼樣，但這跟你們大家是無關的，所以我走進來參加這個工作的時候，最起碼應該是一個正常的狀況，然後再好一點是一個積極和愉悅的狀況。這就是我認爲的丁玲的選擇。丁玲多慘啊，如果比慘的話，她比蕭紅慘多了。她在山西碰到蕭紅的時候，已經在南京蹲了三年的監獄，她的第一任丈夫已經死了。她的孩子已經被送去湖南。但是有什麼必要嗎？生活還要繼續，對吧。然後你還要繼續你的革命，就像我們要一樣繼續拍電影一樣。所以說那些悲傷是屬於你自己的，而你面對所有的革命戰士，就是眞的像陽光一樣，把你的陽光灑滿給每一個人，就是這種感覺，而且這種感覺非常好。我在飾演丁玲的時候，我發現原來是這樣的感覺，因爲現在的生活不需要你處處灑陽光嘛。但是在那個時候，大家是一個集體。那種感覺是很感人的。

我認爲丁玲是個相當強大的人，她不會沉溺在情感裡面，丁玲不是這樣的人；但蕭紅是願意完全地沉浸在一個情感裡面，完全地去體驗它。這個是她們倆最大不同的地方。

演繹丁玲

‧演戲，靠的是修為

郝蕾：首先作爲一個職業演員，要一層一層的過關，把你所有的技術問題解決。其實大家演來演去，難道有多大不同嗎？不會的。人生的所謂的情緒或者動作，又複雜又是極度簡單的，哭、笑、樂、悲哀、惶恐等等，就是這些。怎麼能不一樣，那要靠修爲了，到最後就是這樣，不是文化。我記得應該是姜文說的吧，好男人最後拚的是文化，我認爲不是文化的問題，是修爲的問題。

‧許導的影片沒有廢話，沒有抒情，沒有那麼多不得不表達的個人觀點

郝蕾：我是通過《桃姐》認識許導，我發現原來她是這樣的處理方式。這次再合作可能更讓人深刻一點，她的影片裡沒有廢話，沒有抒情，沒有那麼多所謂不得不表達的個人觀點，這個是我非常非常喜歡的。她以前的片子我都陸陸續續看過一些，但是我最喜歡《桃姐》。我認爲這跟年紀是有一定關係的，還是修爲問題。到了那樣一個年紀，我不需要再說人生有多悲苦，我

不需要再說桃姐有多淒慘孤單，沒有必要。這就是人生。她那個態度表達的特別明確。所以我覺得導演已經成仙了，已經到達那樣一個境界。

・無論是不是有信仰的革命者，你首先是個人

郝蕾：並不是所有各種抗戰、諜戰，都像電視劇裡面演的那種，並不是這樣。無論是共產黨也好，國民黨也好，或者說你是否是一個有信仰的革命者也好，你首先是個人，人跟人的那個情感應該是眞誠交流的。F

演員／飾端木蕻良

朱亞文

端木與蕭紅

・端木，是一個想從文字展現自己的人

朱亞文：其實端木的內心有非常強大的力量和抱負，但是他的生長環境又好像給他自身套上一種枷鎖，讓這種力量沒有辦法完全的釋放出來。端木小時候家境比較殷實。他經歷也很豐富，讀過書、當過兵，也曾流亡。但是似乎在這些經歷面前，他感受到的對生活自身的那種痛苦，不及蕭紅和蕭軍。也許曾在蜜罐子待過，他對生活和未來好像不是那麼絕望，他更多的是想在文字中展現出自己。不僅是一個少爺，他有作爲一個男人對於這個時代，對於這個事件，對於目前國內文學情況的一個態度。從他

的文字裡面，我能看到這一點。他的文筆很自我，不隨大流，不是爲了迎合誰而去寫，更多他是想展現自己而去寫。

・蕭紅和蕭軍的愛情是愛情，蕭紅和端木的愛情像愛情

朱亞文：蕭紅和蕭軍的愛情是愛情，端木和蕭紅的愛情像愛情。

一開始設計端木蕻良這個人物，我就沒有刻意的想把他設計成高大全。我希望要讓觀眾看到，爲什麼蕭紅你要去選擇端木？可能很多人會爲蕭紅的才華遺憾，但是才華如果沒有落入到一個踏實的生活裡，那這個才華也很可悲。我希望最後能有一點東西讓大家覺得，端木的這段情感，也許不是愛情，但他是最眞實的那種情。我希望讓觀眾看到這個，我覺得這個也是蕭軍和蕭紅、蕭紅和端木中間的一個區別。在我看來蕭紅和蕭軍的情感，彼此是應著各自的所需，甚至是有一些自私的狀態，讓這份愛開始的；這份愛是很尖銳的一種對抗，一直在對抗，一直在對抗。而且蕭紅爲蕭軍犧牲了那麼多，但這份犧牲，對於蕭紅而言，並不是說不圖回報的，她是有所圖的，但是蕭軍給 不了她這個回報。那麼她們最後分開了。其實端木跟蕭紅在一起的時候，也許他並沒有想明白自己想要什麼，他就跟蕭紅在一起了。

蕭軍和蕭紅的這種愛，好像所有的都是緣自於本能，所有都緣自於各自這種尖銳的形狀在一起碰撞之後，產生的火花。但是蕭紅經歷過蕭軍的這一輪碰撞和摩擦之後，她選擇端木，選擇了一個和蕭軍相比更弱勢一些的男人。這裡面好像是蕭紅應著自己的需求，應著自己身體、情感的狀況，選擇了一個相對合適的人。

演繹端木

・以真實的情感演戲：今天跟妳説話的人不是端木，是我朱亞文

朱亞文：從端木的傳記裡面，我看到更多的是他對蕭紅是眞愛，滿滿的愛意，滿滿的遺憾。從蕭紅的文筆裡面，看到更多是對蕭軍的留戀，對蕭軍這段情感造成的後遺症波及到了她和端木的生活。在我們創作中，這兩者皆

而有之。我沒有直接去問導演或者李檣老師，因爲我覺得最主要的人物不在他們，在湯唯，在我的對手演員，在蕭紅身上。

我覺得兩個人的情感，並不是說我這麼理解，就可以創造出這樣的一段情感。情感這個東西在演戲的時候，我更相信是一種調和品，我們帶著70%的目的性進入，用30%的期待去看結果。大家不要把所有的答案很早就寫下來，因爲眞正進入的時候，有一部分是我，有一部分是端木，有一部分是湯唯，有一部分是蕭紅。

在蕭紅告訴我她懷了蕭軍的孩子那場戲裡，我突然發現，很多時候我們試圖想去表演角色的情感，但是對不起，角色的情感你眞演不了。你眞的演不了，你可以把你的情感拿出來供導演選擇，而不是去演角色的情感。那一天因爲當時自己也逼到一個角落了，你要不絕地反擊一下，你基本上就完了，而且那場戲又特別重，我進現場的時候就跟湯唯說：今天跟你說話的人不是端木，是我。

如果這個時候我再考慮一些文字的東西，這場戲我自己都看不了，我覺得會太假，而且會覺得我對湯唯極其不負責任。那麼如果現在換成是我，從現在開始，所有的狀態只有我自己，相信原來做的〔端木的〕功課不可能完全拋棄，它依然會有痕跡，只是現在比重必須要傾向於眞實的自我感受那一塊。

我跟湯湯〔湯唯的暱稱〕演情感戲很放心，在劇中端木和蕭紅的情感處理上，我們放進去一半的自己，甚至於說多一半的自己。我們儘量做到不給對方虛假的東西。有一天我們在拍醫院，劇本裡的情節是大夫告訴蕭紅她的喉嚨裡有一個腫瘤，蕭紅堅持要動手術，端木不同意，結果蕭紅自己簽了字。她麻藥醒來以後，聽到大夫說她的喉嚨裡其實沒有腫瘤。我也不知道那第一條我是怎麼了，我當時失控了，當時完全失控。因爲我聽到這句話的時候，腦子裡沒有任何其他的東西，是發自內心的心疼，就覺得這一刀挨得太疼了，當時完全什麼都不知道了。我不知道那種情感是怎麼上來的，完全無法用語言去表達的情感，一下子沖到了我的頭髮上，一下子沖上來。我知道我失控了，而且當 我冷靜下來，知道我可能破壞畫面了。然後導演進來安撫我一下，希望我安靜一點還是怎麼樣。

後來我跟湯湯在私底下聊過這場戲，湯湯說當時她非常難受，但是她必須控制自己，不能表露出一點一滴的悲傷和痛苦。但是那一天，那一條，可能永遠永遠都記在我腦子裡。因爲那一下子讓我覺得，在她跟我說出那句話的時候，不是失去她的感覺，而是就好像你剛剛覺醒，那種對她的情感，對蕭紅的愛，在那一瞬間一下子全開了。前面大家可能看到很多端木有一些小自私，有一些小軟弱，有一些小資，有一點點好像也不是那麼有擔當。雖然他接受了蕭紅，但是在情感和生活上，他又不是那麼有擔當，那麼會料理的一個人。但是在那一刻，瞬間就覺得那些都不重要，也許你忘了愛了，已經忘了你還愛著蕭紅，但她這句話一出來的時候，我眞的愛她，是那樣的一個狀態。這是我和湯湯在一起拍戲的感受。因爲首先湯湯在這部戲裡面，我覺得她更多的是把自己揉碎了，放到那個角色裡。在很多時候和演情感戲的時候，她讓 我看到了更多眞實的東西，能夠打動我的東西。

電影的主軸

・《黃金時代》的主題，是一種茂密的生長

朱亞文：看完劇本，我覺得每一個角色都有很大的空間去表演，給了演員流暢自如的劇情，那麼演員在完成角色的時候，會更像一個自然人，更像人。而這裡面大部分都是文學作家，每一個人的思想都像堡壘一樣堅定。大家在塑造自己的角色的同時，可以讓別人看到自己的精神力量。

《黃金時代》這齣戲，像是端木、愛情、人的關係，這些都不是戲的重點。反而那種茂密的生長，才是這個電影的主題。

・能否在戲中真實的生活起來，才是最寶貴的

朱亞文：往往在戲中，觀眾看的就是戲劇衝突，基本上衝突出來，大家都知道結果是什麼；但是可能這個東西只是一個載體，事件只是載體，導演希望

大家看到更細節的，是在這個載體上，這群人是如何生活的，我覺得這可能是導演把重心偏向我們人為過場戲那些環節的原因。她會覺得你在這個環境裡，是否踏實下來，是否眞實的生活起來，能夠讓她記錄下來的東西是最寶貴的。而不在於硬著厚脖梗，完了就劍拔弩張的去跟你討論一個問題，這不是最重要的。F

演員／飾駱賓基

黃　軒

・出乎意料，能給出閃光與驚喜的湯唯

黃軒：湯唯演戲出乎我意料，她每一條的差別可以是很大的，換句話說，她也許不會特別穩定，有時候她演完一條你都會莫名其妙她怎麼是這麼演的，但是如果導演給她一個提示，或者她自己一有感覺，再來一條就完全不一樣了。所以我跟她合作完，我也在想，其實一個好的演員，是有一種能把自己掏空的能力，而且是容易犯錯誤，敢於犯錯誤，如果一個演員特別保險了，就是每條我都能不出錯，那他一定不會有閃光的地方出來，或者有給你驚喜的地方。但是湯唯她就是有時候會犯錯誤，並不是狀態那麼穩定，但她每一塊的變化有時候讓你出乎意料，或者是給你一個刺激的，而且她非常相信對手。跟她演戲，如果我沒有完全在那個狀態裡，她也能感覺到的，你給她多少，她能反饋多少，她不是一個技術性演員，我覺得她是把感受放在前面的，這個是特別好的。

· 許導和蕭紅，同樣懷抱對藝術的強烈熱愛和執著，同樣具有打破傳統束縛的性格

黃軒：許導演我不是特別瞭解，包括她的生活，我都是偶爾聽別人說的。但也許蕭紅對文學的熱愛和她對電影的熱愛，那種強烈的程度和那種執著，可能是他們的共同之處。還有他們彼此性格裡應該都有那種想打破傳統和束縛的觀念。

· 突破結構，打破常規的劇本

黃軒：這是我這麼多年看到最好的一個劇本，它和很多劇本的敘事方式、層次都不太一樣，其實挺打破常規電影劇本敘事結構的，比如裡面經常有人物對著鏡頭直接跟你說話，包括我這個人物也是挺多的，挺穿越的，那麼一個年代的人，時不時突然跳出來對著你，對著觀眾，在跟你說接下來要發生什麼，還是此刻到底是怎麼回事，挺大膽的，這個東西還挺抓人的，我也想像不到剪出來是個什麼樣子，但我覺得一定是敘事結構上的突破。

演員／飾白朗

田　原

· 一本自己寫自己的書，一個自己有生命的劇本

田原：這個劇本很奇妙的是，它好像是一本自己在寫自己的書，我不知道這個形容恰不恰當，就是它自己好像是一個有生命的東西。我演了很多場戲之後，有一天跟導演聊天說，哎，導演，其實我演了這麼多戲了，但是我不

知道我演得對不對；然後導演也說，其實我也不知道拍的對不對。好像這個劇本本身有一個魔力，大家來了之後，其實並沒有在演，它給出了一個好像虛幻但是又現實的空間，然後大家來到這個世界裡，很自然的找到了自己的位置。這劇本跟很多劇情更加強烈的劇本，是不一樣的。它本身更像是一個時代的一個生活，它自己是有生命的，而不是單純只有戲劇衝突。

・三〇年代，一個可以創造的飛揚的年代

田原：那個時代，相對來說更加簡單，更加純淨，而且更加濃縮，大家都有一種非常質樸的東西，有一種特別簡單的快樂。比如我們生活在哈爾濱，蕭紅、白朗都是從哈爾濱出去的作家，當時眞的很冷很冷，物質條件非常匱乏，但是大家內心就有很多美好的幻想，並且相信有一個更好的精神的世界存在，很難得。我在白朗寫的書中看到許多當時他們生活的細節，我想，天啊，那個時代眞的很艱苦，如果把我放過去，我是生活不了的。但是沒有想到，當我不再用客觀的態度去看這個劇本，整個融入劇情中的時候，就覺得那時代很快樂，因爲大家都是一樣的，而不像現在，整個社會有很多分層，有很多比較，覺得有很多不公平；當時大家都處在一個整體的狀態，對於社會上很多事情，我們這群好朋友有共同的見解，雖然時代有很多讓人不滿意或者灰暗面，但大家都有特別的熱情，好像要去打破一些東西。所以我覺得那是一個可以創造的年代。所以有那麼些人，單純不爲錢的去寫書，還抱著很多理想。現在當下很多東西是比較平淡的，其實是沒有激情的，反而劇本裡的寫的這個年代，卻是讓你覺得非常激揚、非常飛揚的一個年代。我覺得當下大家的狀態都很平庸，音樂也好，藝術也好，很多方面，近二十年都沒有特別飛揚奔放的東西，所以我想在這個時代，去拍一部很飛揚、有很多故事的年代，可能是一種嚮往，或者說一種對未來的希望吧。F

演員／飾梅志

袁　泉

・三〇年代，一個生活最動盪困惑，創作欲望最強烈的時候

袁泉：看到劇本的時候，覺得眞是一部嘔心瀝血的作品，裡面有那麼多的人物，那麼大的一個時代。這個劇本每一場戲都很精緻，信息量很大，雖然薄薄的一本，但是我看了好久才看完。裡面無論戲份多與少，每個角色在當時的中國文壇來說，都是舉足輕重的人物。而且從這個劇本上感受到的氣息，跟他們作品傳達出來的其實挺不一樣的。從劇本當中感受到他們當時生活的那種狀態，其實很人性化，非常活躍，因爲是一幫年輕的人；而作品處在那個時代傳達出來的東西可能會比較沉重，抗爭性的東西或許比較多。但其實他們自己的生活，有艱難的，也有特別輕鬆的，兒女情長，有那種朋友間、兄弟間、哥們間的那種義氣，能夠相互幫助，相互扶持，在一個動蕩的年代裡一起生活和創作的感覺。

三〇年代眞的是一個黃金時代，一個青春激情，充滿未知變化的時代。其實生活最動盪最困惑的時候，可能也是創作者們的創作欲望最最強烈，想表達的東西最多的時候。

演員／飾聶紺弩

王千源

・結構精巧，令人興奮的劇本

王千源：這劇本結構精巧、耐人尋味、內容豐富。令人非常非常興奮，作為一個拍電影的人，能看上這樣的好劇本，我覺得是很難得的事情。

演員／飾舒群

沙　溢

・導演就是蕭紅，一樣可以為作品付出自己的所有

沙溢：整個影片，每一個畫面，每一幀的氛圍和情感，導演完全是用精神和這個

影片在對話。老實說我覺得導演就是蕭紅，在這五個月當中，她一直活在蕭紅當中。她是我們眼前的蕭紅。她一樣可以爲作品付出自己的所有，所以她能夠把影片所有鏡頭和每個人物的感覺，都那麼精準的捕捉到。因爲她一直是蕭紅，她是蕭紅坐在監視器裡，看自己的自傳。所以我今天在化妝的時候說，這部戲最累的是導演，因爲她的精神一直活在蕭紅體內。F

演員／飾張梅林

王紫逸

・蕭紅，跳出時代局限的女性

子義：蕭紅做事把感情放在很重的位置，是一個很敏感也很脆弱的女子。她敢於爲了自己想要的東西不顧一切，尤其那個年代還是淑貞芬芳那一類型的，而她是比較跳出來的那種女性，我很佩服。她跟其他人是不一樣的，她敢作敢爲，而且敢去承擔後果。F

電影資訊

MOVIE NEWS

出品公司
星美影業有限公司
中國電影股份有限公司
安樂影片有限公司
北京其欣然影視文化傳播有限公司
北京嘉映影業有限公司
北京春天融和影視文化有限責任公司
北京凱撒世嘉文化傳播有限責任公司
廣東二十一世紀傳媒股份有限公司
優酷土豆集團

出品人
覃宏
喇培康
江志強
袁梅
徐鐵軍
馬逸雯
沈顥
劉德樂

領銜主演
湯唯
馮紹峰

主演
王志文
朱亞文
黃軒
郝蕾
袁泉
田原
丁嘉麗
王千源
沙溢
祖峰
張譯
馮雷
袁文康
陳月末
王紫逸
張嘉譯
王景春
楊雪
焦剛
張博
張瑤
唐藝昕

攝影指導
王昱

美術指導
趙海

造型指導
文念中

剪輯
韋淑芬

剪輯顧問
鄺志良

文史顧問
吳義勤
張抗

聲音指導
杜篤之

原聲音樂
伊湫

技術
陳飛

發行
賴侊

發行總監
秦虎
王立
朱大偉
金思

營銷總監
李菁
賀文進
張大勇

總監製
韓曉黎
張維
袁鑫
張鳳魁
林凌
高錦儀
朱輝龍

總製片人
趙海城
王艷寧
楊曉偉
胡娟紅

總策劃
張強

策劃
許兵
李楠
邵峻

製片人
覃宏

監製
袁梅

執行製片人
張佳琨
程育海

攝製單位
北京嘉映影業有限公司
北京映像影業有限公司
蕪湖其欣石電影投資合夥企業（有限合夥）

發行單位
中國電影股份有限公司
星美影業有限公司
北京嘉映影業有限公司

編劇／監製
李檣

導演
許鞍華

劇組名單

CREW LIST

演員（按出場順序）	
小蕭紅	姜斯琪
蕭紅祖父	白德彰
張秀珂	凌正輝
陸哲舜	宋　寧
菸管門衛	那新武
老斐	錢　波
東興順夥計	呂　杰
中國茶房	潘學濤
外國茶房	妮　娜
小飯館老闆	回雪峰
賣猪頭肉男人	吳　凱
王玉祥	胡世群
王　林	屈菁菁
老黃夫人	王愛茹
程　涓	唐藝昕
程涓男友	回　憶
特務頭子	牛力威
小食店店主	李　歌
周海嬰	呂思睿
茅　盾	張魯一
梁園經理	宗曉軍
靳　以	王　凱
宇　飛	嵇　波
張慕陶	李晨琛
青年男學生	張亦馳
青年女學生	李　夢
碼頭老兵	張正原
青年王德芬	翟　翀
賣米婦人	王　娣
于毅夫	曹衛宇
李樹培	馬　達
糖果攤販	李文俊
蕭紅父親	由立平

職員表	
導演組	
第一副導	周惠坤
第二副導	庫爾班江
第二副導	李明臣
第二副導	賓　微
場記	郝　苗
導演助理	程育海
演員副導演	成　捷
演員副導演	劉　沙
上海副導演	馬　達
哈爾濱副導演	楊　莉
哈爾濱副導演	雪　峰
北京副導演	羅曉芒
武漢副導演	劉婷婷
山西副導演	黃　為
攝影組	
攝影	斯國義
焦點	田二偉
移動	趙沖沖
監視器	楊　學
攝影助理	馬　岩
	李　杰
數字素材數據管理	徐胤淞
跟機員	丁希勝
	李　弋
照明組	
照明師	郝　峰
照明大助	康軍躍
照明場工	王留鋒
	張雪勇
	蔡軍濤
	王坤鋒
美術組	
執行美術	王小衛

副美術	王　融
	劉　舜
書法美術	張本夫
	梁秀宗
道具設計	鄭　凱
助理美術	賈　凡
	陳力煒
道具師	王　強
副組長	王　森
	黃海平
現場道具	藘科委
	李　淵
置景組長	夏　濟
置景副組長	龔前勝
效果領班	塗澤林
服裝組	
服裝	羅嘉慧
服裝助理	王　林
服裝管理	張彩彥
現場服裝	宋長長
	李雪梅
梳化組	
化妝師	劉建萍
梳妝師	熊少勇
化妝助理	范永浩
	楊　彬
梳妝助理	韓　磊
	郝瑞陽
特效化妝師	肖　進
製片組	
製片副主任	李寶泉
製片人助理	翁丁婷
製片協調	楊　一
外聯製片	吳正國
	周躍奇

現場製片	牛守兵
生活製片	潘　蕾
車輛管理	郭友中
劇務	李　曦
財務	劉妍冰
出納	姚　遠
廚師	賈文瑞
跟組醫生	齊　岩
場務組長	徐孝順
場務	徐孝寬
	徐傳剛
	崔炳波
	吳洪先
	左后輝
	段益海
跟組剪輯助理	周艷萍
劇照	木　星
跟組工作照	閻　璐
字幕翻譯	Tony Rayns
跟組宣傳	劉言文珺
	李漫荻
跟組紀錄片	孫佳文
數字調色	啡碼電影工作室
數字調色師	馬　平
數字調色助理	張　春
數字套底	肖　遠
視效特效	
視效總監	高　原
現場視效指導	高　原
項目總監	周艷春
製片助理	李雨擎
跟蹤匹配師	奚　溪
合成監督	張　宇
合成師	葉婷婷
	季瑞瑞

	楊敬鋭
	卞雪林
	秦國棟
三維總監	弓淵傑
模型師	杜　帥
數字繪景	弓淵傑
	蔡井楓
特效師	王成方
燈光與渲染監督	田　野
燈光渲染師	劉思漢
原聲音樂	伊　涞
北京監製／笙獨奏	吳　彤
交響樂隊	倫敦交響樂團
剪輯	傅　鵬
混音工程	李岳松
現場錄音師	杜則剛
現場錄音助理	陳煜杰
	劉政廷
聲音剪接	吳書瑤
	曾雅寧
	杜亦晴
	陳姝妤
Foley**音效**	郭禮杞
聲音後期聯繫	陳姝妤

混音	杜篤之
混音錄音室	聲色盒子有限公司
後期配音工作室	北京蜂巢音悦文化傳播有限公司
對白字幕製作	翎・電影後期製作
對白字幕製作總監	許宏宇
對白字幕剪輯助理	張穎鑫
對白字幕統籌	楊　婷
後期製作經理	翁丁婷
後期製作協調	蔣曉蕾
發行執行	李艷玲
	王　欣
	馬國棟
版權合作	侯　琳
商務合作	張藤冉
宣傳總監	王　溧
活動總監	柳　絮
營銷經理	尹　雪
	朱寅穎
	李雪梅
視覺支持	尤　悦
	陳　臘
營銷顧問	秦　嶺
	史　航

我不能選擇怎麼生　怎麼死

但我能決定怎麼愛　怎麼活

這是我要的自由　我的黃金時代

一切都是　自由的

釀時代 10　PH0153

黃金時代

——電影原創劇本

導　演　許鞍華
編　劇　李　檣
責任編輯　鄭伊庭
圖文排版　李孟瑾
封面設計　王嵩賀

策　畫　北京其欣然影視文化傳播有限公司
出　版　釀出版
製作發行　秀威資訊科技股份有限公司
114 台北市內湖區瑞光路76巷65號1樓
電話：+886-2-2796-3638　傳真：+886-2-2796-1377
服務信箱：service@showwe.com.tw
http://www.showwe.com.tw
郵政劃撥　19563868　戶名：秀威資訊科技股份有限公司
展售門市　國家書店【松江門市】
104 台北市中山區松江路209號1樓
電話：+886-2-2518-0207　傳真：+886-2-2518-0778
網路訂購　秀威網路書店：http://www.bodbooks.com.tw
國家網路書店：http://www.govbooks.com.tw
法律顧問　毛國樑　律師
總 經 銷　聯合發行股份有限公司
231新北市新店區寶橋路235巷6弄6號4F
電話：+886-2-2917-8022　傳真：+886-2-2915-6275

出版日期　2014年11月　BOD一版
定　價　新台幣 499元（港幣 167元）

國家圖書館出版品預行編目

黃金時代：電影原創劇本 / 李檣著. -- 一版. -- 臺北市
: 釀出版, 2014.11
面； 公分. --（美學藝術類；PH0153）
BOD版
ISBN 978-986-5696-38-2（平裝）

854.9 103016566

讀者回函卡

感謝您購買本書，為提升服務品質，請填妥以下資料，將讀者回函卡直接寄回或傳真本公司，收到您的寶貴意見後，我們會收藏記錄及檢討，謝謝！

如您需要了解本公司最新出版書目、購書優惠或企劃活動，歡迎您上網查詢或下載相關資料：http:// www.showwe.com.tw

您購買的書名：________________________________

出生日期：_______年_______月_______日

學歷：□高中（含）以下　□大專　□研究所（含）以上

職業：□製造業　□金融業　□資訊業　□軍警　□傳播業　□自由業

□服務業　□公務員　□教職　□學生　□家管　□其它_____

購書地點：□網路書店　□實體書店　□書展　□郵購　□贈閱　□其他

您從何得知本書的消息？

□網路書店　□實體書店　□網路搜尋　□電子報　□書訊　□雜誌

□傳播媒體　□親友推薦　□網站推薦　□部落格　□其他_______

您對本書的評價：（請填代號　1.非常滿意　2.滿意　3.尚可　4.再改進）

封面設計____　版面編排____　內容____　文／譯筆____　價格____

讀完書後您覺得：

□很有收穫　□有收穫　□收穫不多　□沒收穫

對我們的建議：________________________________

____

____

____

請貼
郵票

11466
台北市內湖區瑞光路 76 巷 65 號 1 樓
秀威資訊科技股份有限公司 收
BOD 數位出版事業部

（請沿線對折寄回，謝謝！）

姓　　名：＿＿＿＿＿＿＿＿＿＿　年齡：＿＿＿＿　性別：□女　□男

郵遞區號：□□□□□

地　　址：＿＿＿＿＿＿＿＿＿＿＿＿＿＿＿＿＿＿＿＿＿＿＿＿

聯絡電話：(日)＿＿＿＿＿＿＿＿＿＿＿＿(夜)＿＿＿＿＿＿＿＿＿＿＿＿

E-mail：＿＿＿＿＿＿＿＿＿＿＿＿＿＿＿＿＿＿＿＿＿＿＿＿